Lydia.
Vergebung.

Der Tod einer jungen Frau an der ehemaligen Grenze, die ungeklärte Ausreise des Geschwisterpaares Lydia und Mario im Spätsommer 1989 aus der DDR, Missgunst und Bespitzelung zwischen den anderen Familienmitgliedern überschatten das Treffen, das 2008 in einer sächsischen Kleinstadt stattfindet. Lydia und Mario nehmen mit großem Unbehagen daran teil. Als Christen wurden sie damals als asozial stigmatisiert und ausgegrenzt, auch von der eigenen Familie. Die wiederum begegnet den beiden mit größtem Misstrauen. Planen sie vielleicht einen Rachefeldzug? Nach dem Willen von Pfarrer Kreutzner soll alles, was mit dem Leben in der ehemaligen DDR zu tun hat, vergeben und vergessen sein. Doch ist das wirklich so einfach? Was ist der Sinn von Buße und Vergebung?

Der sechste Teil der Reihe »Lebenswege.« beschreibt die Gewissenskonflikte zwischen Anpassung und Opposition in Familie und Gesellschaft – und damit auch die zwiespältige Rolle, die die evangelische Kirche vor, während und nach der Wende gespielt hat.

Rainer Schneider

Lydia.
Vergebung.

Roman

Lebenswege

Copyright © 2018 Rainer Schneider
Kölnstraße 437, 53117 Bonn
1.Auflage
Bibliografische Information der Deutschen Nationalbiblio-
thek; detaillierte bibliografische Daten sind im Internet über
https://portal.dnb.de abrufbar.
Lektorat: Stephanie Wills
www.textessenz.de
Covergestaltung: Wolkenart - Marie-Katharina Wölk
www.wolkenart.com

www.rainer-schneider-lebenswege.de

Dies ist ein Roman. Figuren und Handlung sind frei erfunden.

ISBN-13: 978-1718174566

1

Prolog - Markheide, Bezirk Leipzig, Deutsche Demokratische Republik, Mitte der Achtzigerjahre

Niemand sonst hat Schuld. Lydias Gesicht zeigt zum Himmel, ihre Augen sind geschlossen. Sie will nicht sehen, wo sie ist, will nicht sehen, mit wem.

Um sie herum eine Gartenlaube voller Müll. Sie liegt auf einer angefaulten Matratze, ihr Rücken ist voller Striemen. Lydia ist betrunken genug, um keine Angst mehr zu haben, weder vor einer Infektion der Wunden noch vor den Männern. Es ist Samstagnacht. Musik, Alkohol, dazu Männer, die der Suff impotent macht und die sich trotzdem an ihr abmühen.

Durch Lydias betrunkenen Kopf fliegen Fetzen der Erinnerung. Ihr älterer Bruder Klaus taucht auf. Matthias und Torsten die anderen Brüder. Die Großeltern. Mario, der kleine Bruder. Bei den Großeltern ein Klavier. Klaus in Uniform, später als Student der Ökonomie. Pfarrer Kreutzner. Die Mutter, zusammengekauert auf dem Küchenboden. Der Vater, der sie mit dem Kopf gegen die Wand geschleudert hat. Rebecca und Andrea, die älteren Schwestern, wie sie im Türrahmen stehen und zusehen. Worte, Geschrei, Pfarrer Kreutzner, der zu beschwichtigen versucht. Der Vater wütet. Der Pfarrer ist wegen der Taufe der Kinder gekommen. Er ist neu in der Gemeinde, hat die Liste der Gemeindeglieder durchgesehen und Versäumtes nachholen wollen. Der Vater weiß nun, dass die Mutter immer noch der evangelischen Kirche angehört.

Der Auszug aus der Wohnung. Ein ganzes Jahr wohnen Lydia und Mario bei den Großeltern. Die Mutter, heißt es, sei zur Kur, der Vater zum Lehrgang in Moskau.

Er ist Offizier, mit einem Schulabschluss der sechsten Klasse.

An der Wand ein Kreuz. Lydia hält eine Kerze. Der Großvater liest aus der Bibel, die Großmutter spielt Klavier. Lydia hört Geschichten: Jonas und der Walfisch, Daniel in der Löwengrube, die Kreuzigung.

Zurück zu den Eltern. Der Vater ist wieder da, auch die Mutter. Lydia spricht das Tischgebet, wie sie es bei den Großeltern gelernt hat. Der erste Schlag des Vaters trifft sie am Kopf. Als sie auf dem Boden liegt, ein Tritt in den Unterleib. Sie kommt wieder zu sich, über ihr Mario, der kleine Bruder, der sie beschützen will. Er wimmert, hält sich den Arm. Der Vater kann treten, dass Knochen zerbrechen. Lydia und Mario. Niemand sonst hat Schuld.

2

Markheide, Freistaat Sachsen, Bundesrepublik Deutschland, 2008

In der Wohnung roch es nach Schweiß und Arzneimitteln. Es waren die Arzneien der Mutter und der Schweiß der Krankenpfleger, die die Mutter aus der Wohnung hinaus und die Treppen hinunter in den Krankenwagen getragen hatten. Es war nicht das erste Mal, dass die Mutter ins Krankenhaus eingeliefert wurde. Aber diesmal stand zweifelsfrei fest, dass es kein Zurück mehr gab. Der Dämmerzustand hatte eingesetzt, von jetzt an hieß es Warten auf das Ende.

Rebecca, die Lehrerin, war gekommen, um das Notwendige zu veranlassen. Die Geschwister waren sich einig, was zu tun war. Es war wenig genug. Die Mutter hatte nur noch zwei Zimmer der Wohnung genutzt. Seit Mitte der Achtziger hatte sie allein hier gelebt, seit die Kinder aus dem Haus gewesen waren.

Bis zu ihrer Ausreise hatten sich Lydia und Mario zwar noch ein Zimmer geteilt, doch sie waren stets darauf bedacht gewesen, der Mutter aus dem Weg zu gehen. Deshalb kann man sagen, dass sie mehr oder weniger allein hier gewohnt hatte.

Wenn sich Andrea, ehemalige Kaderleiterin und seit der Wende Beraterin beim Arbeitsamt, durchgesetzt hätte, wären schon morgen die Leute vom Sperrmüll gekommen und hätten die Wohnung ausgeräumt. Aber es gab dieses eine Zimmer, in dem noch Sachen von Lydia und Mario standen.

Rebecca drängte darauf, dass die beiden herkommen und ihr Zimmer selbst leerräumen sollten. Sie hatte obsiegt. Andrea war in die Spur geschickt worden, die Adres-

se der beiden herauszufinden, was sie nach einigem Zö-
gern auch getan hatte.

Lydia und Mario lebten seit knapp zwanzig Jahren im
Rheinland. Im Gegensatz zu vielen anderen Botschafts-
flüchtlingen waren sie drüben geblieben. Niemand wusste,
wovon sie dort lebten. Als arbeitssuchend waren sie laut
Andrea nicht gemeldet, also ging man davon aus, dass sie
längst eine oder mehrere Stufen tiefer gerutscht waren. Als
erlernten Beruf konnte Lydia Wäschereifacharbeiterin
vorweisen, Mario etwas, dass sich damals Facharbeiter für
Warenumschlag genannt hatte und nichts anderes als ein
hochgejazzter Hilfsarbeiterjob gewesen war. Kaum vor-
stellbar, dass den beiden der Westen zu Füßen lag. Aber
das interessierte niemanden, ganz einfach, weil sie niemand
vermisste. Als sich im Herbst 1989 die Nachricht verbrei-
tet hatte, dass Lydia und Mario in dem Zug saßen, der von
Prag über Dresden in die Bundesrepublik fuhr, war die
Familie erleichtert gewesen.

Die Ausreise hatte nicht einmal Nachteile für die übrigen Familienmitglieder bedeutet. Lydia und Mario gehörten zu denen, denen die DDR, wie es damals hieß, keine
Träne nachweinte. In diesem Fall war es eine beiderseitige
Tränenlosigkeit. Wenn es eine Gegend auf der Erde gab, in
die Lydia und Mario nie mehr zurückwollten, dann war es
das Ost-Elbland.

Rebecca lief durch die Räume. Hier hatte ihre Kindheit
stattgefunden, hier war sie erwachsen geworden, hier hatte
sich die Familie getroffen, wenn der sogenannte große Rat
tagte, wenn es also um Angelegenheiten gegangen war, die
alle betrafen. Sie wusste eigentlich bis heute nicht, warum
sie sich immer in der Wohnung der Mutter getroffen hatten. Manchmal schien es ihr, als habe es ein Zeichen an

irgendwen sein sollen, dass sie nicht zusammenkamen, um konspirative Pläne auszuhecken. Ob an diesem Gedanken etwas dran war oder es schlicht Zufall gewesen war, ließ sich mit dem Abstand der vielen Jahre nicht mehr sagen. Was Rebecca aber für immer bleiben würde, waren die Erinnerungen an bestimmte Ereignisse. Es mochte zwar seine Berechtigung gehabt haben, dass man nach dem Zusammenbruch der DDR den Blick nach vorn richten und sich nicht weiter mit dem beschäftigen sollte, was in dem sorgsam umfriedeten Land geschehen war. Aber als so richtig befreiend empfand Rebecca diese verordnete Generalamnesie nicht. Natürlich wollte sie keine Buße tun, obwohl sie als Lehrerin allen Grund dazu gehabt hätte. Rebecca wusste nur zu gut, wie vielen Kindern sie geschadet hatte, wie vielen Kindern sie den Start ins Leben gründlich verdorben hatte. Einigen so sehr, dass sie sich bis heute nicht davon erholt hatten. Was das anging, nahm sie gerne das Erzählmuster an, dass den Menschen im Osten alles Schlechte erst mit der Wiedervereinigung widerfahren war. Wenn es aber darum ging, was man ihr angetan hatte, sah die Welt um einiges anders aus. Dann kannte sie nicht nur einen immensen Mangel an Vergebungswillen, dann kannte sie vielmehr einen von Jahr zu Jahr drängender werdenden Rachehunger. Und wenn jetzt alles zu Ende gehen sollte und mit dem Tod der Mutter auch dieser letzte gemeinsame Ort aufhören würde zu existieren, dann wollte Rebecca die Familiengeschichte nicht einfach so sang- und klanglos untergehen lassen. Sie wollte bestimmen, wie der letzte Akt verlief, wer am Ende die Gewinnerin und wer die Verlierer waren.

Sie hatte ihren Geschwistern vieles nicht vergeben. Das kam ihr schon deshalb nicht in den Sinn, eben weil Vergebung im Kontext der DDR nichts anderes als Vergessen meinte. Das war seit der Wende Staatsräson. Ein bisschen Stasi, ein bisschen Mauer, ein ganz klein wenig Bautzen. Alles andere: Schwamm drüber. Aber Rebecca wollte nichts vergeben – und erst recht nichts vergessen.

Sie konnte sich ausrechnen, dass Lydia und Mario nichts an einer Rückkehr lag. Es war also keine Rücksichtnahme auf deren persönliche Habseligkeiten, dass sie die beiden noch einmal hierherlotsen wollte. Ihr war lediglich klar, dass dies die letzte Gelegenheit sein würde, Genugtuung zu erlangen. Nur die Anwesenheit von Lydia und Mario vermochte jene dauergereizte Grundstimmung zu schaffen, die sie für ihren Plan brauchte. Der sah vor, die Geschwister so lange gegeneinander aufzuhetzen, bis jeder jeden des Mordes für schuldig hielt, der an Lydia geschehen würde. Sogar Pfarrer Kreutzner sollte eine Rolle in dieser Inszenierung bekommen. Sie würde falsche Fährten legen, die Beteiligten in Sackgassen und in die Irre führen, bis sich alle so sehr in ihrer eigenen Vergangenheit verheddert hatten, dass genügend Motive für ein Verbrechen offenbar geworden waren. Erst kürzlich hatte Rebecca gelesen: »Es ist nicht wichtig, was jemand vorhat. Es ist nur wichtig, was jemand getan hat, um zu wissen, was er als Nächstes tun muss.« Nun war sie regelrecht vernarrt in diese beiden Sätze.

Als sie darauf bestanden hatte, dass Lydia und Mario herkamen (»Ich will mir von den Asis nicht vorwerfen lassen, wir hätten ihre geheimen Schätze vernichtet.«) war bei ihren Geschwistern sofort ein gewisses Unbehagen aufgekeimt.

Vor allem Matthias, der Ingenieur, dem heute ein mittelgroßes Bauunternehmen gehörte, und Klaus, der Ökonom und nunmehrige Steuerberater, hatten sich aus gutem Grunde gewunden. Während der Armeezeit von Klaus hatte es einen bis heute nicht aufgeklärten Todesfall gegeben. Es war unklar, was damals geschehen war, auch weil der Vater die Sache an sich gezogen hatte. Die Geschwister selbst hatten stets behauptet, nichts darüber zu wissen. Ob aber Lydia doch mehr wusste, das konnte niemand ausschließen. Eventuell hatte sie Einsicht in die Ermittlungsakte nehmen können, die der Vater entgegen allen Vorschriften mit nach Hause gebracht hatte. Er hatte anscheinend Klaus zur Rede stellen wollen, dabei aber war dem Bier und dem Korn zugesprochen worden und infolgedessen war Lydia möglicherweise kurzzeitig in den Besitz der Papiere gelangt. Genaueres ließ sich nicht sagen, nur eben, dass sie an jenem Tag in demselben Raum gewesen war, in dem die beiden Männer ihren Rausch ausschliefen und die Mappe mit dem Vorgang offen auf dem Tisch gelegen hatte.

Lydia und Mario mochten seit zwanzig Jahren darüber geschwiegen haben, weil sich im fernen Rheinland ohnehin niemand für das interessierte, was in der DDR gewesen war. Aber was, wenn sie herkamen, man miteinander das Streiten anfing und plötzlich die alte Sache wieder ans Licht kam? Deshalb hatten Matthias und Klaus noch einmal ins Spiel gebracht, dass man doch auch einen Container beladen könnte, unter notarieller Aufsicht, wenn es denn sein musste, um den ganzen Kram, der Lydia und Mario gehörte, ins Rheinland karren zu lassen. Aber letztlich bekamen sie keine Mehrheit. Weder Torsten noch Andrea wollten es sich mit ihrer großen Schwester verderben. Also blieb es dabei, die beiden hierher nach Markheide zu bitten. Die Geschwister wollten ihnen zwei Fahrkarten für die Bundesbahn schicken. Tickets für Bummelzüge, die keine großen Kosten verursachen würden. Abzuwägen blieb noch der Text, den man als Reiseanlass auf einem Zettel dazulegen wollte. Dass sie nur ihre Sachen abholen sollten, erschien dann doch zu plump. Man einigte sich auf: »Mutter liegt auf dem Sterbebett, Anwesenheit erforderlich«. Dazu noch das Angebot, dass sie in ihrem alten Zimmer wohnen könnten. Und natürlich war die Frage zu klären, wann die Einladung abzusenden war. Jeder Tag würde eine Belastung sein. Ließ sich die Mutter Zeit mit dem Sterben, zog sich der Besuch womöglich qualvoll in die Länge. Genau das wollte Rebecca. Denn nur so entstand jenes Klima der Unsicherheit, das sie anstrebte und das die anderen Geschwister nie wieder erleben wollten.

Dieses Gefühl konnte nur nachvollziehen, wer in der DDR aufgewachsen war und die ungemütliche Nachwendezeit erlebt hatte. Damals, als das Misstrauen, das vielen DDR-Bürgern zur zweiten Natur geworden war, sich in Neugier entlud. Als jene, die den »sozialistischen Staat der Arbeiter und Bauern« hatten loswerden wollen, darauf drängten, endlich zu erfahren, was in ihren Biografien geschehen war, warum ihre Leben so und nicht anders verlaufen waren. Es gab in der ehemaligen DDR keine Instanzen, bei denen man auf Akteneinsicht hätte klagen und in Erfahrung bringen können, was die eigene Karriere zerstört hatte. Nun aber, nach dem Ende der DDR, wollten die Leute dies nachholen, wollten Einsicht nehmen in die Buchhaltung ihres Seins und Werdens. In den Stasiakten, wurde ihnen gesagt, stünde alles, was sie wissen wollten. Nur einen Antrag müssten sie stellen und sich ein paar Jahre gedulden, bis man den großen Berg Papier gesichtet hatte, der von der Stasi hinterlassen worden war. Es waren

Jahre der Ungewissheit, der Unsicherheit gewesen. Die Frage, wer wen bespitzelt hatte, wer alles bei »der Firma« gewesen war, wie die Stasi genannt wurde, ließ die Leute nervös werden; so sehr, dass sie bald nicht mehr sicher waren, ob sie am Ende vielleicht selbst als Inoffizielle Mitarbeiter geführt worden waren, aufgrund einer unbedachten Unterschrift, abgeschöpft vielleicht, ohne eigenes Dazutun. Das Ausmaß dessen, wer alles als Spitzel enttarnt wurde, ließ Übles vermuten. Nachbarn, denen man derlei nie zugetraut hatte, waren dabeigewesen, andere, die man immer im Verdacht gehabt hatte, machten unbehelligt weiter, wechselten von einer alten DDR-Karriere in eine neue, westliche Aufstiegsbiografie. Gerüchte kamen auf, Verschwörungstheorien. Dazu beschwichtigende Worte der evangelischen Kirche, die für die SED schon in tiefen DDR-Zeiten immer wichtiger geworden war.

Rebecca und ihre Geschwister hatten diese Zeit durchgestanden, weil niemand etwas in die Finger bekam, das gegen die Familie hätte verwandt werden können. Rebecca selbst hatte sich in jenen Wendetagen am sogenannten »Runden Tisch« engagiert, nebst vielen anderen, die ein Interesse daran hatten, manche Dinge unter selbigen fallen zu lassen.

Und was soll man sagen? Das Schauspiel hatte funktioniert. Dem Volk hatte man die Stasi zum Fraß vorgeworfen, und als das Volk merkte, dass dieses Futter den Hunger nach Gerechtigkeit und Aufklärung nicht stillte, war es zu spät gewesen. Die Stasihysterie und die Hoffnung auf Einsichtnahme in die Akten hatten das Volk so sehr vom Wesentlichen abgelenkt, dass es lange Zeit nicht merkte, wie der Zauberer dasselbe Kaninchen immer wieder von Neuem aus dem Hut zog, ohne dass es dabei irgendeinen

Erkenntnisgewinn gab, während auf derselben Bühne, gleich neben dem Zauberer, das Material, das sie suchten, lautlos vernichtet wurde.

Tatsächlich hatte es sich so verhalten, dass in der DDR so ziemlich jede Bewerbung auf ihre Sicherheitsrelevanz geprüft wurde. Auch der noch so banalste Job konnte unerreichbar werden, wenn die Stasi in dem Bewerber jemanden sah, der auf dieser Position eine Gefahr für den Machterhalt der SED darstellte. Selbstredend kamen diese Einschätzungen auf äußerst willkürlichen Wegen zustande. Überprüfbar waren sie nicht. Die einzige Weisung in diesem Zusammenhang war, dass niemand jemals erfahren durfte, dass die Stasi hinter einer Ablehnung steckte. Dem erfolglosen Bewerber war eine »legendierte Absage« zu übermitteln, die den eigentlichen Grund verschleierte und keine Rückschlüsse darüber zuließ, wer die Entscheidungsgewalt in Personalfragen hatte. So war es festgeschrieben. In den *Stasi*akten, in denen viele Betroffene nach der Wende die Gründe für ihre gescheiterten Karrieren zu finden hofften, gab es dazu nichts. Der einzige Ort, an dem diese Vorgänge verschriftet worden waren, waren die *Kader*akten, über die Andrea wachte. In ihnen fand sich der geheime Teil B, das Dossier, aus dem sich ergab, wer wo beschäftigt werden durfte. Dieses Dossier – welches das berufliche Interesse von Torsten und dessen Kollegen beim MfS darstellte - hatte eine Kontrollfunktion im geheimdienstlichen Sinne. Es sollte kein Fachwissen bewerten, sondern parteiliche Zuverlässigkeit zugunsten der SED sicherstellen. Hier war festgehalten, ob ein Bewerber durch eigenständiges Denken den Macht- und Wahrheitsanspruch der Staatspartei infrage stellte und somit von bestimmten Berufen und Positionen auszuschließen war. Das alles kann nur vor dem Hintergrund verstanden werden, dass die SED eine marxistisch-leninistische Partei war und ein Gesellschaftsverständnis pflegte, nach dem die Errichtung einer besseren Welt nur durch die Ausmerzung aller Andersdenkenden gelingen konnte. Kein Beschäftigter hatte dieses Dossier jemals zu sehen bekommen - noch im Wendeherbst 1989 wurde es aus den Kaderakten entfernt und vernichtet. Mit ausdrücklicher Billigung des »Runden Tisches« übrigens, jener seltsamen Kungelrunde, in der außer persönlich Interessierten wie Rebecca auch Abgesandte der SED saßen, Vertreter der Blockparteien, Stasi-IM, Kirchenvertreter und Leute, die in dieser bitteren Komödie als Bürgerrechtler auftraten, aber letztlich nichts anderes als aus dem Nest gefallene Küken des DDR-Kadersystems waren.

Rebecca, die ihre Karriere als Lehrerin fortsetzen konnte, ohne auch nur eine Sekunde über ihre Rolle in der ehemaligen DDR nachdenken zu müssen, hätte darüber glücklich sein können. Es herrschte Frieden. Doch Rebecca wusste, dass es ein fragiler Frieden war, der nur hielt, solange nichts Verwertbares auftauchte. Sie kannte die Stellen, an denen sie und ihre Geschwister verwundbar waren und wusste, wie sie sie führen konnte, damit sie aufeinander losgingen. Wenn sie also Lydia und Mario hierher zu locken versuchte, dann weil sie genau dieses Gefühl wieder wachriefen. Allein die Erwähnung der Namen der beiden sorgte für Unruhe. Außer der Sache mit Klaus war damals zu viel passiert, als dass sie davon nichts mitbekommen hätten. Es ging wie gesagt nicht um irgendwelche Stasiakten. Was von dort zu erwarten gewesen war, lag auf dem Tisch. Aber Lydia und Mario würden Verständnislücken schließen können. In den Akten waren häufig so viele

Namen geschwärzt, dass das, was übrig blieb, oftmals kaum einen Sinn ergab. Lydia und Mario würden diese geschwärzten Stellen vielleicht doch noch mit Namen und Zusammenhängen versehen können. Zumindest, so hoffte es Rebecca, ließe es sich behaupten. Wer wusste schon, was die beiden damals aufgeschnappt hatten? Was, wenn sie gelauscht hatten, wenn sich die Geschwister unterhielten? Andrea und Torsten waren damals ein Gespann gewesen. Sie als Kaderleiterin und Torsten, der hauptamtliche Mitarbeiter der Staatssicherheit. Offiziell hatte er als Redakteur der Betriebszeitung gearbeitet, was ihm ein unauffälliges Deckmäntelchen verschafft hatte, mit dem er überall ein- und ausgehen konnte, ohne Verdacht zu erregen. Tatsächlich aber war er der Verbindungsmann zwischen Betrieb und Stasi gewesen.

Andrea war Kaderleiterin des einzigen größeren Betriebs in der Gegend gewesen. Dort hatte praktisch aus jeder Familie im Umkreis von zwanzig Kilometern jemand gearbeitet. Bei vielen war es aus unerklärlichen Gründen zu Brüchen in der beruflichen Laufbahn gekommen, die sich selbst im Zuge der Wiedervereinigung nicht mehr hatten reparieren lassen. Andrea kannte die Gründe dafür und schwieg. Ihr Schweigen sicherte ihre eigene Existenz und die vieler anderer, die am strukturellen Unrecht des DDR-Regimes beteiligt gewesen waren und die jene Kaderakten nun gern als »Personalakten wie im Westen auch« abtaten.

So weit, so gut, so unumkehrbar. Was aber, wenn Lydia und Mario gelauscht hatten, wenn Andrea und Torsten im privaten Rahmen über solche »legendierten Absagen« gesprochen hatten? Es war zuweilen schwierig gewesen, falsche Begründungen zu finden, die halbwegs glaubhaft klangen. Einem Ingenieur, der fachlich perfekt auf eine

Stelle gepasst hätte, konnte man als Absagegrund schlecht »weil SED und Stasi das nicht wollen« mitteilen. Da war Kreativität gefragt. Nicht ausgeschlossen, dass so ein »Brainstorming« gelegentlich zu Hause stattgefunden hatte. Es genügte ja, wenn sich Lydia und Mario an diese Praxis überhaupt erinnerten; wenn sie aus erster Hand bestätigten, was sich anders kaum mehr beweisen ließ. Was, wenn die Leute den Spieß umdrehten und aus dem, was sie von den beiden erfuhren, den Vorwurf machten, dass Andrea jene Dossiers gar nicht vernichtet hatte, sondern dass sie immer noch damit arbeitete? Andrea bekleidete im Arbeitsamt eine Schlüsselposition. Arbeitssuchende, aber auch Firmen, die Mitarbeiter nachfragten, wandten sich an sie. Es war ja nur logisch, dass sich in einem so kleinen Umfeld jeder an die Personalempfehlungen hielt, die er von ihr bekam: Niemand kannte die arbeitsfähige Bevölkerung der Gegend so genau wie sie. Was also, wenn das Gerücht gestreut wurde, dass es die besagten Unterlagen noch gab, dass sie sich in Andreas Besitz befanden? Im Osten hatten solche Gerüchte, die niemals mit Beweisen untermauert worden waren, die der Betreffende aber eben auch nicht widerlegen konnte – denn wie soll man den Beweis der Nichtexistenz von irgendetwas antreten? – zur sogenannten Zersetzungsstrategie gehört. Andrea müsste allein bei dem Gedanken daran Herzrasen bekommen, so ehrpusselig wie sie war.

Rebecca genoss die Vorfreude, wie bei den anderen die unterschiedlichsten Befürchtungen aufkamen. Je länger der Aufenthalt von Lydia und Mario dauern würde, desto mehr ließe sich das Vergnügen steigern. Denn mit jedem Tag würden die anderen reizbarer, nervöser werden, bis Lydias überraschender Tod allen klarmachte, dass es für jeden einzelnen genügend Gründe gab, um als Täter infrage zu kommen. Mochten sie später auch als unschuldig entlastet werden; bei Andrea wäre dennoch mitten am Tag die Kripo im Büro erschienen, die Kripo hätte Matthias beim Treffen mit Investoren für ein neues Bauprojekt gestört und so weiter. Für alle hatte sich Rebecca kleine Szenen zurechtgelegt, die in Markheide, aber auch in Leipzig und dem Umland in Erinnerung bleiben würden. Denn es spielte keine Rolle, wer tatsächlich etwas getan hatte. Entscheidend war, was den Leuten einfiel, wenn sie einen bestimmten Namen hörten. Rebecca plante nichts anderes als einen realen Mord und viele damit zusammenhängende Rufmorde. An welcher Art des Tötens sie mehr Freude haben würde, war ihr selbst noch nicht ganz klar. Schon die Vorbereitung an sich bereitete ihr ein teuflisches Vergnügen.

Sie sah sich in den Zimmern um, die die Mutter genutzt hatte. Was hier noch stand, war so abgewohnt, dass es für nichts anderes als den Sperrmüll mehr taugte. Allerdings war das kein neues Bild; die Wohnung hatte zu Zeiten ihrer Kindheit genauso ausgesehen. Und das wiederum machte es sehr einfach, um nicht zu sagen, unumgänglich, dass manche Erinnerungen wieder hochkamen.

Rebecca riss sich zusammen und rief im Krankenhaus an. Vielleicht war die Eingangsuntersuchung schon vorbei und man konnte ihr bereits Näheres sagen. Aber als sie dort endlich jemanden erreichte, war noch nichts geschehen. Frühestens am Abend würde man ihr eine Auskunft geben können. Rebecca nahm den Wohnungsschlüssel und ging hinaus. In ihrer Handtasche steckten die Bahntickets. Sie hatte mit dem Verschicken noch warten sollen, bis man über die Zeit, die der Mutter noch blieb, schon Genaueres wusste. Aber sie fand die Vorstellung interessanter, sich jetzt ein wenig zu beeilen. Dann könnte sie den Umschlag noch vor der heutigen Briefkastenleerung eingeworfen haben. Dann würde er morgen im Rheinland sein. Dann konnte das Spiel übermorgen beginnen. Ihr Spiel.

3

Ihr Auto hatten sie in Leipzig abgegeben. Selbst bei gutem Willen hätten sie sich die Fahrt mit dem Billigticket nicht zugemutet. Sie wären fast zwanzig Stunden unterwegs gewesen. In der Zeit konnte man bequem nach Hawaii fliegen, äußerst bequem sogar, es gab keinen Grund, fast einen ganzen Tag zu verplempern.

Doch so ganz wollten Lydia und Mario ihre Geschwister nicht enttäuschen. Die Botschaft hinter den Tickets war angekommen: Ihr habt nichts, ihr seid nichts, gebt euch zufrieden mit dem, was von unserem Tisch für euch abfällt. Wenn sie jetzt mit dem Auto vorfuhren und die Tickets verfallen ließen, würde das Fragen aufwerfen. Fragen, die sie nicht beantworten wollten. Es ging niemanden etwas an, wie und wovon sie lebten. Auch wo sie demnächst leben würden, hatte niemanden zu interessieren, schon gar nicht die Geschwister. Die Kindheitserinnerungen waren lebendig geblieben - die langen Schatten der Brüder und Schwestern, die ihnen sämtliche Wege verbaut hatten. Wenn zwischen ihnen und ihrer Familie in einem Punkt Einigkeit bestand, dann in dem, die Begegnung hier so kurz wie möglich zu halten. Als der Umschlag mit den Tickets angekommen war, hatten sie nur flüchtig ein paar Sachen zusammengepackt und waren losgefahren.

Es traf sie zu einem ungünstigen Zeitpunkt. Lydia und Mario waren dabei, sich mit einer Textilreinigung selbständig zu machen. Nach einigen gescheiterten Versuchen in den Neunzigern war es ihr letzter Anlauf, ein eigenes Geschäft aufzubauen. Alles in allem befanden sie sich also in einer äußerst sensiblen Phase. Schon deshalb lag ihnen nicht daran, dass ihre Geschwister wussten, womit sie ihr Geld verdienten bzw. es künftig verdienen wollten.

Nach Leipzig waren sie mit einem Mietwagen gekommen. Ihr eigenes Auto, das schon mit der Firmenwerbung beklebt war, wäre zu auffällig gewesen; selbst, wenn sie den Wagen in Leipzig hätten stehenlassen. Es gab zu viele Zufälle im Leben, und ihren Geschwistern trauten sie alles zu.

Von Leipzig aus hatten sie dann tatsächlich den Bummelzug genommen, der zu den Tickets der Geschwister gehörte und der zwei- oder dreimal am Tag hierüber in dieses Kaff fuhr. Er fuhr so selten, dass er in Leipzig nur rein zufällig gerade in dem Moment abfahrbereit gewesen war, als Lydia und Mario auf den Bahnsteig angekommen waren. Doch als sie ein paar Stationen später wieder aus dem Zug ausstiegen, wurde ihnen klar, dass man auch bei nur zwei oder drei Zügen den falschen nehmen konnte. Das Empfangskomitee, das sie am Bahnhof abholen sollte, fehlte. Für den Zug, den sie hatten nehmen sollen, waren sie um Stunden zu früh. Für ihre Geschwister würde dies später das erste Indiz sein, dass Lydia und Mario etwas gegen die Familie im Schilde führten.

Sie standen also allein auf dem Bahnhofsvorplatz. Es war ein warmer, früher Juninachmittag und so staubig, wie es immer gewesen war. Der Busfahrplan wies nur noch eine einzige Verbindung in die Nachbardörfer aus. Innerhalb des Ortes schien nichts mehr zu fahren. Immerhin stand ein Taxi am Halteplatz. Mario glaubte, Schulze zu erkennen, denselben Schulze, der hier schon immer mit seinem Taxi gestanden hatte und von dem man sich schon immer gefragt hatte, wovon er eigentlich existierte: Mit Fahrgästen sah man ihn und sein Taxi nie. Aber vielleicht waren seine Touren auch immer kurz genug, dass er nie länger als ein paar Minuten brauchte, um wieder am Bahnhof zu stehen. Allzu groß war das Nest ja nicht.

Nachdem der Zug abgefahren war, herrschte wieder Stille im Ort. Wenn jetzt wie im Western einer dieser kugeligen Büsche über den Platz gekullert wäre, wäre das Bild von der verlassenen Stadt kurz vor dem Showdown perfekt gewesen. Mario rückte die Sonnenbrille zurecht. Das Basecap mit dem »New York«-Aufdruck hatte er in Leipzig am Bahnhof gekauft. Sein eigentliches, das wie bei Niki Lauda mit ihm verwachsen schien, hatte er in der Tasche. Gerade noch rechtzeitig hatte er gemerkt, dass auch darauf schon Werbung für die Reinigung aufgedruckt war. Aber ohne Basecap gab es ihn nicht mehr - die Halbglatze, die er darunter versteckte, ließ ihn ohne Kappe aussehen wie einen Verwaltungsangestellten.

Taxi-Schulze musterte sie im Rückspiegel. Es war ein Panoramarückspiegel, den er über den Standardspiegel geklemmt hatte und in dem auch er selbst hervorragend zu sehen war. Im Moment schien er nachzudenken.

»Komm«, sagte Mario und zog Lydia zur Straße. »Ich hab keinen Bock auf den da«, er deutete auf Taxi-Schulze. »Noch eine Minute und der weiß, wer wir sind. Ich hab keinen Bedarf an Geschichten von früher.«

Lydia nickte. Ihr war Schulze noch gar nicht aufgefallen. Sie war viel zu aufgewühlt, viel zu sehr mit sich selbst beschäftigt, um auf so etwas zu achten. Sie wusste nicht, wie Mario das machte, aber sie nahm die Rückkehr nach Markheide zu sehr mit.

Dass Lydia sich auf die Reise hierher eingelassen hatte, lag daran, dass sie klar Schiff machen wollte. Alles, was früher gewesen war, sollte einen Abschluss finden; sie wollte ihre Geschwister dazu bringen, sich der Vergangenheit zu stellen. So, wie sie sich dieser dunklen Zeit stellen und offenbaren wollte, dass sie damals nicht über die Prager Botschaft ausgereist waren. Dass es einen Deal gegeben hatte, wie man heute sagen würde, einen Deal, der ihnen den Weg in den Westen geebnet hatte. Dafür war Stillschweigen von ihr verlangt worden. Nichts leichter als das, mochte man sagen. Doch Lydia hatte dieses Schweigen krank gemacht. Und damit sollte es ein Ende haben. Das war der Grund, der einzige Grund, weshalb sie nun über diesen Bahnhofsvorplatz lief und versuchte, sich zu orientieren.

Auf diesem Bahnhofsvorplatz hatten sie immer wieder gestanden, zuletzt 1989. Für beide hatte es »zeitweise Aufenthaltsbeschränkungen« gegeben, was hieß, dass sie sich innerhalb der DDR nicht mehr frei bewegen und nicht mehr in bestimmte Städte reisen durften. Zuweilen durften sie nirgendwo mehr hin. Ihre Staatsgrenze war dann nicht mehr die Mauer, sondern der Stadtrand von Markheide gewesen. Hier gab jeder sofort Meldung, wenn sich Mario und Lydia dem Bahnhof näherten. Spätestens an der nächsten Station wurden sie aus dem Zug geholt.

Die letzte Flucht vor ihrer Ausreise war ihnen Anfang März 1988 geglückt. Da hatten sie es bis nach Ostberlin geschafft. Sie hatten zum Konzert von »Depeche Mode« gewollt. Natürlich hatten sie keine Karten, nur die Hoffnung, dass sie schon irgendwie in die Halle kommen würden. Aber die »Werner-Seelenbinder-Halle« war so weiträumig abgesperrt gewesen, dass überhaupt nichts zu machen gewesen war.

Sehr viel früher, zu Beginn der Achtziger, waren sie noch alle paar Wochen nach Berlin gefahren. Anfangs zu den Bluesmessen in der Samariterkirche und manchmal auch noch später, als aus den Blues- längst Punkmessen geworden waren. Lydia war eine der wenigen gewesen, die wegen der Messen dorthin fuhr. Selbst Mario, der Mensch, der ihr am nächsten stand, kam nur mit, um sich zuzudröhnen. Sie machte ihm daraus keinen Vorwurf, warum auch. Im Anschluss an die Messen waren sie dann immer öfter in Kontrollen geraten, waren aus der Menge herausgegriffen und auf das nächste Polizeirevier geschleppt worden. Zusammenrottung warf man ihnen vor. Lydia wusste nicht, ob nur sie dieser Vorwurf traf oder auch andere; er war so absurd und aberwitzig. Zwei Menschen und mehr am selben Ort ergaben zwangsläufig eine Zusammenrottung; einmal hatte Lydia ihren Vernehmer gefragt, ob er auch Honecker verhaften würde, wenn der sich in der Volkskammer mit den anderen Genossen zusammenrottete. Für Frauen gab es Schläge in den Unterleib. Mario schlugen sie vielleicht auch dorthin, er sprach nie darüber, aber Lydia schlugen sie immer in den Unterleib. Kein einziger dieser Schläger war übrigens bei der Stasi gewesen, weder haupt- noch nebenberuflich. Stasi-Mitarbeit war nach der Wende so ziemlich das einzige Kriterium von Schuld gewesen. Sehr wahrscheinlich versahen sie also noch heute ihren Dienst bei der Polizei. Jede Wette auch, dass es gegen keinen einzigen dieser Polizisten jemals eine Anzeige gegeben hatte. Von sämtlichen Anwälten, die Lydia aufgesucht hatte, war ihr stets und in ihrem eigenen Interesse von Anzeigen abgeraten worden.

Seit ihrer Therapie Mitte der Neunziger nahm Lydia das, was sie ihre Glückspillen nannte: Medikamente, die Depressionen unterdrückten. Weder sie noch Mario hatten eine Stasiakte, sie hatten nicht einmal im Knast gesessen. Der Logik der Aufarbeitung nach waren sie also keine Opfer des SED-Regimes. Sie waren an allem schlicht selber schuld.

Lydia wusste wie gesagt nicht, wie Mario das machte, aber ihr Körper hatte zu flattern begonnen, schon als sie in Leipzig ausgestiegen waren. Es war ein leichtes Vibrieren, das nicht mehr aufhörte. Dass Taxi-Schulze sie anstarrte, bekam sie deshalb überhaupt nicht mit. Nie wieder hatte sie hierher gewollt. Alles, was sie sich von diesem Ort noch wünschte, war, ihn zu vergessen. Aber nun gab es einen Anlass.

Vergebung, der Gedanke, der ihr als Christin immer wieder gekommen war, sie setzte ein letztes Mal darauf. Vergebung setzt Einsicht und Reue des Täters voraus; denn ohne Umkehr ist Vergebung nur ein Hinnehmen der Tat, des Geschehenen. Vergebung soll dem Täter helfen, frei von Schuld zu werden, sie soll vor allem ihm helfen - und das kann ohne Einsicht und Umkehr nicht gelingen. Die Beichte ist für die Täter gedacht, nicht für die Opfer. Die Wiedergutmachung an den Opfern liegt in der Umkehr der Täter, nicht in Entschädigungszahlungen. Wenn Lydia nach der Wende ranghohe Kirchenvertreter von Vergebung hatte reden hören, die ohne Bitte gewährt werden sollte, dann war ihr das zutiefst unchristlich vorgekommen. Wer Vergebung gratis verteilt, dem sind die Seelen der Täter egal. In Lukas, Vers 15,7 heißt es: »Ich sage euch: Ebenso wird Freude im Himmel sein über einen Sünder, *der Buße tut*.«

Und wie überall hatte auch hier in Markheide nie jemand um Vergebung gebeten. Hier beträufelten sich alle, die damals mitgetan hatten, gegenseitig mit Unschuld. Ihre Geschwister allen voran. Das war das Draufsatteln von neuer Schuld auf alte Schuld. In Ost und West. Als sie Ende 1989 in die Bundesrepublik gekommen waren, hatte man sie in eine Stadt an der Ahr gebracht, wo sie letztlich geblieben waren. Das Erste, was Lydia dort unternommen hatte, war ein Gang in die Kirche gewesen. Sie wollte Gott danken, dass der Albtraum DDR für sie und ihren Bruder zu Ende war. Sie geriet an einen Pfarrer, der sagte, dass alles, was man im Westen über die DDR erzähle, überdramatisiert sei. Was Lydia und Mario erlebt hatten, wollte er nicht wahrhaben und ging dazu über, sie und das, was sie schilderten, zu diskreditieren – ganz so, wie es von den Herrschern des Ostblocks gewünscht wurde. Eine Erfahrung, die Lydia und Mario immer wieder machten, wenn sie mit den vermeintlich Progressiven und Aufgeklärten im Westen sprachen. Deshalb zogen sie es sehr schnell vor, über das, was sie erlebt hatten, zu schweigen. Sie wollten nicht erneut sozial geächtet und ausgegrenzt werden. Der westliche Progressive war eben im gleichen Maße vernarrt in die »kommode Diktatur«, wie der altbundesdeutsche Literaturnobelpreisträger Günter Grass die DDR genannt hatte, wie er die freiheitliche Demokratie hasste, die ihm leistungslos geschenkt worden war. Daran, und das mussten Lydia und Mario einsehen, würden sie nichts ändern können.

Seit ihren diesbezüglichen Erlebnissen wusste Lydia jedenfalls, dass man keine Fäuste brauchte, um jemandem Gewalt anzutun.

Mit der Zeit erfuhr Lydia immerhin, wie dieser Pfarrer zu seinen Ansichten gekommen war: In den Sechzigern Theologiestudent, gleichzeitig DKP-Mitglied, hatte er sich, Berufsverbot schreiend, ins Pfarramt geklagt. Als er das Amt dann bekleidete, war er Stammgast im »Weißenseer Arbeitskreis« in Ostberlin geworden, einem von SED und

MfS gesteuerten theologischen Zirkel, der im Kommunismus vermutlich das neue Evangelium und in Josef Stalin den neuen Jesus sah. In den Neunzigern war der Pfarrer dann für ein paar Jahre ins Ausland in die Mission gegangen, und Lydia lag nicht falsch in der Annahme, dass er dort weiter der Teilung Europas nachtrauerte.

Damals jedoch, frisch im Westen angekommen, fiel es ihr schwer, die Reden des Pfarrers zu verkraften. Sie brauchte lange, um zu begreifen, dass sie von nun an in jenem Teil der Welt lebte, in dem Pluralität und Meinungsfreiheit galten; und dass sie sich ebendeshalb der Einstellung dieses Kanzelredners nicht beugen musste. Sie konnte dessen Ansicht ablehnen und ihre eigene vertreten, ohne dafür bestraft zu werden.

Was Lydias Problem in der Anfangszeit war: Sie glaubte, sich dieser Meinung unterwerfen zu müssen, weil sie von einer Autoritätsperson kam; weil sie sich ihr als offizielle, amtliche Denkweise präsentierte. Erst in der Therapie löste sich dieser Knoten allmählich. Doch sie hatte bis heute Schwierigkeiten damit. Etwas loszulassen, das einen die ersten rund zwanzig Jahre des Lebens beherrscht hatte, war schwer.

Was Markheide anging, hatten zwanzig Jahre Abstand nicht zum Loslassen gereicht. Wenn Marios erstes Bild, das er hier am Bahnhofsvorplatz vor Augen gehabt hatte, das der verlassenen Westernstadt gewesen war, so glaubte Lydia, dass jeder Schritt, den sie neben Mario die Straße entlangging, sie in eine Röhre führte – eine Röhre gefüllt mit dickem Nebel. Häuser, Geschäfte, Bäume und Autos verschwanden, nur der Nebel blieb und zog sie in etwas Fremdes und doch Bekanntes hinein: in eine Dickens-Geisterwelt.

»Sie haben wir hier aber lange nicht mehr gesehen!«, brüllte plötzlich jemand. Es war Taxi-Schulze, der mit seinem Wagen neben ihnen herfuhr und sich zu ihnen aus dem Fenster lehnte.

»Schön war die Zeit«, seufzte Mario. Er wusste, dass sie Schulze den Rest des Weges nun nicht mehr entkommen würden. Sie hätten jetzt genauso gut einsteigen und sich zur Wohnung der Mutter fahren lassen können. Aber der Geiz packte ihn. Er gönnte Schulze die paar Euro nicht, die er für die Fahrt bekommen hätte.

Also liefen Lydia und er weiter auf dem schmalen Bürgersteig, während Schulzes Daimler neben ihnen her dieselte.

»Sie sollen ja weit herumgekommen sein, was man so hört«, sagte Schulze.

»So, hört man was«, antwortete Mario. Er merkte, dass Lydia lief wie ein steifer Fisch.

»Udo war ja schnell wieder hier«, meinte Schulze.

Mario brauchte eine Weile, bis ihm zu diesem Udo etwas einfiel. Lydia versank noch tiefer in dem immer dichter werdenden Nebel. Trotz ihres Zustandes erinnerte sie sich sofort an Udo. Er war ein Malergeselle, mit dem sie sich über die Geschehnisse in der Prager Botschaft ausgetauscht hatte. Er kam aus der Nähe von Markheide, hatte also direkt nebenan gewohnt, ohne dass sie sich je gesehen hätten. Begegnet waren sie sich erst in dem Nest an der Ahr. Sein starker Dialekt verriet deutlich, dass er unmöglich in der Eifel aufgewachsen war.

Udo hatte davon geträumt, im Westen eine Karriere als Callboy und Pornodarsteller zu machen, denn Vögeln war das, was er im Osten am besten gekonnt hatte. Als daraus nichts geworden war, hatte er noch eine Weile bei einer

Malerfirma gejobbt und war, etwa 1995, frustriert nach Markheide zurückgekehrt.

Lydia hatte bis dahin häufig mit ihm telefoniert. Mario war eifersüchtig gewesen. Er hatte gedacht, dass die beiden etwas miteinander anfingen. Lydia hatte noch nie eine ernsthafte Beziehung gehabt. Außer Mario hatte es für sie nicht nur keinen anderen Mann, sondern überhaupt keinen anderen Menschen gegeben. Mario war der Einzige, dem sie vertraute. Es ging nicht um Sex. Sex hatte sich zwischen ihnen eine Zeit lang ergeben wie eine Notwendigkeit; wie die Notwendigkeit, mit der man schmerzende Pickel ausdrückte.

Lydia konnte keine Kinder bekommen, irgendwas stimmte mit ihren Eierstöcken nicht, daher war immer klar gewesen, dass der Inzest folgenlos bleiben würde. Aber es war falsch, das wussten sie beide. Dennoch fürchtete Mario, dass seine Schwester sich mit Udo von ihm lösen könnte.

Doch bei den Telefonaten ging es vor allem um die Zeit in der Botschaft. Lydia versuchte, Udos Eindrücke zu erfahren, wollte von ihm wissen wie es gewesen war, als die Menschen hilflos wie eine Herde Vieh hinter den Zäunen vegetiert und darauf gewartet hatten, was mit ihnen geschehen würde. Sie memorierte seine Schilderungen gründlich, gab sie haarklein an Mario weiter, bis sich ihre Aussagen bis ins Detail glichen. Als Udo dann wieder zurück nach Markheide gefahren war, war der Kontakt zwischen ihnen abgebrochen.

»Was macht er denn heute?«, fragte Lydia. Ihre Stimme kam ihr fremd vor.

»Udo? Was der macht?«

»Udo«, nickte Mario, »was der macht.«

»Nichts«, sagte Taxi-Schulze nach reiflichem Überlegen. »Nichts macht der. Seit er wieder hier ist, macht der nichts mehr. Hat's noch mal versucht, hielt sich ja für einen, der sich auskennt mit den Wessis. Als Hausmeister ist er da hoch, Wörlitzer Park. So eine Siedlung für Wessi-Rentner, die weiter den großen Zampano markieren wollen, aber nix mehr in der Tasche haben. War aber auch nichts. Nicht mal Bier trinken macht er mehr.« Taxi-Schulze rieb Daumen und Zeigefinger aneinander. »Nicht mal dafür langt's bei ihm. Und ihr?« Taxi-Schulze sah vor sich auf die Straße. »Auch im Hartz zu Hause?«

»Hartz?«, fragte Lydia und sah zu Mario. Nicht, weil sie nicht wusste, was Hartz IV war, sondern weil sie nicht bei der Sache gewesen war, als sie abgesprochen hatten, was sie auf solche Fragen antworten wollten.

»Hartz eins bis vier«, bestätigte Mario, »haben wir alles durch.«

Taxi-Schulze nickte zufrieden. So hatte er sich das vorgestellt. Doch dann fiel ihm ein, dass ihn dieses schnelle Eingeständnis um weitere Fragen brachte. Was Hartz IV anging, die Umstände, die sich daraus ergaben, da war Deutschland einig Vaterland. Hartz IV war im Osten wie im Westen Scheiße. Da konnte Schulze einer erzählen, was er wollte. Da war Schluss. Und genau deshalb, weil sich hier keine Fragen mehr stellten, war es Marios Antwort gewesen.

»Und selbst«, fragte er, »noch gut im Rennen?«

Taxi-Schulze überlegte, schob die Unterlippe vor und nickte bedächtig. »Muss«, sagte er, »bin ja selbstständig. Muss.« Minuten vergingen. »Wegen Mutter hier?«, fiel ihm dann doch noch ein Thema ein.

Mutter.

Für einen Moment war Mario überrascht. Ihm war völlig entfallen, dass sie ihretwegen hierhergefahren waren. Er sah zu Lydia, aber die zeigte keine Reaktion. Als er ihre Hand nahm, ließ sie es geschehen, und er fing an, sich Sorgen zu machen.

»Lydia«, sagte er leise zu ihr, »alles okay bei dir?«

Lydia antwortete nicht. Um sie herum war alles weiß, wie in einer Wolke oder einem gigantischen Wattebausch. Sie hörte zwar, dass jemand sie ansprach, aber es schien von so weit her zu kommen, aus so unerreichbarer Ferne, dass sie keinen Sinn darin sah zu antworten. Dass Mario sie immer heftiger am Arm rüttelte, bemerkte sie nicht. Dann, mit einem Mal, blieb sie stehen. Etwas verschwamm vor ihren Augen, und aus dem Nebel heraus tauchten Bilder auf; Bilder mit perforierten Rändern, Zeitungsausrissen gleich, deren ausgefranste Kanten gerade noch in ihrem Blickfeld waren. Sie rahmten die Straße ein, auf der sie gingen.

»Wo sind wir?«, fragte sie.

»Wir sind gleich da«, versuchte Mario, sie zu beruhigen.

Er wusste nicht, was mit Lydia los war, ob sie zu viel oder zu wenig von ihren Medikamenten genommen hatte. Aber dass es etwas in dieser Richtung war, nahm er schon an. Er wollte sie so schnell wie möglich von der Straße wegbekommen. Gern hätte er sie in das Taxi gesetzt, das sie in langsamer Fahrt begleitete. Aber um keinen Preis wollte er sie zu Schulze auf die Rückbank setzen, der dann erst recht zu fragen beginnen würde. Wenn er das nicht sowieso gleich tat. Lange würde ihm nicht mehr verborgen bleiben, dass mit Lydia etwas nicht stimmte.

»Lydia«, wiederholte Mario leise. Er wusste nicht, wie weit es noch bis zur Wohnung der Mutter war. Möglich, dass es eine Art Gedächtnis für Wege gab. Aber Marios Gedächtnis für Stadtpläne war anscheinend mit neuen Karten überspielt worden. Er lief, Lydia an der Hand, mechanisch weiter, hoffend, dass sie nicht umkippte oder sonst wie zusammenbrach. Er hatte keine Ahnung, wohin er gehen musste. Vielleicht lief er nur deshalb in diese Richtung, weil Taxi-Schulze neben ihnen herfuhr. Und er hoffte, dass der ganz automatisch den richtigen Weg nahm.

»Mutter«, sagte Mario schließlich und legte ein wenig Trauer in seine Stimme. »Früher oder später musste es ja so weit sein.«

»Früher oder später ist es bei uns allen so weit«, nickte Schulze und wich mit seinem Taxi einem parkenden Auto aus. »Zwischendurch«, fragte er, als er den Wagen wieder an den Bordstein heran gelenkt hatte, »habt ihr euch da mal bei ihr blicken lassen? Telefoniert?«

»Keine Zeit«, sagte Mario.

»Hartz IV und keine Zeit«, Schulze grinste bitter. »Würde ich auch gerne machen. Hartz ziehen und dann ganz nebenbei auf die Ruhige was fürs Eigenheim tun.« Er schüttelte verächtlich den Kopf. »Bei mir läuft so was ja nicht. Mich kennt ja hier jeder Hund. Insbesondere natürlich die Frau Schwester, nicht wahr?«

»Schwester? Welche von beiden?«, fragte Mario. Wie Figuren aus einem Horrorfilm blendeten die Gesichter von Andrea und Rebecca auf. Mit seinen Geschwistern hatte er sich nie mehr befassen wollen. Er hatte weder vorgehabt, von deren Verbindungen zu profitieren, noch beabsichtigte er, ihnen Karten zu Dienstjubiläen schicken. Er wollte ihnen fern sein. So fern wie möglich.

»Musst du doch wissen, ist doch deine Familie.«

Mario duzte normalerweise jeden, den er traf.

Aber dass Schulze schon vor einer ganzen Weile zum Du übergegangen war, machte ihn wütend. Denn hier war es kein Ausdruck der Gleichwertigkeit, hier war es Herablassung.

»Wo sind wir?«, fragte Lydia. Sie nahm die Welt um sich herum wahr wie Dias, die Motiv für Motiv weitergeschoben wurden.

»Wir sind gleich da«, sagte Mario. »Komm, lass uns da was trinken.«

Er zog Lydia zu einer Pizzeria, die auf dem Gehweg ein paar Tische und Stühle aufgebaut hatte. Sinnigerweise hieß sie »Mario's«. Schulze hielt sein Taxi an und stellte den Motor ab. Eine junge Frau kam heraus und brachte die Karte. Mario nahm sie ihr ab und legte sie auf den Tisch.

»Zwei Wasser bitte, medium«, sagte er.

»Und zu essen?«

Mario schüttelte den Kopf. »Später vielleicht«, meinte er.

Die junge Frau ging hinein. Man hörte den Kühlschrank, klappernde Flaschen, die zuploppende Tür. Die Bedienung trug Flip-Flops, deren Sohlen auf den Boden klatschten, als sie sich näherte und die Gläser auf den Tisch stellte. Mario legte einen Fünf-Euro-Schein auf den Tisch.

»Haben Sie's nicht passend?«

Mario sah sie verdutzt an. Er war davon ausgegangen, dass klar war, dass die fünf Euro inklusive Trinkgeld gemeint waren.

»Stimmt so«, sagte er. Erst als die Bedienung sich überschwänglich bedankte, sah er in der Karte nach, was das Wasser hier eigentlich kostete. Er hatte mehr Trinkgeld gegeben, als sie für die beiden Wasser zusammen haben wollten. Er kannte die Marke nicht, die hier verkauft wurde, aber nach seinen Kenntnissen musste jemand das Wasser schon geschenkt bekommen, um es für diesen Preis anbieten zu können. Entweder war mit der Bude hier etwas faul oder die Verhältnisse im Osten waren noch schlimmer, als es in den Medien dargestellt wurde.

»Wollen Sie auch was?«, fragte Mario und sah zu Schulze. Aber der hatte bereits zu seiner Thermoskanne gegriffen.

»Danke«, meinte er, »ich gehöre nicht zu denen, die was zu verschenken haben.«

Mario trank einen Schluck Wasser. Bis hierhin, dachte er, war alles schon mal schlechter gelaufen, als er es erwartet hatte. Er sah zu Lydia, die ebenfalls am Wasser nippte. Sie schien allmählich wieder klar zu werden. Zumindest waren ihre Pupillen nicht mehr so extrem geweitet wie eben noch. Und sie schien wieder auf das zu reagieren, was um sie herum geschah. Mario überlegte. Als Lydia zuletzt so einen Aussetzer gehabt hatte, war es kurz vor ihrem Klinikaufenthalt gewesen. Sie war damals in einer ambulanten psychotherapeutischen Behandlung gewesen, im Laufe derer der Arzt sie mit viel zu hoch dosierten Medikamenten auf einen Höllentrip geschickt hatte. Erst in dem Krankenhaus, in dem Lydia endlich eine Therapie machte, war der Fehler erkannt worden. Lydia hatte nicht einmal mehr sprechen können und unter Wahnvorstellungen gelitten, so sehr hatten ihr die Medikamente zugesetzt.

»Was war?«, fragte Mario.

Aber Lydia schüttelte nur den Kopf.

»Ich weiß nicht«, sagte sie. Als sie Marios Blick bemerkte, fügte sie hinzu: »Ich hab nichts verändert. Ich hab alles gemacht wie immer. Ich weiß nicht, was eben los war.«

»Gut.«

Mario glaubte ihr. Es störte ihn nur, dass Schulze das alles mitbekam. Dass er Dinge wahrnahm, die er nicht verstand, nicht verstehen konnte. Doch es würde ihn nicht daran hindern, ganz Markheide davon in Kenntnis zu setzen. Dieser Auftritt nach zwanzig Jahren Abwesenheit musste zu allem passen, was hier noch von ihnen in Erinnerung geblieben war.

»Kennst du Krusche noch?«, fragte Taxi-Schulze.

Mario überlegte, aber im Moment fiel ihm kein Krusche ein.

»Mario Krusche. Mario, genau wie du.«

Jetzt erinnerte er sich. Krusche, der andere Mario, den es in Markheide gegeben hatte. Der gute Mario.

»Klar, was ist mit dem?«

»Du sitzt in seinem Laden.«

Mario sah auf. Logisch, er hätte es merken können. Mario Krusche besaß und betrieb also die Pizzeria »Mario's«. Vielleicht erklärte das die seltsamen Preise und die eigenwillige Orthografie.

»Macht ganz schön auf Chef«, bemerkte Schulze und nippte an seinem Becher. »Ist nur freitags und samstags im Laden, wenn die Jugendlichen hier sind. Passt 'n bisschen auf, dass sie ihm den Laden nicht umgestalten. Haben sie ein paar Mal versucht, als sie noch nicht wussten, dass die Pizzeria einem Deutschen gehört. Die sind nicht von hier, die das machen. Unsere Jugendlichen machen so was nicht. Die paar kennen wir ja alle. So wie euch damals.«

»So wie uns«, sagte Mario.

An der nächsten Straßenecke war offensichtlich mal eine Dönerbude gewesen. Jetzt waren die Fenster mit Brettern vernagelt. Mario vermutete, dass die Jugendlichen hier das Deutschsein nicht am Pass festmachten.

»So, dem Mario gehört das hier«, tat er interessiert. »Kommt er zurecht?«

Schulze zuckte mit den Schultern.

»Bei diesen Läden weiß man doch nie, was dahinter steckt«, antwortete er. Er sagte es leise, so als wollte er nicht, dass die Bedienung es hörte und möglicherweise an Krusche weitergab. »Wenn er bei mir im Wagen ist, zahlt er immer. Keine Probleme. Macht nicht jeder.«

Aha, dachte Mario, der andere Mario ist also Taxi-Schulzes Hauptumsatzträger. Er trank noch einen Schluck von dem Wasser und sah wieder zu Lydia. Sie lächelte.

»Hast du schon gezahlt?«, fragte sie und strich ihm über den Arm.

Mario nickte.

»Dann lass uns weitergehen. Es geht wieder.«

Sie nahmen ihre Taschen, standen auf und liefen weiter. Schulze ließ den Motor an und rollte wie zuvor langsam neben ihnen her. Mario trug seine Tasche auf der Lydia abgewandten Seite. Er wollte seine Schwester halten können, falls sie fiel. Auch wenn die schlimme Zeit kurz vor ihrer Therapie lange her war, so hatte sie sich ihm in all ihren Einzelheiten so tief eingeprägt, dass er fast automatisch in seine damaligen Verhaltensmuster verfiel.

Die schweren Depressionen, unter denen Lydia litt, waren ihr anerzogen, waren in sie hineingeprügelt worden. Das Gefühl, böse und wertlos zu sein, war ihr in so hohen Dosen verabreicht worden, dass sie sich, als sie etwa vierzehn Jahre alt gewesen war, einer Gruppe auslieferte, die Exorzismus praktizierte und ihr Heilung versprach. In ihrer Verzweiflung war Lydia ein williges Opfer. Musste doch die Ablehnung, die sie in Familie und Schule erfuhr, ein sicheres Zeichen für ihre Besessenheit sein. Mario erinnerte sich nur zu gut, wie er das halb tote Wesen, das seine Schwester danach gewesen war, nach Hause geschleppt und vor allen zu verbergen versuchte hatte; wie er versucht hatte, seine Schwester zu pflegen. Natürlich hatte er sie nicht verstecken können, obwohl er sich allen entgegenwarf. Als die Eltern Lydia fanden, war es fast ein Glück, dass sie schon wie leblos dalag und ihr Vater keine Notwendigkeit mehr sah, auch noch seine Art von Exorzismus an ihr zu praktizieren. Lydia bekam damals starke Schmerzmittel - die Mutter kannte einen Arzt, zu dem sie selbst ging, wenn sie mit dem Vater aneinandergeraten war. Aus Angst vor dem Vater verschrieb der Arzt die Medizin, unternahm aber sonst nichts, um Lydia wirklich zu helfen. Andererseits, wie hätte er ihr auch helfen sollen? Mit einer Unterbringung im staatlichen Erziehungsheim wäre für sie zwar einiges anders geworden; besser aber auf gar keinen Fall.

Nachdem die äußerlichen Verletzungen damals abgeheilt waren, blieb das Gefühl, böse und wertlos zu sein. Immer tiefer schlitterte Lydia in die Depressionen hinein. In ihrem Selbsthass lag sicherlich auch der Grund, weshalb sie sich auf die Männer in den Gartenlauben einließ, aber sie war sich nicht klar darüber.

Sie hatte keinen Begriff, keinen Namen für das, was sie tat und empfand, auch deshalb nicht, weil sie eben niemanden hatte, zu dem sie hätte gehen, dem sie sich hätte anvertrauen können. Sie war ein Kind des Sozialismus, sie hatte gefälligst glücklich zu sein. Wenn sie es nicht war, musste es an ihr liegen. Das war das Bild, das bei ihr entstanden war. In der Familie hielt nur Mario zu ihr. Die anderen Geschwister folgten dem Befehl des Vaters. Und dessen Befehl hieß: hassen. Die beiden Jüngsten seien Missgeburten, die Mutter eine Hure, die sich die Kinder wie eine Krankheit bei irgendwem eingefangen habe. Ja, er bestritt, dass Lydia und Mario seine Kinder waren. Lydia betäubte sich damals mit allem, was ihr zwischen die Finger kam: Alkohol, Tabletten, selbstgebaute Drogen, alles, was irgendwie dämmte.

Eher zufällig ergab sich dann etwas, was sie heute halb im Scherz ihren ersten Therapieansatz nannte. Durch das Radio in ihrem Zimmer erreichten sie ein paar Stücke von den ersten düsteren Alben von »Depeche Mode«. Da sie die Texte nicht verstand, war es die Musik, die ihr half, in der sie sich wiederfand. Sie schuf sich ihre eigenen Texte dazu, indem sie die Bibel las. Mario hatte ihr Kassetten besorgt, auf die ihm jemand die Alben überspielt hatte. Die Bibel hatte sie in der Kirche mitgehen lassen. So saß Lydia auf ihrem Bett, las in der Bibel und aus dem Anett-Rekorder quäkten »Depeche Mode«. Anders als Mario begann sie der Bibel zu vertrauen. Sie las die Texte und so wie sie sie verstand, halfen sie ihr. Mario dagegen suchte das Vertrauen des Pfarrers. Er erwartete von dem Geistlichen konkrete Lebenshilfe, während Lydia alle Lebenshilfe in der Bibel fand. Sie traute den Menschen nicht mehr und deren zweckgebundenen Fälschungen des Wortes Gottes. So war es bis heute geblieben. Wenn Mario später einwandte, es seien doch die Tabletten, die ihr gegen die Depressionen halfen, sagte sie: Ohne die Bibel würde sie die Tabletten gar nicht erst nehmen. Hin und wieder versuchte sie, ohne Pillen auszukommen, aber das gelang im Grunde nie. Nur, solange sie beides hatte, Bibel und Arznei, kam sie über die Runden. Sie wusste, dass sie die Krankheit vermutlich nie loswerden würde. Immerhin merkte sie, dass sie Fortschritte machte. In letzter Zeit sagte sie manchmal sogar, dass sie einen glücklichen Tag gehabt hatte.

Dass sich damals Lydia und Mario beide mehr oder weniger an Gott und der Bibel festzuhalten begannen, war umso bemerkenswerter, da in der Zeit, in der sie aufwuchsen, einiges dafür sprach, nicht an Gott zu glauben, ja, ihn besser nicht einmal zu erwähnen. Und doch tat Lydia es, mehr noch als zunächst Mario. In den Momenten, in denen sie aufstand und sich zu Gott bekannte, sich auf ihn berief, spürte sie, wenn auch meist nur für einen Augenblick, eine andere Kraft in sich. Dann war es, als spräche nicht mehr sie, sondern als spräche jemand anderes durch sie hindurch. Es machte ihr nichts aus, wenn andere sich über sie lustig machten, die Lehrer sie verhöhnten und an ihrem Verstand zweifelten. Sie war dann von solcher Festigkeit, dass die Aggressivität, die ihr entgegenschlug, etwas Hilfloses bekam. Mario versuchte, so zu sein wie seine Schwester, aber so sehr er sich auch anstrengte, es gelang ihm nur selten. Er versuchte, wie Lydia in der Bibel zu lesen, aber was er las, erreichte ihn nicht. Es erreichte ihn erst, wenn Lydia mit ihm sprach. Erst durch sie wurde alles plausibel. In den Worten seiner Schwester fand er die Kraft, sich Dingen zu stellen, die er lieber still an sich hätte vorüberziehen lassen. Vielleicht lag es an der altertümlichen Sprache, dass er sich mit dem Lesen so schwertat. Denn wenn Lydia ihm dieselben Dinge in ihren Worten sagte, klangen sie klug und vernünftig, wenn sie von Freiheiten statt Geboten sprach. Du musst nicht lügen. Du musst nicht falsch Zeugnis reden. Natürlich, diese Sätze waren zum Kugeln, die Leute lachten sich kaputt, wenn

Lydia das sagte. Wie, fragten sie, soll man denn sonst durchkommen? Niemand hier liebte Honecker und seine Partei, aber sie wussten, dass es ihnen Nachteile brachte, wenn sie es aussprachen. Nach der Wende äußerten sie sich anders: dass sie im Osten alles hätten sagen können und Honecker und seine Partei gar nicht so schlecht gewesen seien. Vielleicht war das eine Reaktion auf die Nachwende-Vorwürfe, dass sie alle angepasst gewesen wären. Wahlergebnisse mit fast einhundert Prozent Zustimmung zur SED bei ebenso hoher Wahlbeteiligung. Die mussten doch irgendwie zustande gekommen sein. Zu erklären, dass das Falten des Wahlzettels für die meisten keine Stimmabgabe, sondern ein Akt der Problemvermeidung gewesen war, war inzwischen viel zu kompliziert geworden, als dass es noch jemand verstanden hätte. Sünde gebiert Sünde, hatte Lydia dazu gesagt, eine Lüge bedingt die nächste. Das war es, was die Bibel Erbsünde nannte; das Hineingeborenwerden in ein Lügengeflecht, an dem man selbst keine Schuld trug und aus dem man sich aus sich selbst heraus nicht befreien konnte. In der Therapie hatte man Lydia erklärt, dass das menschliche Gehirn dieses Problem normalerweise relativ einfach löste: Es rückte die Dinge so zurecht, bis es eine für sich gute und glaubwürdige Geschichte konstruiert hatte, mit der es leben konnte. Dass das bei Lydia nicht funktionierte, sei der Defekt, der ihre Depressionen auslöste. Aber Lydia konnte nicht anders. Eine Lüge blieb für sie eine Lüge. Wenn sie versuchte, ihr Gehirn dazu zu zwingen, sich eine andere Geschichte zusammenzubauen, dann geriet sie trotz Tabletten in Suizidgefahr. Auch das hatten sie zusammen erlebt, Lydia und Mario. Was Lydia für sich behielt: Sie konnte das, was damals in Markheide geschehen war, was die Basis für den

Deal gewesen war, in den Westen ausreisen zu dürfen, nicht verdrängen, es ungeschehen oder eine andere Erzählung daraus machen. Seit Jahrzehnten lebte sie mit einer Lüge, erhielt sie aufrecht, fand nicht die Kraft, sich daraus zu lösen. Dies jedoch endlich zu schaffen, das erhoffte sie sich von dieser Rückkehr.

Sie erreichten eine Kreuzung. Mario versuchte, sich zu orientieren. Doch es war sinnlos. Weder die Fassaden noch die Geschäfte, nicht einmal die Verkehrsführung lösten eine Erinnerung aus. Die Läden schienen in den Neunzigern Hoffnungen für Existenzgründer aus Markheide gewesen zu sein: ein Delikatessengeschäft, ein Schallplattenladen und eine Firma, die Radio- und Fernsehgeräte reparierte und verkaufte. Dinge eben, die es im Osten nur schwer gegeben hatte, bei denen die Banken großzügig mit der Kreditvergabe gewesen waren, weil jeder Berater hier Nachholbedarf noch auf Jahre hinaus attestiert hatte. Den gab es auch, nur dass ein paar Gemeinden weiter ein Bürgermeister noch cleverer gewesen war und eine Shopping-Mall angesiedelt hatte. Auch dafür hatte es Nachholbedarf gegeben.

Als Mario die geschlossenen Geschäfte sah, kamen sie ihm irgendwie vertraut vor. So tot wie hier war es auch in dem Ort an der Ahr gewesen, in den er und Lydia 1989 gekommen waren. Überfordert mit allem, hatten auch sie damals versucht, sich selbständig zu machen. Erst hatten sie es mit einem rollenden Kaufhaus versucht, einem umgebauten LKW, aus dem heraus sie Brot, Milch, Käse und Wurst in den vom Einzelhandel verlassenen Orten verkaufen wollten. Als das nicht funktionierte, probierten sie es mit einem Blumenservice. Unter dem Strich hatte das alles nur ihre Schulden erhöht. Es waren Jahre voller

Verzweiflung und Zusammenbrüche gewesen. Doch trotz allem war ihnen die Gewissheit geblieben, dass sie es irgendwann schaffen würden. Diese Gewissheit hatte nichts Rationales, Begründbares gehabt, vielmehr war es eine Form der Selbsteinredung. Sie hatten einfach daran geglaubt. Besser: Lydia hatte daran geglaubt. Mario hatte nicht widersprechen wollen. Er wollte nicht dagegenreden, wenn sie auf dem Bett saß und – nun über einen Walkman - »Depeche Mode« hörte, in der Bibel las und sagte, dass sie es schaffen würden. Mario hatte genickt. Er hatte Angst gehabt, dass sie sich umbringen würde, wenn er daran zweifelte. Also hatten sie weitergemacht. Mittendrin war Lydia krank geworden, genauer: Sie hatte begriffen, dass sie krank war und Hilfe brauchte. Bessere Hilfe als von dem Psychotherapeuten, der sie mit Pillen vollknallte. Nach der stationären Therapie war es langsam aufwärtsgegangen. Inzwischen war das vierzehn Jahre her. Aber Mario hielt Lydias Stabilität noch immer für etwas so Fragiles und Flüchtiges, dass er auf sie aufpasste, wie ein Seiltänzer zwischen zwei Hochhäusern auf den Wind achtet.

Im Schaufenster des geschlossenen Radio- und Fernsehgeschäftes stand noch ein altes Röhrengerät. Kurz nach der Wende war das vermutlich das Beste gewesen, was man bekommen konnte. Heute zog es nicht einmal mehr Ladendiebe an. Lydia und Mario stoppten an der Kreuzung, sie wussten beide nicht weiter. Schulze in seinem Taxi winkte mit dem Zeigefinger wie zufällig in die Richtung, in die sie gehen mussten. Dann setzte er den Blinker und fuhr davon.

Mario und Lydia erkannten das Haus der Mutter nicht wieder. Auf dem Asphalt der Straße waren Schleifspuren zu sehen, wie sie Container hinterlassen, die auf LKWs gezogen werden. Das Haus selbst, das nach Marios Erinnerung noch nie eine Schönheit gewesen war, konnte sich immerhin rühmen, innerhalb weniger Jahre zum zweiten Mal verfallen zu sein. Nach der Wende hatte man der Fassade einen frischen Anstrich gegönnt. Auch der Hausflur, in den sie gingen, sah so aus, als wäre er kurz nach der Wende saniert worden. Aber all das war inzwischen bald zwanzig Jahre her, in denen sich niemand mehr um das Haus gekümmert hatte. Rosa war das Haus nach der Wende gestrichen worden, aber die Farbe war inzwischen verwittert.

Im Hausflur blieben sie stehen und ließen ihre Taschen fallen - gleichzeitig, als hätten sie es abgesprochen. Die Rollen knallten auf den Steinboden. Der Schall wanderte das Treppenhaus hinauf. Die Briefkästen an der Wand waren neu. Sie ließen sich nicht mehr aufhebeln wie früher, als das dünne Blech keinen Widerstand bot.

In den Kästen hatten Lydia und Mario Nachrichten füreinander hinterlegt. Post kam nur einmal am Tag. Wenn die Mutter sie am frühen Nachmittag herausgenommen hatte, war der Briefkasten den Rest des Tages ein sicherer Ort. Auf ihren Zetteln stand, wo sie sich treffen wollten, wie die Stimmung oben war. Dinge, die der jeweils andere wissen sollte, bevor er nach Hause kam.

Es war alles lange her. Im August 1989, kurz nach drei Uhr früh am Morgen, als sie Markheide für immer verlassen wollten, hatten sie das letzte Mal hier gestanden.

Lydia und Mario versuchten sich zu erinnern, wie die Wohnung ausgesehen hatte. Aber sie bekamen nur noch Bruchstücke zusammen. Erste Etage, diverse Zimmer, Küche, Bad und ein sehr langer Flur. Die meisten Zimmer gingen zur Straße raus, nur das Schlafzimmer der Eltern ging auf den Hof, genauso wie das Bad. Von der Küche aus sah man in die Seitenstraße, in der der Vater den Lada geparkt hatte. Es war wohl nicht sein Auto gewesen, sondern ein Dienstwagen. Der Vater war noch vor Lydia und Mario ausgezogen. Erst hieß es, es sei eine Versetzung nach Strausberg bei Berlin. Aber dann kam heraus, dass seine neue Frau dort wohnte, die Versetzung war nur ein forcierter Zufall.

Mit seinem Auszug war die letzte Illusion geplatzt, die Lydia und Mario gehabt hatten. Sie hatten gedacht, wenn der Vater weg sei, würde es für sie besser werden. Tatsächlich hatte dessen Prügelei ein Ende gefunden, alles andere aber war geblieben wie immer. Die Mutter distanzierte sich mittlerweile von ihren Jüngsten. Es war, als stünde sie selbst unter Beobachtung, wie sie mit Lydia und Mario klarkam, ob sie sich vielleicht mit ihnen solidarisierte.

Lydia und Mario hatten keine Möglichkeit, irgendwo anders hinzuziehen, was nicht nur an den Aufenthaltsverboten lag. Sie fanden einfach nirgendwo anders einen Job. Natürlich gab es hierfür keine offizielle Begründung, nichts, gegen das sie hätten vorgehen können. Schuld daran waren auch hier die Dossiers ihrer Kaderakten, in denen allen Kaderleitungen mitgeteilt wurde, wie mit den Bewerbern zu verfahren war.

Es war auffällig, dass die Absagen immer nach demselben Muster kamen. Bei dem chronischen Arbeitskräftemangel, der in der DDR auf nahezu allen Gebieten herrschte, schien es im Grunde einfach, eine andere Stelle zu bekommen.

Unzählige Male waren sich Lydia und Mario mit einem Betrieb einig gewesen – bis von diesem die Kaderakte zur formalen Besiegelung der Einstellung angefordert wurde.

Dann hatte es nur noch Ausflüchte und einen hanebüche-
nen Ablehnungsbrief gegeben. Staatliche Betriebe waren
als Arbeitgeber praktisch alternativlos; die wenigen privaten Firmen waren so winzig, dass sie meist Familienange-
hörige und gute Freunde beschäftigten, und die Aufnah-
mekapazität der kirchlichen Einrichtungen war begrenzt.

Lydia und Mario liefen vor Mauern, ohne zu wissen,
warum. Die Strategie dahinter war, die beiden langsam,
aber sicher zu brechen. Es war die Taktik der vielen kleinen Nadelstiche. Berufliche Misserfolge, Gerüchte, die
man über sie in die Welt setzte, Aufenthaltsverbote. Diese
Verbote kamen immer kurzfristig. Sie sollten außerhalb
von Markheide nichts planen, sich mit niemandem verab-
reden können. Stück für Stück wurden Lydia und Mario
immer weiter isoliert. Wenn überhaupt noch etwas möglich war, dann nur, wenn sich jemand traute, sie mit dem
Auto mitzunehmen, und wenn er sie am gleichen Abend
wieder zurückbrachte. Die Mutter rief sofort die Polizei,
wenn sie nicht pünktlich zu Hause waren. Die jüngsten
Geschwister saßen in Markheide fest, auf unbestimmte
Zeit. Markheide war ihr Gefängnis.

Nun standen sie im Hausflur von damals und konnten
nicht weitergehen. Es war wie eine Blockade. Als wäre der
Weg vor ihnen mit Lichtschranken gesichert und eine Katastrophe würde über sie hereinbrechen, wenn sie weiter-
gingen. Sie hatten Angst vor der leeren Wohnung. Beide
hatten die Schleifspuren auf der Straße gesehen und richtig
gedeutet. Die Geschwister hatten bereits einen Container
kommen und die Wohnung ausräumen lassen. Einzig in
ihrem Zimmer standen noch ein paar Sachen.

Mario nahm seine Schwester in den Arm. Sie waren
jetzt beide Mitte vierzig. Die ersten Kreise im Leben

schlossen sich. Die zweite Lebenshälfte mit ihren vielen Abschieden begann - was Markheide anging, wünschten sie nur, dass es schnell ging. Mario bückte sich, nahm seine Tasche und stieg die Treppen hinauf. Ihm fiel ein, dass ihre verfrühte Ankunft sie noch vor ein ganz anderes Problem stellte: Sie hatten keinen Schlüssel zur Wohnung. Die Aussicht, ein paar Stunden vor der Tür zu stehen oder in Marios Pizzeria auszuharren, als Schaustück für die Allgemeinheit, gefiel ihm überhaupt nicht. Er rüttelte am Griff der Wohnungstür. Es war noch derselbe Messingknauf wie früher.

Lydia setzte ihre Tasche ab und starrte auf den Knauf des verschlossenen Eingangs.

Sie stießen sich an und zählten im Flüsterton bis drei. Dann drehten sie die Köpfe um und sahen zur gegenüberliegenden Wohnungstür. Es funktionierte noch. Genau wie früher schob die Nachbarin schnell die Klappe vor das Guckloch.

»Wollen wir bei der mal klingeln?«, fragte Lydia, »vielleicht hat sie ja einen Schlüssel … vielleicht wegen der Leute vom Sperrmüll.«

Mario zuckte mit den Schultern. Einen Versuch war es wert. Als sie bei der Nachbarin klingelten, drang ein heiseres »Hallo?« durch die Holztür.

»Guten Tag, Frau …«, Mario versuchte, auf dem Klingelschild den Namen zu erkennen. Aber über dem Knopf klebte nur ein handschriftlicher Zettel, den er nicht entziffern konnte. »Tut mir leid, dass wir stören, aber haben Sie zufällig einen Schlüssel für gegenüber?«

Hinter der Tür blieb es still.

»Ich bin Mario«, sagte er, »das ist meine Schwester Lydia. Sie kennen uns doch.«

Jetzt wurden auf der anderen Seite ein paar Geräusche hörbar. Mario war nicht ganz klar, wie er sie interpretieren sollte. Sie konnten bedeuten, dass die Nachbarin den Schlüssel holen ging. Sie konnten aber genauso gut bedeuten, dass sie zum Telefon lief und die Polizei anrief, weil sie zwei Einbrecher vermutete. Wenn Mario sich richtig erinnerte, war die Nachbarin damals schon alt gewesen. Jetzt musste sie weit über achtzig sein. Woher sollte er wissen, was in ihrem einsamen Kopf vorging?

»Mario«, meinte Lydia, »hier, sieh mal.«

Sie hielt ihm den Briefumschlag hin, in dem die Bahntickets gewesen waren. Auf den Umschlag waren als Absender Torstens Kontaktdaten gestempelt. Doch als Lydia ihr Handy aus der Jacke holte, um ihn anzurufen, hielt Mario sie davon ab.

»Nicht mit deinem Telefon«, warnte er. »Auch nicht mit Rufnummerunterdrückung. Ich will nicht, dass die später durch irgendeinen dummen Zufall, irgendein technisches Versehen, an uns herankommen. Lass uns sehen, wo wir ein öffentliches Telefon finden. Im Zweifel gehen wir zu Krusche – oder wir fragen Schulze.«

Lydia nickte und steckte ihr Handy wieder ein. Als sie gerade ihre Taschen nehmen wollten, öffnete sich hinter ihnen die Tür. Etwas flog heraus, die Tür knallte wieder zu. Verblüfft schauten Lydia und Mario auf das grau angelaufene Stück Metall, das nun zwischen ihnen lag.

»Danke«, sagte Mario, bückte sich und hob den abgewetzten Schlüssel auf, der nun schon wer weiß wie viele Jahrzehnte seinen Dienst versah und meinte mit kritischem Blick darauf: »Wenn das Schloss mit dem Ding aufgeht, hätten wir's auch mit einem abgenagten Hühnerknochen probieren können.«

Als er die Tür entriegelte, verriet schon während des Drehens ein weiter, hohler Klang, dass nichts mehr in der Wohnung war.

Nicht einmal ein Teppich oder eine Matte lag noch auf dem Boden.

»Das werden ja romantische Tage«, sagte er.

Es war Lydias Idee gewesen, dass sie den Vorschlag annahmen und während ihres Aufenthaltes hier wohnten. Mario hatte nichts dagegen gehabt. Er hatte nicht gedacht, dass seine Geschwister schon klar Schiff machen würden, solange die Mutter noch lebte.

Die beiden traten in die Wohnung, die die Sperrmüllleute besenrein hinterlassen hatten. Man konnte die Spuren der Borsten sehen, wie sie den Staub gestreichelt hatten. Mit Ausnahme ihres Zimmers standen alle Türen offen. Ein seltsamer Geruch lag in der Luft, aber das sollten Mario und Lydia erst später bemerken. Für's Erste kämpften sie mit den Erinnerungen, die ihnen durch die Köpfe schossen, während sie den Flur entlang bis in die Küche gingen.

»Hier haben wir gewohnt?«, fragte er, so fremd kam ihm alles vor, was nicht nur an den kahlen Wänden lag.

»Offensichtlich«, stellte Lydia fest. Auch sie schien kaum zu glauben, dass sie hier viele und nicht gerade glückliche Jahre verbracht hatten.

In der Küche stand ein Campingtisch, darauf zwei Flaschen Wasser, eine Tüte Chips und ein Aschenbecher. Der Aschenbecher faszinierte Lydia und Mario am meisten, denn keiner von ihnen hatte jemals geraucht. Unter einer der Wasserflaschen klemmte ein Zettel, der offenbar für Torsten bestimmt war: »Sag ihnen, dass wir ARBEITEN müssen, sehen uns später!«

»Wer?«, fragte Mario.

Lydia sah ihn an und überlegte. »Wer's geschrieben hat?«

Mario nickte.

»Rebecca oder Andrea«, vermutete die Schwester. Dann legte sie sich fest: »Andrea. Für eine Lehrerin ist es zu unsauber.«

Mario nickte abermals. Er sah sich um. Ansonsten war die Küche leer. Keine Spüle, kein Waschbecken, nicht einmal der Herd war noch da. Er ging an den Anschluss für das Gas und drehte daran: abgestellt. An der Tür drückte er auf den Lichtschalter. Gut möglich, dass es noch Strom gab, nur dass keine Lampe mehr da war, die hätte aufleuchten können. In einer Steckdose steckte ein Kabel, das zu einer Klemmlampe führte, die man für drei Euro im Baumarkt bekam. Die Lampe hier war an der Gasleitung befestigt, ungefähr dort, wo einst der Herd gestanden hatte. Mario testete auch diesen Knopf und die Lampe ging an.

»Wenigstens Strom haben wir hier noch«, bemerkte er. »Ein Wunder, dass sie den nicht auch schon abbestellt haben.«

Sie nahmen ihre Taschen und gingen in ihr altes Zimmer: ein Schrank für zwei, ein kleiner Tisch und das damals schon alte Doppelbett. Mario nahm die Bettdecke und roch daran.

»Immerhin, frisch bezogen«, sagte er.

4

Es war abends, kurz nach acht, als Lydia und Mario
aufwachten. Nachdem sie angekommen waren, hatten sie
sich hingelegt. Die Fahrt hierher war anstrengend gewesen.
Ein paar Stunden Schlaf schienen ihnen sinnvoll zu sein,
wenn sie ihren Geschwistern frisch und handlungsfähig
entgegentreten wollten. Ansonsten waren sie sich einig,
dass sie so schnell wie möglich wieder zurückfahren würden.

Sie wussten nicht, wie schlecht es der Mutter wirklich
ging. Der kurze Brief, der mit den Bahntickets gekommen
war, besagte nur, dass sie im Sterben lag und dass Lydia
und Mario in der Wohnung übernachten könnten, wenn
sie nach Markheide kamen, um ihre persönlichen Sachen
abzuholen.

Die Mutter war wie die Nachbarin weit über achtzig. Es
war nur natürlich, mit einem zeitnahen Tod zu rechnen.
Vor allem, wenn die Ärzte im Krankenhaus niemandem
mehr Hoffnung auf eine Genesung oder gar eine Rückkehr
nach Hause machten. Mario hatte sich umgehört: Sollte
noch ein verwertbarer Rest Leben in einem Menschen
sein, würde man ihn im Krankenhaus stabilisieren und anschließend entweder in die häusliche Pflege oder in ein
Pflegeheim bringen. Erst, wenn sich partout kein zusätzli-
cher Euro mehr aus Pflege- und Krankenkassen heraus-
pressen ließ, gingen die Ärzte nur noch von wenigen Tagen aus.

Eine Woche, hatten Mario und Lydia gesagt, ließe sich
das aushalten. Jetzt waren sie bereits am ersten Nachmittag
mit Fluchtgedanken beschäftigt.

Sie saßen allein in einer leeren Wohnung, in der es
nicht einmal mehr einen Telefonanschluss gab. An einem

Ort, in dem sich außer Warten nichts weiter tun ließ. Morgen früh wollten sie ins Krankenhaus fahren, allein. Sie mussten irgendwie eine Möglichkeit finden, mobil zu werden, und zwar unabhängig von Taxi-Schulze.

Plötzlich hörten sie ein Geräusch an der Tür. Jemand versuchte, aufzuschließen. Aus diesem Grund hatten sie ihren Schlüssel von innen stecken lassen; damit sie merkten, wenn jemand in die Wohnung kam. Als Mario aufstand, nahm er einen strengen, fauligen Geruch wahr, der die ganze Wohnung erfüllte. Er roch an seinem Arm: Die Bettbezüge mochten frisch sein, die Decken und Matratzen darunter jedoch waren alt und muffig, sehr wahrscheinlich sogar angeschimmelt. Seine Hoffnung, dass sie irgendwann ausgetauscht worden wären, zerstob, als er das eindeutige Aroma registrierte, das sein Körper angenommen hatte.

Mario schloss die Tür auf. Er ging davon aus, dass es Torsten war, der vergeblich am Bahnhof auf sie gewartet hatte. Aber die leicht mollige Frau, die ihn vorwurfsvoll ansah, konnte er ohne Mühe als Andrea identifizieren.

»Schön, dich zu sehen«, sagte er und machte ihr den Weg in den Flur frei.

»Wo wart ihr um vier? Torsten hat auf euch gewartet, bis er zum Dienst musste. Wo also wart ihr?«

»Guten Tag, Andrea«, sagte Lydia, die aus dem Zimmer gekommen war.

»Ach, schlaft ihr immer noch im selben Bett? Damit das gleich klar ist: In der Öffentlichkeit benehmt ihr euch wie anständige Menschen. Im Gegensatz zu euch müssen wir hier auch weiterhin leben.«

Willkommen daheim, dachte Mario. Und: Wie du weißt, habt ihr nur ein Bett übrig gelassen, es geht also gar nicht anders. Laut sagte er: »Wir hatten Glück mit den Anschlüssen und sind einen Zug früher hier gewesen.«

»Red keinen Unsinn, wir kennen die Fahrpläne. Ihr habt von vornherein und absichtlich den falschen Zug genommen. Wir werden ja sehen, was ihr euch dabei gedacht habt. Seid auf jeden Fall gewarnt. Hier lässt euch niemand mehr etwas durchgehen. Heute weht ein ganz anderer Wind.«

Während sie redete, ging Andrea in Richtung Küche und prüfte auf dem Weg jedes der offen stehenden Zimmer, geradeso, als wollte sie kontrollieren, ob die Wohnung sich noch im gewünschten Zustand befand und Lydia und Mario keine Vorbereitungen für was auch immer getroffen hatten.

Mario, dem diese Blicke nicht verborgen blieben, fragte: »Suchst du was?«

»Wer sagt mir, dass ihr hier allein seid? Wer weiß, wen ihr unterwegs aufgegabelt habt. Trinkt ihr kein Wasser?« Sie nahm die beiden verschlossenen Flaschen vom Campingtisch und hielt sie hoch.

»Wir waren nicht durstig«, meinte Lydia. »Wie geht's dir? Wie geht's deiner Familie?«

»Das wollen wir mal alles schön aus dem Spiel lassen. Euch jedenfalls geht das gar nichts an. Auf Verwandte wie euch kann die Familie verzichten. Es geht darum, dass wir uns zusammen von Mutter verabschieden, um nichts anderes.« Andrea stellte die Flaschen zurück und fügte hinzu: »Ach ja, in eurem Zimmer im Schrank befinden sich möglicherweise noch Sachen von euch. Wir bieten euch an, alles, was ihr nicht mehr braucht, entsorgen zu lassen, auf unsere Kosten, wenn es sein muss. Alles andere könnt ihr mitnehmen, wenn ihr hier auf diesem Schriftstück bestätigt, dass ihr alles ausgehändigt bekommen habt, was euch gehört, und dass ihr darüber hinaus keine weiteren Forderungen gegen uns erhebt.« Mit diesen Worten zog Andrea ein Kuvert aus ihrer Handtasche, zeigte es Lydia und Mario und legte es zu den Flaschen auf den Campingtisch.

»Moment mal, gibt's im Zusammenhang mit Mutters Tod nicht noch ein paar andere Sachen zu besprechen?«, wandte Mario ein.

»Nicht für dich.« Andrea sah den Bruder drohend an. Dann bedachte sie Lydia mit dem gleichen Blick und sagte: »Für dich auch nicht. Ihr seid hier, weil es sich gehört, dass die Kinder Abschied von der Mutter nehmen. Und«, sie deutete auf den Umschlag auf dem Tisch, »um einige juristische Probleme zu klären, noch bevor sie manifest werden. Das ist alles.«

Damit ließ sie Lydia und Mario in der Küche stehen und zog erneut durch die Räume, diesmal jedoch, um sich zu vergewissern, dass die Leute vom Sperrmüll tatsächlich alles leergeräumt hatten.

»Ich glaub, ich träume«, bebte Mario. Lydia sah, dass er kurz davor war, zu explodieren. Niemand behandelte Mario mehr so, niemand war in den letzten zwanzig Jahren so mit ihnen umgegangen. Lydia lehnte sich an ihn.

»Lass es«, sagte sie leise. »Steig nicht darauf ein. Ein, zwei Tage und wir sind wieder weg, für immer.«

Mario erwiderte die Umarmung seiner Schwester. Er wollte ja ruhig bleiben. Er wusste nur zu gut, dass es nichts brachte, sich auf einen Streit einzulassen.

»Das ist ja widerlich«, entrüstete sich Andrea, die plötzlich wieder in die Küche kam. »Könnt ihr euch denn nicht mal so lange zusammenreißen, wie andere Menschen in der Nähe sind?«

Doch Mario und Lydia blieben stehen: aneinander gelehnt, einander umarmend, einander Schutz gebend. Das einzig Irritierende daran war, dass es zwei Mittvierziger waren, die hier wie Zehnjährige standen.

»Gott, ist das lächerlich«, meinte Andrea.

»Das freut mich«, sagte Lydia.

Andrea starrte sie verständnislos an. »Was freut dich?«, wollte sie wissen.

»Dass du Gott anrufst.«

»Ihr seid so lächerlich!« Andrea wurde laut. »Bildet euch ja nicht ein, dass ihr hier irgendwen gegen uns aufwiegeln könnt, wie ihr das früher angestellt habt. Wir werden schon herausfinden, was dahintersteckt, dass ihr mit dem falschen Zug gekommen seid, ob ihr euch schon mit irgendwem getroffen habt. Morgen früh kommt Torsten hierher, der wird euch zum Krankenhaus bringen. Damit ihr sie noch mal lebend gesehen habt. Danach bringt er euch sofort wieder hierher in die Wohnung.«

»Wollt ihr uns hier einsperren?«, fragte Lydia.

»Wo denkst du hin!« Andrea ging an das Küchenfenster und sah hinaus. Vor dem Haus stand der Wagen von Taxi-Schulze. »Wenn ihr Hunger habt, in der Pizzeria, in der ihr ja wohl schon gewesen seid, ist für euch bezahlt. Hauptmahlzeit und alkoholfreies Getränk. Frühstück bringt Torsten mit. Unterwegs werdet ihr ebenfalls versorgt. Wir gehen davon aus, dass bis Freitag alles erledigt ist.«

Nachdem Andrea verkündet hatte, wie sie und die Geschwister sich den Ablauf vorstellten, machte sie auf dem Absatz kehrt und ging, ohne dass sie mit einer Antwort behelligt oder in ein Gespräch verwickelt werden konnte, aus der Wohnung. Lydia und Mario brauchten noch einen Moment, bevor sie sich voneinander lösten.

»Das war ja schlimmer als im Märchen«, meinte Lydia verstört. Mario ging ans Fenster. Er wollte wissen, wonach Andrea geschaut hatte, und sah das Taxi stehen. Anscheinend hatte man Taxi-Schulze engagiert, um sie auf Schritt und Tritt zu begleiten. Vielleicht wäre Bewachen der bessere Ausdruck gewesen. Andrea hatte ihr Auto gleich hinter Schulzes Taxi geparkt. Sie grüßten sich kurz, bevor Andrea in ihren Wagen stieg und davonfuhr.

»Diese miese Ratte«, entfuhr es Mario, als er sah, dass Schulze zu ihm nach oben grinste. »Ich hatte es vergessen, dass die hier alle unter einer Decke stecken. Ich hatte es einfach vergessen!« Mit der geballten Faust schlug er gegen den Fensterrahmen. Lydia ging zu ihm hin und fasste ihn am Arm.

»Komm«, sagte sie, »lass uns in diesem Schrank nachsehen und Ordnung schaffen. Später gehen wir in diese scheiß Pizzeria und rufen Torsten an. Torsten war doch früher ganz vernünftig, jedenfalls war er der Vernünftigste von allen. Vielleicht können wir mit ihm reden, wie wir das hier machen, okay?«

Doch Mario blieb am Fenster stehen. Erst als Lydia ihn sanft fortzog, gab er nach. Im Schrank befanden sich lediglich ein paar alte Pappkartons, die mit den Jahren weich und wellig geworden waren. Mario ließ Lydia machen. Er sah keinen Sinn darin, in den alten Sachen zu wühlen. Allenfalls würde der Blick in die Kisten eine schlimme Vergangenheit zurück in die Gegenwart holen, und das war es eigentlich nicht, was er brauchte.

Aber Lydia hatte bereits einen Karton aus dem Schrank gezerrt und seinen Inhalt auf den Boden gekippt. Ihr alter Anett-Kassettenrekorder fiel heraus, ein paar Kassetten mit »Depeche Mode«-Aufnahmen, die Lydia selbst beschriftet hatte – in dem phonetischen Englisch, das sie damals verstand. Bei ihrer Ausreise hatte sie nur eine einzige Kassette mitgenommen, die allererste, die Mario für sie aufgenommen hatte. Außerdem fielen noch Wäsche, Strümpfe, Schlüpfer und Hemden aus dem Karton, fleckig und abgetragen. Als Mario die Wäsche sah, war er schneller bei den Sachen, als Lydia sie hochheben konnte. Blitzartig ramschte er alles zusammen und stopfte es zurück in den Karton. Flecken. Sie hatten keine Flecken machen dürfen. Abends hatten sie ihre Sachen vorzeigen müssen, ob sie Flecken in die Wäsche gemacht hatten. Immer wieder waren Flecken in ihrer Wäsche gewesen. Immer wieder hatte es Strafen gegeben für Flecken in der Wäsche. Sie hatten auf die Straße gehen müssen, den Schlüpfer über der Hose, damit alle sehen konnten, dass sie Flecken in ihre Schlüpfer machten. Mario wollte nicht, dass Lydia die Sachen sah. Er wollte nicht, dass all das wieder hochkam. Er wollte nicht, dass mit der Rückkehr nach Markheide alles zerstört wurde, was sie in langen Jahren aufgebaut hatten. Dass sie wieder Beziehungen zu Dingen herstellten, von denen sie sich mit aller Kraft gelöst hatten. Nie wieder wollte er von Flecken, Schlüpfern und ausgeleierten, verrauschten »Depeche Mode«-Kassetten wissen. Er wollte es nicht, um seinetwillen, um Lydias willen. Entschlossen klaubte er das ganze Zeug zusammen, stopfte es in den Karton und rannte damit aus der Wohnung. Unten auf der Straße lief er zum Taxi von Schulze, riss die Kofferraumklappe auf und warf den Karton hinein. Schulze kam nicht dazu, zu fragen, denn Mario war schon wieder zurück in die Wohnung gerannt, um die nächste Pappkiste zu holen. Lydia saß vor dem Schrank, hatte Tränen in den Augen und biss sich in die Hand. Mario rannte, schleppte Karton um Karton nach unten, es waren zum Glück nicht viele, dann ging er zu Schulze, der hinter seinem Lenkrad sitzen geblieben war, und drückte ihm fünfzig Euro in die Hand.

»Fahr!«, schrie Mario. »Fahr los und verbrenn die Scheiße, kipp sie auf den Müll, in einen Fluss, irgendwohin. Schaff mir die Scheiße aus den Augen!«

Und Schulze, überrascht von Marios Auftritt, nahm das Geld, startete sein Taxi und fuhr los.

5

Matthias stocherte in der Glut. Der Kamin zog nicht richtig, wenn der Wind aus der falschen Richtung kam.

Er hatte der Firma blind vertraut, die er mit dem Kaminbau beauftragt hatte. Dabei hätte gerade er als Ingenieur es besser wissen müssen.

Beim Bau seines Hauses hatte er anfangs öfter mit den falschen Firmen gearbeitet. Alte Verbundenheit, wen man eben kannte von früher. Die Kaminbauer waren aus Leipzig gewesen. Eine der wenigen privaten Handwerksfirmen, die es in der DDR noch gegeben hatte. Öfen und Kamine in guter alter Handarbeit. Mit Kacheln aus Meißner Porzellan. Das Alte, das Klassische, damit kannte man sich aus. Doch die Technologien, die nach der Wende kamen, überforderten zunächst alle. Matthias' Auftrag hatte die Firma noch ein wenig über Wasser gehalten, gerettet hatte er sie nicht mehr. Matthias kannte einige dieser privaten Handwerksbetriebe, die zu DDR-Zeiten gewissermaßen außerhalb des staatlichen Plans gelaufen waren. Seinen Garten hatte er von einer Firma anlegen lassen, die sich auch um das Grundstück von Schalck-Golodkowski gekümmert hatte. Dessen Haus in Berlin war eine schöne Arbeit. An die Umgebung angepasst, blickdichte Abschirmung nach außen und innen ein kleines Paradies. Nur ein paar hundert Meter weiter war ein riesiges Freibad gewesen. Tausende Menschen liefen im Sommer jeden Tag an diesem Grundstück vorbei. Aber niemand wäre je auf die Idee gekommen, dass hinter diesen Büschen und Bäumen der mächtige DDR-Devisenbeschaffer lebte. Und im Inneren des Gartengevierts wiederum war kein Westgast je auf die Idee gekommen, dass er sich im Osten befand. Das Kunststück konnte die Gartenbaufirma vollbringen, weil

sie mit ausdrücklicher Billigung der Stasi von der Blumen-
erde bis zu den Pflanzen alles aus dem Westen heran-
schaffte, was man zum Aufhübschen der Funktionärsvillen
brauchte. Damit diese Dinge geheim blieben, gab es dieses
seltsame Geflecht privater Handwerksfirmen. Kleine Betriebe, vier, fünf Leute. Matthias kannte sie, weil er in Berlin für den SHB gearbeitet hatte. Den Spezialhochbau, einen Betrieb des Ministeriums für Staatssicherheit, der für
die großen Bauprojekte zuständig war. In Berlin-Buch hatte er am Krankenhaus für die Mielketruppe mitgebaut,
inklusive einer Sonderabteilung für die Mitglieder und Fa-
milienangehörigen der Partei- und Staatsführung, die seltsamerweise besonders häufig einer diskreten psychiatri-
schen Betreuung bedurften. Nach der Wende dann hatte
sich Matthias mit einem Baubetrieb selbständig gemacht.
Eine Zeit lang hatte er das alte Netzwerk gestützt. Doch
schon bald ließ er das meiste von anderen Leuten bauen.

Er stellte den Schürhaken zurück in das Metallkörb-
chen neben dem Kamin. Anders als seinen Geschwistern
bereitete ihm die Anwesenheit von Lydia und Mario eher
geringe Bauchschmerzen. Ihm konnte alles, was mit der
ehemaligen DDR zu tun hatte, herzlich egal sein. Für ein
paar Tage würde es vielleicht ein wenig unruhig werden,
aber eine existenzielle Bedrohung bedeutete das alles nicht
mehr für ihn. Für die Stasi gearbeitet zu haben, galt inzwischen in manchen Kreisen eher als Empfehlung: einer von
uns, einer von den Guten.

In den Neunzigern hatte es noch Gerede gegeben, wo
er das Kapital herhatte, um so schnell so groß einzustei-
gen. So fürstlich waren die Gehälter und Abfindungen
beim SHB nun auch nicht gewesen, dass er alles aus seinen
privaten Rücklagen hätte finanzieren können. Das Geld

war mittlerweile längst wieder dorthin zurückgeflossen, wo es hergekommen war. Sein Bruder Klaus hatte die Abschlüsse für die Firma gemacht. Alles war wasserdicht gewesen und hatte jede Buchprüfung des Finanzamtes überstanden. Damit war die Sache erledigt, im Übrigen auch lange verjährt. Bei seinen Geschwistern mit ihren Jobs im öffentlichen Dienst war das anders. Insbesondere Andrea spürte da immer wieder mal einen gewissen Druck. Rebecca war ein wenig dadurch geschützt, weil die Stasi eine Akte über sie angelegt hatte. Und nur deshalb, weil es seine Geschwister waren und sie eben zusammenhielten, vergeudete er seine Zeit und verbrachte den Abend mit sinnlosen Diskussionen darüber, ob und wenn ja, was Lydia und Mario nun im Schilde führen könnten. Sicher, da war diese Armeesache, doch das ging letztlich nur Klaus etwas an. Der war der Einzige, der dabeigewesen und noch am Leben war. Doch schon Matthias selbst überzeugte sein eigenes Argument nicht so sehr, dass die beiden irgendwas darüber wussten und im Streit auspacken könnten. Schließlich kamen sie nicht aus eigenen Stücken hierher, sondern weil man sie hergebeten hatte. Aber Rebecca wollte auf alles vorbereitet sein, falls Lydia und Mario nun die Stunde gekommen sahen, sich für alles zu revanchieren, was ihnen in der DDR widerfahren war. Sie erinnerte Andrea an die Kaderakten, die sie ja tatsächlich einfach weitergeführt hatte, was, wenn es herauskam, sicherlich zu ihrer Entlassung und damit auch zu großen Einbußen in der Rente führen würde. Torsten verdeutlichte sie, dass seine ohnehin dünne Auftragsdecke völlig einbrechen könnte, ja, er nicht einmal mehr bei einem Anzeigenblättchen etwas bekommen würde, wenn sich doch noch zeigte, dass er ein hauptamtlicher Mitarbeiter des MfS gewesen war. Von der

Ahr, wo Lydia und Mario lebten, war es doch nicht weit bis nach Köln, wo der Verfassungsschutz saß. Was, wenn irgendein Stasioffizier sich zu Wendezeiten mit einer bis heute unbekannten Kartei den West-Schlapphüten angedient hatte? Lydia, Flittchen, das sie gewesen war, ließ doch alles mit sich machen, wenn sie damit irgendwem Schaden zufügen konnte. Einen alten Spitzel zum Plaudern zu bringen, würde ihr sicherlich gelingen. Habt ihr das alles schon vergessen? Rebecca glühte regelrecht, wenn sie die Gefahren heraufbeschwor, die von den beiden jüngsten Familiemitgliedern ausgehen könnten.

Eigentlich wollte Matthias zum Unternehmerstammtisch gegangen sein, um mit ein paar wirklich wichtigen Leuten über neue Bauprojekte zu sprechen. Leute, die er seit Jahrzehnten kannte, als sie noch im Rat des Kreises gearbeitet hatten oder denen er auf Lehrgängen der Partei begegnet war. Aber nein, er hatte sich breitschlagen lassen und richtete nun diesen Krisengipfel aus, wie er das Treffen getauft hatte.

»Wie waren sie drauf?«, fragte er und sah zu seinen Geschwistern, die sich um den Glastisch vor dem Kamin niedergelassen hatten. Er hatte einen guten Whisky für die Brüder spendiert, Crémant für die Schwestern.

»Mario wie immer, kurz vor der Explosion. Lydia ganz merkwürdig still. Fast brav«, sagte Andrea. »Völlig anders als früher.«

Sie saß auf der Lehne eines Ledersessels. Vier von diesen Ungetümen standen um den Glastisch herum. Im Sessel selbst saß Klaus, der Steuerberater. Daneben Rebecca, die wie Andrea ein Glas Crémant in der Hand hielt.

Ziemlich unverhohlen schielte Rebecca auf die Whisky-Gläser der Männer. Matthias hatte eine gute Sorte aufgemacht, Single Malt, um die fünfzig Euro die Flasche. Rebecca hatte das Etikett neulich in einem Kaufhaus in Leipzig gesehen. Der süßliche, holzig-rauchige Geruch, der sie aus allen Richtungen umfing, machte sie fast wahnsinnig. Sie empfand es als regelrecht frauenfeindlich, sich mit Crémant begnügen zu müssen. Einen Tumbler zu schwenken hätte auch viel besser zu der Rolle gepasst, die sie spielte. Jemand, der ein Mordkomplott einfädelte, trank einfach keinen Schaumwein. Aber sie musste aufpassen. Ihr Körper reagierte seltsam, wenn sie etwas Härteres trank. Wenn sie unvernünftigerweise zu Hochprozentigem griff, was ansonsten relativ häufig geschah, konnte sie nach dem ersten Glas nicht mehr aufhören. Bei Wein und Sekt gelang ihr das sofort.

Sie hatte ihr zweites Kind verloren, weil sie - zunächst in der Annahme, nicht schwanger zu sein - weitergetrunken hatte. Es war in den Wochen um das Ereignis auf der Leipziger Messe herum gewesen, als sie beinahe für das Feuilleton einer westdeutschen Zeitung geschrieben hätte. Sie war mit einem Redakteur ins Gespräch gekommen, der ihr das Angebot gemacht hatte, für sein Blatt über die Literatur der DDR zu schreiben. Bis zu diesem Tag war Rebecca ein folgsames Lämmchen gewesen, genau wie ihre Geschwister. Erst als kurz darauf die Bombe platzte, und sie wegen der – aus ihrer Sicht harmlosen - Korrespondenz fast wegen nachrichtendienstlicher Agententätigkeit im Knast gelandet wäre, schaltete sie um. Ihrem ersten Kind, das sie, durchaus ernst gemeint, dem Staat geschenkt hatte, hatte ein zweites folgen sollen. Allein deshalb war sie mit dem Vater des ersten Kindes zusammengeblieben. Er war noch nie ihre große Liebe gewesen, aber es hatte eben für ein Zusammenleben gereicht. Dass er sie erneut schwängerte, war nach diesem Erlebnis nicht mehr in ihrem Sinn gewesen. Alle waren damals auf sie losgegangen, die Geschwister zuerst, schon deshalb wollte sie dem Staat, der sich so tief in ihr Leben einmischte, kein zweites Kind gebären. Ein Abbruch in einer Klinik wäre ihr jedoch zu sehr als ein offizielles Statement vorgekommen. Eine grundlose Abtreibung würde immer politisch ausgelegt werden, schließlich hatte sie als Genossin und angehende Lehrerin eine Vorbildfunktion. Also trank sie nunmehr bewusst weiter, in der Hoffnung, das Kind so irgendwie zu verlieren. Erst als der Arzt ihr sagte, dass es gewisse Probleme gebe und ihr seinerseits zum Abbruch riet, begriff sie, was geschehen war und was sie so nun auch wieder nicht gewollt hatte. Letztlich war sie über die Abtreibung nie hinweggekommen. Wenn sie also allein war, versackte sie ziemlich regelmäßig mit einer Flasche Whisky oder Wodka. Bei ihr zu Hause gab es niemanden, der sie daran hätte hindern können. Ihr Sohn war längst erwachsen und wohnte weit weg, ihr Mann war kurz nach der Wende unter nie geklärten Umständen ums Leben gekommen. Zumindest hatte sie sich so weit im Griff, dass sie wusste, wann sie besser die Finger vom Alkohol lassen sollte. In der Öffentlichkeit verzichtete sie daher meist ganz oder begnügte sich widerwillig mit den Mädchengetränken, wie sie sie nannte.

Einen Sessel weiter saß Torsten. Er war der Jüngste unter den älteren Geschwistern. Zwei Jahre trennten ihn von Andrea, der Zweitjüngsten dieses Nachwuchskreises. Der Abstand zu Lydia betrug dann immerhin schon ganze sechs Jahre, deshalb zählte er zu den älteren Geschwistern.

Torsten hatte an der Karl-Marx-Universität in Leipzig Journalistik studiert, war in diesem Beruf zu DDR-Zeiten allerdings nie wirklich tätig gewesen und hatte für die Betriebszeitung, die ihn zum Studium delegiert hatte, nie eine Zeile geschrieben. Die Delegierung war erfunden worden, um ihm eine Legende zu verschaffen. Als Journalist konnte er überall auftauchen, ohne es begründen zu müssen. Für Artikel zu recherchieren und Interviews zu führen, waren per se unverdächtige Arbeiten. Eingeweihte wussten von seiner Zusammenarbeit mit Andrea, der damaligen Kaderleiterin, und dass er eine Art Botengänger in Sachen Kaderpolitik gewesen war. Solange er und die »Partner des politisch-operativen Zusammenwirkens« gute Arbeit leisteten, kam niemand auf einen Posten, wo er zu einem Problem werden konnte. Wenn sie schlecht arbeiteten, würde es früher oder später zur Eröffnung eines operativen Vorgangs kommen. Erst dann wurde das angelegt, was man nach der Wende eine Stasiakte nannte.

Als es nach 1989 keinen Bedarf mehr für diese Art Arbeit gab, musste er sich wohl oder übel auf den Beruf besinnen, für den er ein Diplom besaß und den er nie ausgeübt hatte. Interessanterweise spielte es für ihn so gut wie gar keine Rolle, dass er für das MfS gearbeitet hatte. Er gehörte zu denjenigen, die von der Vernichtung der Dossiers in den Kaderakten profitiert hatten. Die Gründe für seine Delegierung zum Studium, seine Perspektivpläne, all das landete im Shredder. Offiziell war er Angestellter des Betriebes gewesen, der die Zeitung herausgab. Seine Verbindung zum MfS konnte nie nachgewiesen werden und so verfügte er über eine lupenreine Biografie. Torsten war lediglich der harmlose Redakteur einer kleinen, unbedeutenden Betriebszeitung gewesen, für die sich noch nie irgendjemand interessiert hatte. Besser ging es nicht. Alles machte nach der Wende Jagd auf Stasispitzel, während der stille Torsten ein neues Leben als unbescholtener Bürger begann und fortan für einige Funk- und Printredaktionen im Leipziger Raum arbeitete. Erst, als die journalistische Qualität wichtiger wurde und es nicht mehr nur darum ging, »saubere« Mitarbeiter zu beschäftigen, nahm die Zahl der Aufträge, die er bekam, in einem bedenklichen Maße ab. Meistens arbeitete er als Urlaubs- und Krankheitsvertretung. Er war fachlich eine Niete. Dass man ihn überhaupt noch beschäftigte, lag daran, dass er nicht der Einzige mit einer zwar vertuschten, aber eben doch vorhandenen Vergangenheit war. Manche Chefs vom Dienst fielen in eine Art Schreckstarre, wenn sie ihm begegneten. Und sie besänftigten sein Schweigen mit Jobs, die sich gerade noch legitimieren ließen.

In gewisser Weise waren die Nachwendekarrieren der Geschwister auch heute noch davon abhängig, dass es keine zweite Welle der Aufarbeitung gab. Eine, die sich mit den tatsächlichen Strukturen des Regimes befasste. Dass es dazu immer noch kommen konnte, hielten die Geschwister unter bestimmten Umständen für möglich, und es erklärte, weshalb sie sich von Rebecca überhaupt nervös machen ließen.

Viele Menschen, die nicht von den alten Netzwerken profitierten, waren nach der Wende ins Abseits geraten. Besser: Sie waren nach der Wende noch weiter in das Abseits gestellt worden, in dem sie sich schon zu DDR-Zeiten befunden hatten. Torsten und die Seinen hielten sich, weil sie in vielen Bereichen nach wie vor über Einfluss verfügten. Die Berichterstattung über die ehemalige DDR erfolgte fast ausschließlich durch Torstens frühere Kommilitonen; die Deutungshoheit über das Wesen des Regimes lag fest in der Hand des Kadernachwuchses der

DDR und deren Gesinnungsgenossen im Westen. Die Kirche eingeschlossen, die anscheinend weit genug säkularisiert war, um zwar nicht mehr an das Paradies, dafür aber immer noch an den Sieg des Sozialismus zu glauben und in diesem militanten Utopismus einen humanitären Fortschritt[i] sah.

Was aber, wenn die Wut über die Vertuschungen sich doch noch Bahn brach, wenn die Vermutungen, die über die Geschwister im Umlauf waren, durch Lydia und Mario verwertbare Nahrung erhielten? Was, wenn die Gefälligkeits-Wissenschaftler die Stellungen nicht mehr halten konnten und eine neue Generation von Forschern doch noch fiese Fragen stellte? Jeder hier in der Gegend wartete nur auf die Gelegenheit, Torsten und seine Geschwister endlich fallen zu sehen. Dafür bedurfte es nur eines handfesten Beweises, eines Umstandes, der dieser amorphen Wut eine Form und eine Richtung gab. Dann, so hofften alle, genügte es, dass der Erste fiel. Dass der Erste die anderen mit in den Abgrund ziehen würde. Die Geschwister wussten das. Sie kannten die Drohungen, die giftigen Bemerkungen; wussten, wie nah an der Wahrheit manche Vorwürfe waren. Das Fallen des ersten Steins zu verhindern, das war es, was die Familie immer und immer wieder absichern musste.

»Vielleicht war es keine so gute Idee, sie in der Wohnung zu lassen«, meinte Rebecca mit einem Schnalzen. Der Appetit auf Whisky hatte ihr den Mund so ausgetrocknet, dass ihre Zunge am Gaumen festgeklebt war. Sie sah kurz in die Runde, ob jemand das Geräusch bemerkt hatte. Dann trank sie schnell einen Schluck Crémant.

»Du meinst, so allein?«, fragte Klaus.

Rebecca nickte.

»Was wissen wir denn«, erklärte sie, »*wen* die alles noch von früher kennen? Andersherum: Was wissen wir darüber, *wer* die beiden noch von früher kennt? Das scheint mir doch die viel größere Gefahr zu sein.«

»Praktisch alle kennen die beiden«, sagte Andrea. »Deshalb hatte ich ja auch ein Hotel in Leipzig vorgeschlagen.« Sie war schnell mit der Antwort. Denn es war schon ihr Argument gewesen, lange bevor der Umschlag mit den Bahntickets abgeschickt worden war. Sie konnte verstehen, wenn keiner von ihnen Lydia und Mario in seiner Wohnung, in seinem Haus haben wollte. Aber die Investition in ein Hotel irgendwo in Leipzig war ihr sinnvoll erschienen. Doch gegen den Geiz der Geschwister hatte sie sich nicht durchsetzen können.

»Nun mal halblang«, wandte Matthias in seiner handfesten Art ein. »Auch in Leipzig können sie irgendwen treffen. Das haben wir diskutiert. Leipzig ist noch viel weniger zu kontrollieren. Außerdem haben wir Taxi-Schulze. Der ist doch vor Dankbarkeit praktisch jedem Einzelnen von uns in den Arsch gekrochen, als wir ihn um die Gefälligkeit baten.« Er trank von seinem Whisky.

Sie hatten Taxi-Schulze mit ein paar Euro honorieren wollen, aber er hatte abgelehnt. Er schien sich Hoffnungen auf ein noch besseres Geschäft zu machen, wenn er den Job zur Zufriedenheit der Familie erledigte. Andrea hatte erzählt, dass er immer wieder in der Arbeitsagentur vorsprach, um eine feste Stelle zu bekommen. Aber in seinem Alter und noch dazu hier in der Gegend war das praktisch unmöglich. Schulze wäre schon froh gewesen über eine Anstellung, die ihn von den Sozialversicherungsbeiträgen erlöste, die ihm als Mini-Selbstständigen Monat für Monat die Luft abzudrücken drohten. Die Andeutungen, die er gemacht hatte, ließen Andrea vermuten, dass Schulze gern auf ein paar Euro verzichtete, wenn er nur irgendwo unterkam. Und sei es als Pförtner in Matthias' Baubude. Deshalb die rege Bereitwilligkeit, die Überwachung von Lydia und Mario als Gefälligkeit zu übernehmen.

»Die lauern bestimmt auf ihre Chance«, meinte Andrea überzeugt. »Die warten beide nur auf eine Gelegenheit.«

»Ich kann mir in der Schule nicht den leisesten Anflug von Zweifel leisten«, sagte Rebecca gespielt, aber dennoch überzeugend grimmig. »Was damals war, warum wir wie gehandelt haben, das versteht heute kein Mensch mehr. Aber urteilen, das können sie. Da sind sie alle ganz schnell.« Sie nippte nachdenklich an ihrem Glas. »Ich kann mir das nicht leisten. Ums Verrecken nicht.«

»Das geht uns doch allen so«, pflichtete ihr Klaus bei. »Wir arbeiten alle in sensiblen Berufen. Und wir haben alle noch ein paar Jahre, die wir rumkriegen müssen. Nach meinem Fünfundsechzigsten können die machen, was sie wollen, dann geht's mich nichts mehr an. Aber bis dahin«, er schlug zur Bekräftigung auf die Lehne seines Sessels, »muss Ruhe herrschen!« Seine Augen waren leicht gerötet, wie die Augen desjenigen, der zu viel liest und zu wenig schläft. Klaus, der studierte Ökonom, war der weichste unter den Geschwistern; und jetzt bekam er auch noch einige altersbedingte Fettpölsterchen, die seinem Gesicht etwas Weibliches, beinahe Omahaftes verliehen.

»Nun regt euch mal nicht so auf.« Matthias schenkte Whisky nach und stellte die Flasche zurück auf den Tisch. »Wie lange waren die nicht mehr hier? Zwanzig Jahre? Wer von diesen Dorftrampeln soll sich denn aus dem, was die beiden vielleicht erzählen, was Brauchbares zusammenreimen können? Und selbst wenn, was sollen denn die Aussagen von zwei im Osten wie im Westen Gescheiterten, zwei vermutlichen Sozialhilfeempfängern, beweisen?«

»Grundsicherung«, warf Andrea ein, »vermutlich beziehen sie Grundsicherung. So heißt das heute.«

»Scheißegal«, zuckte Matthias mit den Schultern. »Wir machen uns hier verrückt und vermutlich kann sich kein Schwein mehr an die beiden erinnern.«

Torsten lachte auf einmal so obszön, dass jedem klar war, woran er dachte. »Zumindest an Lydia werden sich ein paar von denen ganz gern erinnern«, erklärte er überflüssigerweise.

»Du ekelhaftes Schwein!« Andrea wandte sich angewidert zur Seite. »Reicht das nicht? Willst du, dass Rebecca und ich wieder angemacht werden, als wären wir genauso wie … wie dieses … dieses Flittchen?«

Aber Torsten lachte weiter.

»Hör auf«, gebot Matthias. Er klang drohend. »Hör auf, hab ich gesagt!«

»Langsam, Großer, langsam!«, hob Torsten beschwichtigend die Hände. »Ich hab nur gesagt, was Sache ist. Und das Kapitel gehört unzweifelhaft dazu.«

Niemand sagte mehr etwas. Nur Klaus murmelte nach einer Weile: »Widerlich. Einfach widerlich.«

»Wir haben es verstanden«, knurrte Matthias.

Der Whisky machte ihn ungeduldig. Sicher, er wollte auch nicht mehr als Stasi-Maurer angeschrien werden, wie es nach der Wende vorgekommen war. Aber eigentlich war es ihm egal. Auch diese Peinlichkeiten, wie sie über Lydia vielleicht noch kursierten, waren ihm egal. Sein Haus mochte zwar hier stehen, aber er war nicht ortsgebunden. Er hatte sich, auch mit der Hilfe von Klaus, breiter aufgestellt und lebte nicht mehr nur von dem örtlichen Bauge-

schäft. Er hatte ein paar Fonds aufgelegt und Mittelstands-
anleihen ausgegeben, mit denen er überall in Deutschland
Altbauten sanierte. Wenn es ihm hier wirklich zu blöd
wurde, konnte er auch nach Marburg oder sonst wohin
ziehen, wo das alles niemanden kümmerte.

Doch so ganz wollte er die Gegend rein geschäftlich
nicht abschreiben. Wenn er genauer darüber nachdachte,
hatte er doch ein eigenes Interesse daran, dass es um Lydia
und Mario ruhig blieb: Er wollte das Haus kaufen, in dem
die Mutter gelebt hatte. Ihm gehörte schon einiges in der
Gegend. Er wollte so viele Grundstücke wie möglich er-
werben, bis er genug Masse zusammenhatte, um ein großes
Projekt starten zu können. Deshalb war es auch für ihn
besser, wenn er nicht Gegenstand eines solchen Gewäschs
wurde. Im Moment konnte er sich über die Auswahl der
Immobilien, die immer wieder günstig auf den Markt kamen, nicht beschweren. Es war nichts los in Markheide,
obwohl die grundsätzlichen Koordinaten stimmten.
Leipzig war nicht weit entfernt, und wenn die Stadt weiter
wuchs - Matthias ging davon aus, dass sie das in den
nächsten Jahren tun würde - dann konnte man auch aus
Markheide etwas machen. Wer dann die Grundstücke besaß, der hatte die Nase ziemlich weit vorn. Deshalb wollte
er kein Gerede, ganz gleich aus welchem Grund. Vielleicht,
überlegte er, konnte man das mit Geld lösen. Es war immer besser, mit ein paar wenigen Euro von vornherein
allen Unannehmlichkeiten entgegenzutreten, als später viel
Geld aufwenden zu müssen, um den Ärger wieder einzu-
dämmen.

»Kann man mit denen reden?«, fragte er daher Andrea.

Aber Andrea zog abschätzig die Mundwinkel herunter.
»Du kennst sie doch. Prinzipientreu um jeden Preis. Auch

wenn ihre Prinzipien von niemandem sonst geteilt werden. Und ich hatte vorhin nicht den Eindruck, als wenn sich das geändert hätte.«

Aber Matthias fragte noch einmal, diesmal mit einem deutlichen Unterton. »Reden, Andrea, kann man mit denen reden. Ich meine, *mein* Reden.«

Aber Andrea lachte.

»Ich hab dich schon beim ersten Mal verstanden«, antwortete sie und rieb Daumen und Zeigefinger aneinander. »Aus Geld haben sich die beiden doch erst recht nichts gemacht. Alle konnte man mit Geld ruhigstellen. Aber die beiden …«

»Mensch, die leben seit zwanzig Jahren im Westen, die müssen doch begriffen haben, dass nichts anderes im Leben zählt!« Matthias trank einen großen Schluck. Es konnte ihn wahnsinnig machen, wenn man sich seinen Argumenten so hartnäckig verschloss.

»Auch wenn du brüllst«, gab Andrea unbeeindruckt zurück, »die sahen nicht so aus, als würden sie darauf aus sein.«

»Geld ist bei denen tatsächlich kein Mittel«, mischte sich Klaus ein, der nachdenklich in seinem Sessel versunken war. »Damals war es das nicht … und es müsste mit dem Teufel zugehen, wenn sich daran was geändert haben sollte.«

»Und dass sie den an sich ranlassen, ist erst recht nicht zu erwarten«, raunte Rebecca. »Den Teufel, meine ich.«

Für heute hatte sie ihren Spaß gehabt. Die Geschwister schienen angefixt zu sein, übertreiben wollte sie es auch nicht. Deshalb wollte sie nach Hause, solange es noch früh genug war, um am Morgen wieder nüchtern zu sein. Sie musste erst zur vierten Stunde in die Schule, das reichte für drei, vier Gläser. Auch Torsten fand, dass es Zeit war. Er sah zur Uhr und stellte sein Glas ab.

»Vorschlag zur Güte«, erklärte er. »Ich fahr da mal rüber. Weit können die ja nicht sein. Und dass sie schon im Bettchen liegen, dafür ist es noch zu früh. Ich fahr da mal hin, 'n bisschen quatschen. So richtig Stress hatte ich mit denen ja nicht. Vielleicht kriege ich es irgendwie hin, die ein bisschen zu steuern.«

»Viel Glück«, sagte Rebecca und nahm ihre Autoschlüssel aus der Handtasche. »Ruf mich morgen an und sag, was du erreicht hast. Aber nicht vor acht, halb neun, klar?« Damit verabschiedete sie sich.

Torsten nickte. Vor dem Haus stand sein Moped, mit dem er auch zu Reportagen fuhr, wenn man ihm denn welche gab. Er wollte mit Lydia und Mario auf ein paar Bier in die Pizzeria. Vielleicht fiel ihm dabei etwas ein, wie er die beiden in den nächsten Tagen davon abhalten konnte, etwas Unüberlegtes zu tun.

6

»Ingrid Babendererde«. Die Geschichte einer Abitur-
klasse Anfang der Fünfzigerjahre in Mecklenburg Vor-
pommern. Irgendwas mit Relegation wegen Parteinahme
für die Junge Gemeinde, der es damals an den Kragen gegangen war.

Was für eine entsetzliche Scheiße, dachte Rebecca. Dieser Johnson-Stil, diese Banalität der Sache. Und ausgerechnet sie wollte darüber diskutieren. Sie hatte es selbst
vorgeschlagen, um unauffällig mit Pfarrer Kreutzner in
Kontakt zu kommen. Deshalb hatte sie sich ihm als Lehrerin des nächstgelegenen Gymnasiums vorgestellt, die im
Literaturkreis der Gemeinde das Buch lesen wollte. Es
ginge ihr auch um die Aufarbeitung der eigenen Geschichte, hatte sie durchblicken lassen, denn schließlich gehöre
sie nicht zur Gemeinde. Einziger Bezugspunkt sei ihre
Familie und deren schwieriges Verhältnis zur Kirche, insbesondere zu Ihnen, Herr Pfarrer.

Kreutzner hatte zugestimmt, wenngleich nicht für den
Literaturkreis, sondern für diese Sonderveranstaltung mit
den DGB-Senioren.

Nun musste sie sich wenigstens so weit vorbereiten,
dass sie glaubwürdig über das Thema reden konnte. Und
das stellte sie schon vor einige Schwierigkeiten. Sie wollte
zwar Rache nehmen für das Unrecht, das ihr zugefügt
worden war, davon abgesehen aber war sie mit der DDR
stets auf Linie gewesen. Von daher fand sie es völlig richtig, dass diese Jugendlichen von der Schule geflogen waren.
Eine neue Elite sollte entstehen. Wer glaubte denn im
Ernst, dass die klassenlose Gesellschaft ohne Eliten aus-
kam? Rebecca fand ihre Argumentation auch heute noch
schlüssig: Nach dem Zweiten Weltkrieg musste ein neues

Deutschland aufgebaut werden. Mit einer neuen Elite, da die alte tief in die Verbrechen der Nazis verstrickt gewesen war. Für den Haus- und Schulgebrauch genügte das. Bis heute Morgen hätte es auch für die Runde bei Kreutzner gereicht. Nur hatte sie dann mit Torsten telefoniert.

Der war gestern Abend wie versprochen mit Lydia und Mario in der Pizzeria gewesen. Seine Schilderung machte ein paar Änderungen in ihren Plänen notwendig.

Wenn es stimmte, was Torsten erzählt hatte, dann musste sie vorsichtig sein. Dann war gerade das eingetreten, mit dem sie am allerwenigsten gerechnet hatte und was einen kräftigen Strich durch ihre Pläne machen könnte. Torsten zufolge behaupteten Lydia und Mario nun, wie gut es damals alle mit ihnen gemeint hätten und wie blind sie gewesen wären, das nicht zu begreifen. Und dass sie nach so vielen Jahren im Westen wüssten, dass die DDR das bessere Deutschland gewesen sei.

Das war so ziemlich das Schlimmste, was Rebecca hätte passieren können. Sie war davon ausgegangen, dass die beiden nach wie vor ihre alten Überzeugungen pflegten, und es eben falsch fanden, dass Christen in der DDR gewissen Repressionen ausgesetzt gewesen waren. Sonst hätte sie Kreutzner doch niemals dieses Buch vorgeschlagen. Rebecca hatte es sich so schön ausgemalt, wie sie dem Auditorium ihre Wandlung präsentierte, wie sie zögernd zugab, selbst an solchen Relegationen beteiligt gewesen zu sein, und wie ihr nach der Wende allmählich bewusst geworden wäre, das Falsche getan zu haben. Was natürlich nicht stimmte. Sie war schon deshalb eine gefürchtete Hardlinerin gewesen, weil sie keinem der Kinder möglicherweise zu einer Karriere verhelfen wollte, die ihr selbst versagt geblieben war.

Was aber, wenn nicht nur Lydia und Mario ihre Weltsicht geändert hatten? Sie wusste nicht, wie das Leben des Pfarrers in den zurückliegenden Jahren verlaufen war. Wenn er ebenfalls nicht mehr als ehemaliger DDR-Oppositioneller unterwegs war, dann war alles hinfällig, was sie sich zurechtgelegt hatte. Dann brauchte sie etwas Neues, dann sollte sie besser eine Grippe vorschützen, als zu dieser Veranstaltung zu gehen. Wofür es natürlich zu spät war. Aber unmöglich konnte sie dann noch anbringen, dass durch die Erzählung, mit der DDR ein besseres Deutschland aufbauen zu wollen, die Herrenmenschen-Ideologie der Nazis fortgeführt worden war. Denn logischerweise bedingte ein besseres Land zwangsläufig ein schlechteres, minderwertigeres, um das es im Zweifel nicht schade wäre, wenn es vernichtet würde. Die »entwickelte sozialistische Persönlichkeit«, zu der sie die Kinder hatte erziehen sollen, der neue Mensch, den es zu erschaffen galt, war nichts anderes als ein ariergleiches Geschöpf, das sich erneut über andere erhob und sie zu Untermenschen machte. An dieser Stelle hatte Rebecca einen Streit mit Lydia anführen wollen, den es tatsächlich gegeben hatte; als Lydia es nämlich ablehnte, eine »entwickelte sozialistische Persönlichkeit« zu werden. Denn ihrer Ansicht nach waren alle Menschen Geschöpfe Gottes, egal wie sie aussahen, welche Sprache sie sprachen oder wo sie lebten. »Der Mensch ist, wie Gott ihn erschaffen hat«, verteidigte sich Lydia, »und nicht, wie andere Menschen meinen, dass er sein müsste. Vor Gott sind alle Menschen gleich, nur vor deinem Politbüro nicht.« Und nun? Rebecca schielte zu ihren Schnapsvorräten. Lass die Finger davon! ermahnte sie sich. Sie würde gleich wohl oder übel improvisieren müssen, und das war überhaupt nicht ihr Metier.

Rebecca packte das Johnson-Buch in ihre Tasche. Pfarrer Kreutzner erwartete eine Reisegruppe aus dem Ruhrgebiet, für die er ein bisschen DDR-Kunde ganz passend fand. Rebecca hatte zugesagt. Da meinte sie wie gesagt noch, dass sie Kreutzner für ihre eigenen Zwecke einspannen könnte. Sie stieg in ihr Auto und fuhr zur Kirche, wo fünfzehn Rentnerinnen und Rentner aus der Nähe von Duisburg zu Gast waren. Weimar gucken, Völkerschlachtdenkmal gucken, die DDR-Fossile Kreutzner und Rebecca gucken. Eine typische DGB-Seniorenreise eben.

Rebecca wollte versuchen, vor der Veranstaltung noch mit Pfarrer Kreutzner allein zu sprechen. Sie wollte sehen, wie er reagierte, wenn er erfuhr, dass Lydia und Mario hier waren. Je nachdem, wie seine Reaktion ausfiel, wollte sie dann entscheiden, ob er noch eine Rolle in ihren Plänen spielen konnte.

Es war ein offenes Geheimnis, dass Kreutzner der letzte Pfarrer im Ort sein würde. Dass man ihn nicht längst woandershin versetzt hatte, lag daran, dass er so etwas wie eine Ikone des widerständischen Protestantismus war. Das besagte mitnichten, dass man ihn aus Respekt und Ehrfurcht an seiner alten Wirkungsstätte beließ. Es besagte lediglich, dass er hier in Markheide am wenigsten störte.

Diese Widerstandspfarrer waren immer problematisch gewesen. Denn so ruhmreich, wie sie selbst es gern glauben machen wollte, war die Rolle der Kirche weder vor, während oder nach der Wende gewesen. Zu tief waren Würdenträger der evangelischen Kirche in das System involviert gewesen. Und Leute, die ihre Finger in diese schmerzhaften Wunden legten, waren heute so ungern gesehen wie damals. Auch Kreutzner hatte man nach der Wende angeboten, für ein paar Jahre ins Ausland, in die

Mission zu gehen, um ihm in Markheide die Bühne zu nehmen. Er hatte entgegengehalten, wo anders als hier, in diesem entwurzelten, atheistischen Landstrich, sei Mission notwendiger? Er hatte Offenheit verlangt, gründliche Aufarbeitung, aber je lauter sein Verlangen danach wurde, umso stiller war es um ihn geworden. Wenn er ehrlich zu sich selbst war – und immerhin das versuchte er zu sein – dann wollte er nur noch eins: ohne große Aufregung die Pensionsgrenze erreichen. So lange würde man ihn hier machen lassen, so lange wollte er seinen Beitrag leisten zur Vergebung und zur Verständigung zwischen Ost und West.

Rebecca parkte ihren Wagen unter einer riesigen Eiche. Von dort aus waren es nur noch ein paar Schritte bis zur Kirche, deren schweres Tor offen stand. Ihr Blick fiel gleich auf den Halbkreis aus Stühlen, der vorn vor dem Altar aufgestellt worden war, und auf die Küsterin, die gerade Gläser und Wein- und Wasserflaschen verteilte. Als Rebecca sich näherte, hallten ihre Schritte laut und sie erinnerte sich, dass ihre Großeltern, bei den wenigen Malen, die sie einander begegnet waren, die Akustik dieser Kirche gelobt hatten. Rebecca hatte es unbeeindruckt zur Kenntnis genommen. Musik war kein Thema, mit dem sie viel anzufangen wusste.

Die Küsterin sah nicht auf, als sie Rebecca kommen hörte. Ihr war klar, wer da auf sie zutrat.

»Sind Sie schon da?«, fragte sie in den Raum hinein.

»Wer, ich?«, fragte Rebecca zurück.

»Natürlich Sie. Der Bus kommt erst in einer Stunde.«

»Ich weiß«, meinte Rebecca. »Ich bin etwas früher gekommen. Ich wollte noch mit Pfarrer Kreutzner reden.«

»Um was geht's denn? Kindstaufe, Kircheneintritt, Beisetzung?«

»Nichts davon. Es ist was … Familiäres.«

»So«, grummelte die Küsterin, »was Familiäres. Dann nehme ich mal an, dass es sich um das Tagesgespräch handelt.«

»Das … Tagesgespräch?«

»Tun Sie nicht so. Lydia und Mario meine ich. Alle wissen's schon, nur der Kreutzner noch nicht. Wie auch, der ist ja mit den Leuten unterwegs.«

Rebecca erschrak.

»Lydia und Mario? Waren die schon hier?«, fragte sie so überhastet, dass sie selbst merkte, was für einen unsicheren Eindruck das machen musste.

Die Küsterin hielt inne, stellte den Korb mit den Flaschen und Gläsern auf einen der Stühle und schüttelte den Kopf.

»Nein, waren sie nicht. Aber es ist doch denkbar, dass sie herkommen, nicht wahr? Nach so langer Zeit.«

»Das heißt, Sie waren damals auch schon …«, Rebecca stockte.

»Küsterin nennt sich das, was ich hier mache«, versetzte die Küsterin. »Und ja, das war ich auch damals schon. Der Pfarrer und ich sind wie ein altes Ehepaar. Uns wird auch erst der Tod scheiden.«

»Schön für Sie«, entfuhr es Rebecca, die ihren herablassenden Ton sofort bereute. »Entschuldigen Sie, das ist mir so herausgerutscht.«

»Schon in Ordnung. Machen Sie nur. Ein Glas Wein oder Wasser?«

»Wasser, wenn's geht. Ist Pfarrer Kreutzner denn auch erst in einer Stunde hier?«

Die Küsterin nickte. »Natürlich, sagte ich doch schon. Er begleitet den ganzen Verein. Gestern Weimar, Goethe und Schiller, heute Völkerschlacht in Leipzig und dann gleich Sie. Und das alles noch in seinem Alter. Ich sag Ihnen, am Tag seiner Pensionierung wird er hier unter dem Kreuz stehen, der Kreutzner, das Amen sprechen und tot umkippen.« Und wie eine besorgte Ehefrau fügte sie hinzu: »Er sollte wirklich besser auf sich achten. Ein bisschen kürzertreten. Ach, was rede ich.«

Sie ließ Rebecca stehen und verteilte weiter die Gläser und Flaschen. Das Wasser, das sie Rebecca angeboten hatte, hatte sie inzwischen vergessen. Aber es war schon ein Podium eingerichtet worden, mit zwei Stühlen und einem kleinen Tisch dazwischen, auf dem bereits Getränke standen. Also bediente sich Rebecca dort und warf einen Blick auf den Wein, der heute Abend getrunken wurde. Sie hatte auf eine hiesige Marke getippt. Saale-Unstrut, einen Meissner Wein vielleicht, aber der war anscheinend zu teuer für die Runde. Vielleicht war auch die Zeit für diese spezielle Form der Aufklärung vorüber, dass es nicht nur an Rhein und Mosel deutschen Wein gab. Heute jedenfalls gab es einen Italiener vom Discounter. Rebecca war es egal, sie würde beim Wasser bleiben.

Sie versuchte, die Zeit zu nutzen, sich auf das Thema des Abends zu konzentrieren und ging noch einmal die Phrasen durch, die sie sich zurechtgelegt hatte, in der Hoffnung, doch noch etwas davon verwenden zu können.

Ingrid Babendererde. Die Geschichte rebellierender Jugendlicher. Ach, wie neu. Wie ansprechend. Wie epochemachend. Wer nicht irgendwann gegen irgendwas rebellierte, der schien ein bildungsunfähiger Mensch zu sein. Bewies der Rebellierende doch angeblich, dass er sich mit der Welt auseinandersetzte, die ihn umgab. Vielleicht war diese Ingrid ja die Bildungsfähigste an ihrer Schule gewesen. Aber dann wäre auch Lydia bildungsfähig gewesen. Vielleicht sogar Mario. Woher sollte sie das wissen. Rebecca hatte in diesem Sinne nie rebelliert. Sowohl Lydia als auch Mario hatten die Schule nach der achten Klasse verlassen müssen. Sie hatte das nicht zu verantworten. Das war einzig und allein die Sache des Vaters gewesen. Die Mutter hatte nicht gewagt, zu widersprechen. Aber auch ohne diese Eltern hätten die beiden im Schulsystem der DDR nichts werden können. Die Konflikte hätten sich nur mehr gesteigert. Sicher, im Nachhinein hatte sich vieles, was zu diesen Spannungen geführt hatte, in Lydias Sinne gewendet. Aber wer hatte das ahnen können? Noch zehn, zwanzig Jahre länger und die evangelische Kirche der DDR, die einzig wahre Kirche im Sozialismus, die, laut Eigenwerbung, so gern die großen Konflikte vermied, um in den kleinen besser helfen zu können (zutreffender wäre gewesen: sie geräuschlos eliminieren zu können), hätte eine Neufassung der Bibel in Auftrag gegeben. So wie Luther die Bibel ins Deutsche übersetzt hatte, hätte sie die Bibel aus dem Deutschen in die Sprache der DDR übersetzen lassen. Geglättet und um die konfliktträchtigen Stellen bereinigt. Und in die aus marxistisch-leninistischer Sicht historisch richtige Reihenfolge gebracht. Erst die Marx-Engels-Gesamtausgabe (MEGA), dann die Bibel. Vielleicht auch gar keine Bibel mehr, sondern nur noch ein paar Zitate innerhalb der MEGA, als notwendige Relikte, die die Richtigkeit des ebenso historischen wie wissenschaftlichen Marxismus bewiesen. Mit den anderen minderwertigen Philosophen Sokrates, Kant und wie sie alle hießen, hatte man es ähnlich gehalten. Denn konnte es ohne marxistische Dialektik überhaupt ein philosophisches Denken geben? Eben. Also konnte man diese paar Jahrtausende Geistesgeschichte auch auf das marxistisch Verwertbare eindampfen. Das weniger Gelungene ließ man bei Marx und Engels ja auch unter den Tisch fallen. Und vor Marx und Engels war doch jedwede Philosophie nur bürgerliche Stümperei gewesen. So in etwa hatte es Rebecca gelernt und gelehrt. Wirres Gefasel der jeweiligen Ausbeuterklasse. Und in den Achtzigerjahren war die evangelische Kirche der DDR gerade dabei gewesen, das endlich einzusehen. Hätte das kleine Land nur ein wenig länger existiert, die Kirche hätte darum gebettelt, den Schulausschluss von Fräulein Babendererde aus ganz neutheologischer Sicht begründen zu dürfen. Und damit wäre auch ihr Schöpfer Johnson in der Mottenkiste gelandet. Es war doch erstaunlich, dass das Buch selbst im Westen erst in den Achtzigerjahren aus dem Nachlass des Autors publiziert worden war. Und wie bemerkenswert, wie DDR-konform sich die altbundesdeutschen Intellektuellen schon in den Fünfzigern verhalten hatten. Kein Wunder, dass die meisten der zensurmüden DDR-Künstler im Westen sang- und klanglos untergegangen waren.

Rebecca stieg die Kohlensäure des Wassers in die Nase. Sie griff zum Taschentuch. Dann spann sie den Gedanken mit der DDR-Bibel weiter. Als Erstes, dachte sie, hätte man die Dinge gestrichen, die die Leute immer wieder auf dumme Gedanken brachten. Die vermaledeite Zahl 40 zum Beispiel, die in der Bibel so symbolträchtig aufgeladen war. Mario hatte sich im Frühjahr 1989, ein halbes Jahr vor dem entsprechenden Republikgeburtstag, ein T-Shirt angefertigt, auf das er »40 Jahre Verbannung. 40 Tage Fasten. 40 Jahre DDR. Alles geht vorbei.« geschrieben hatte. Als er damit durch Markheide gelaufen war, war er nicht weit gekommen. Recht behalten hatte er dennoch. Aber um niemanden überhaupt zu solchen Gedanken anzuregen, hätte man diese Stellen von vornherein streichen können. Die Staatssicherheit betrieb in Berlin-Karlshorst eine theologische Bibliothek, Torsten hatte davon erzählt. Vielleicht hatte man dort längst an der »neuen« Bibel gearbeitet. Diese Neufassung durchzusetzen wäre gewiss kein Problem gewesen. Es gab genügend Inoffizielle Mitarbeiter der Stasi in der Kirchenleitung. Genügend Theologen und Kirchenjuristen waren an den staatlichen Universitäten ausgebildet und entsprechend eingenordet worden. Wenn man bedachte, dass fast sämtliche Bürgerbewegungen des Wendeherbstes von Stasispitzeln im Talar mitgegründet worden waren, man also genauso gut von einer tschekistischen wie von einer protestantischen Revolution sprechen konnte, war der Gedanke an eine DDR-eigene Bibel, geschrieben unter Federführung des MfS, dann tatsächlich so absurd? Vielleicht hätte die Kirchenleitung das sogar begrüßt, weil eine in dieser Weise erneuerte Bibel, die für den Staat akzeptabel gewesen wäre, zu einer Zunahme der Taufen und Kircheneintritte geführt hätte. Dass es auf diese Weise eines Tages sogar normal gewesen wäre, sowohl Mitglied der SED als auch der Kirche zu sein. Und über jedem Kreuz hätte das Bild des Staatsratsvorsitzenden gehangen.

Rebecca unterdrückte ein Lachen und konzentrierte sich wieder auf Ingrid Babendererde. Bildung. Was ist Bildung denn anderes als die Grundlage dafür, in der Gesellschaft, in der man lebt, klarzukommen? überlegte sie. Die sozialistische Gesellschaft an sich ist eine Revolution. Sie ist die grundlegende Erneuerung. Innerhalb dieser Revolution bedarf es keiner weiteren Revolutionen, Reformen oder Erneuerungen mehr. Es genügt, alles Vorrevolutionäre auszumerzen. Sozialismus, das ist Glück und immerwährender Friede. Etwas, das, einmal erreicht, nie mehr verändert werden muss. Es muss nur alles Abweichende - die Möglichkeit von etwas Neuem genauso wie die Erinnerung an alles Alte - vorbehaltlos ausgelöscht werden. Und aus diesem Grund, weil sie das nicht begriffen, die Lydias und Marios und Babendererdes, waren sie bildungsunfähig, nicht wert, der neuen Elite anzugehören. Und deshalb war der Schulverweis auch gar keiner gewesen. Es galt eben, den neuen Menschen zu schaffen, besagte entwickelte sozialistische Persönlichkeit. In diesem Sinn, und nur in diesem Sinn, durften sich Begabungen und Befähigungen entwickeln. Trafen sich hier nicht Sozialismus und Kirche? War das Menschenbild der Kirche dem des Sozialismus nicht ziemlich ähnlich? Sah nicht auch sie in dem von Begierden freien Menschen das Ideal? War Bildung in deren Sinn nicht gleichbedeutend mit der Aberziehung der Begierden? Begierde war doch nur ein anderes Wort für Bedürfnisse, Interessen, Verlangen und Sehnsüchte, worunter Lydia vor allem, aber nicht nur, Immaterielles verstanden hatte. Wissen war so ein Bedürfnis. Dinge zu erforschen war so ein Verlangen. In dem Wörtchen Neugier war die sündhafte Gier wie in der Begierde selbst ja schon enthalten. Etwas vom Gang der Welt zu begreifen, war doch eine Sehnsucht. Und eine Sucht stellte immer etwas Krankhaftes dar, etwas, das nach Heilung verlangte.

Rebecca kannte sich mit diesen Dingen nicht zuverlässig aus, aber auf den ersten Blick schien es ihr, als wenn Lydia einerseits recht hatte und damit andererseits auch im kirchlichen Sinn nicht bildungsfähig gewesen war. Bedenkt man, dass die Frühchristen noch ein kleines Häuflein gewesen waren, das gerade erst begann, seine Kirche aufzubauen und von allen Seiten angefeindet wurde, stellte das sicherlich auch eine hübsche Analogie zur DDR der frühen Fünfziger dar. Gewalt und Gehorsam galten schon immer als probate Mittel auf dem Weg zur Seligkeit. Das Bildungsziel Bedürfnislosigkeit diente dem Machtaufbau und –erhalt. Und so begründet, waren Lydia und Mario und Fräulein Babendererde eben bildungsunfähig gewesen. So begründet handelte es sich eben nicht um einen Schulausschluss aus politischen Gründen, sondern konnte sauber pädagogisch untermauert werden: den Anforderungen nicht genügend, sechs, danke, setzen. Rebecca fand ihre Gedanken hierzu schlüssig. Sie war sich jedoch auch im Klaren darüber, dass sie das unmöglich Kreutzners Rentnertruppe sagen konnte. Sie musste etwas anderes finden, das die Leute auf ihre Seite brachte. Vor der Menge zählten Emotionen ohnehin mehr als tausend Fakten. Sie wollte versuchen, die Leute auf dieser Ebene zu gewinnen. Nur, wofür eigentlich noch? Ihren Plan, möglichst viele Leute als Täter für den Mord an Lydia infrage kommen zu lassen, schien sie ja infolge der Friedfertigkeit des Opfers begraben zu können. Rebecca konzentrierte sich. Ihr würde schon etwas einfallen. Erst diese Veranstaltung und dann in Ruhe über alles nachdenken.

Draußen vor der Kirche hielt ein Bus. Rebecca hörte das tiefe Bollern des Diesels, das Pfeifen der Hydraulik und das anschwellende Stimmengewirr, als die Frauen zur Toilette eilten und die Männer sich tief atmend Zigaretten anzündeten. Bald erschien Pfarrer Kreutzner in der Kirche, relativ klein, mit weißen Haaren und einem ebenso weißen, gepflegten Bart. Zwischen den ersten Bänken blieb er stehen und sah zum Kreuz über dem Altar hinauf, als wollte er sich bedanken, dass er wieder hier sei. Er war sehr rot im Gesicht, der Blutdruck machte ihm seit langer

Zeit zu schaffen. Auf seiner Stirn standen ein paar Schweißtropfen. Im Bus war es heiß gewesen, obwohl es eine Klimaanlage gab. Diese hatte die Temperatur jedoch kaum in Richtung der zwanzig Grad-Marke gesenkt. Die ganze Fahrt über hatte er sich gefragt, warum die Ventilation überhaupt lief, wenn sie nicht zur Abkühlung beitrug.

Dann entdeckte er die dünne, abgezehrt wirkende Frau vor dem Altar. Ihre schwarzen, von wenigen grauen Fäden durchzogenen Haare waren sportlich kurz geschnitten und ihr Make-up wirkte, als hätte sie sich für einen Bühnenauftritt geschminkt. Rebecca sah in etwa so aus, wie er sie sich von der Stimme her am Telefon vorgestellt hatte. Kreutzner hatte keine Erinnerung an sie, obwohl er ihr gelegentlich begegnet sein musste. Er lief zwischen den Kirchenbänken auf sie zu und begrüßte sie: »Es freut mich, dass Sie schon da sind. Ich hoffe, ich habe Sie nicht zu lange warten lassen.«

»Überhaupt nicht«, antwortete Rebecca und schüttelte Kreutzners Hand. »Ich war sowieso früher hier, ich wollte noch ein paar Sachen mit Ihnen besprechen, bevor wir mit dem Fräulein Babendererde anfangen.«

»So«, seufzte Kreutzner nachdenklich. Er wusste zwar noch nicht, dass Lydia und Mario in Markheide waren, aber er kannte natürlich Rebeccas Familie. Und dass die Mutter seit ein paar Tagen im Krankenhaus lag, war ihm ebenfalls bekannt. »So«, wiederholte er, »worum geht es denn, wenn ich das so direkt zurückfragen darf?«

»Es ist eine Familienangelegenheit …«, begann Rebecca.

Kreutzner nickte und nahm an, es ginge um die Mutter.

»Es hat also nichts mit der Runde hier zu tun?«, vergewisserte er sich, denn er wollte nicht in eine unangenehme

Situation kommen und von ihr ob seiner Bürgerrechtsvergangenheit vorgeführt werden. Es war in den letzten Jahren häufig vorgekommen, dass man ihm eine Mitschuld am Zusammenbruch der DDR gab und damit vor allem den Verlust von Arbeitsplätzen ankreidete. Es machte ihn ein wenig argwöhnisch, dass Rebecca überlegen musste, bevor sie antwortete.

»Nein«, sagte sie dann, »hat es nicht.«

Aber Kreutzner sann sehr wohl darüber nach, wo es einen Bezugspunkt zwischen ihr und dem Thema des heutigen Abends geben könnte. Was ging über das Offensichtliche – Ausschluss von Schülern christlichen Glaubens vom Abitur und ihre Rolle als Lehrerin – hinaus? Auf Anhieb fiel ihm nichts ein. Doch der nachdenkliche Blick, mit dem er Rebecca ansah, deutete an, dass er zumindest eine verborgene Ahnung hatte, dass da noch etwas anderes war.

Vorerst kamen sie nicht dazu, miteinander zu reden. Denn nachdem die Blasen geleert und die Lungen gefüllt worden waren, sammelten sich die Mitglieder der Reisegruppe in der Kirche. Auch sie waren müde von dem langen Tag, eigentlich von den drei Tagen, die sie nun schon unterwegs waren. Zwei Stunden waren jetzt noch für diese Abendveranstaltung vorgesehen. Danach kam dann der Teil, auf den sich alle, einschließlich Pfarrer Kreutzner, am meisten freuten: Das gemeinsame Abendessen, für das die Küsterin auch heute wieder sorgte. Allein diese Mahlzeiten, fand der Großteil, seien die Reise wert gewesen. Morgen am späten Vormittag würde der Bus dann zurück in Richtung Duisburg rollen. Schon jetzt war klar, dass der gestrige Tag, den sie in Weimar verbracht hatten, der Höhepunkt gewesen war. Vom heutigen Abend versprach sich niemand sonderlich viel, von zwei älteren Damen abgesehen, die ein recht gespaltenes Verhältnis zur Sozialdemokratie pflegten. Seit Schröder und der Agenda 2010 lagen sie im Clinch mit den Ausstellern ihrer Parteibücher. Zu einem Austritt hatten sie sich nur deshalb noch nicht entschließen können, weil sie nicht sahen, wo sie stattdessen Mitglied sein konnten. Mit der Linkspartei waren sie im Zwiespalt; es war Lafontaine, der sie anzog, die seltsame SED-Vergangenheit, die sie abstieß. Und um dieses Abstoßverhalten abzubauen, waren sie hier. Sie wollten hören, wie es denn nun wirklich in der DDR gewesen war. Aber der Abend schleppte sich. Das lag sicherlich auch daran, dass niemand das Buch gelesen hatte, um das es ging. Die meisten glaubten, nach der Lektüre des Klappentextes im Bilde zu sein, und Kreutzner und Rebecca verbrachten einige Zeit damit, den Inhalt des Romans darzustellen, wobei es ein paar kleine Rangeleien zwischen ihnen gab, was die Tendenz der Handlung anging. An der Runde ging das weitestgehend unbemerkt vorbei.

Rebecca ging bald dazu über, auf Johnson ganz zu verzichten und ihre eigene Geschichte zu erzählen, die sich ganz erheblich von der tatsächlichen unterschied. Sie schaffte es – unter Auslassung wichtiger Details und unter Vermischung alles anderen – sich selbst als Opfer darzustellen, indem sie vom faktischen Berufsverbot für ihren Großvater erzählte und von den angeblichen Schwierigkeiten, die *sie* gehabt habe, in der DDR studieren und Lehrerin werden zu können. Sie erklärte, dass sogar die Stasi sie bespitzelt habe, weil sie schon in jungen Jahren ein Freigeist gewesen sei, und dass letztlich dies allein für sie der Grund gewesen wäre, in die SED einzutreten und einige bescheidene Pöstchen anzunehmen, um eben diese Zustände zu ändern und sozusagen die Ehre der Großeltern wiederherzustellen. Gewiss wäre es ihr und allen, die ähnlich dachten wie sie, gelungen, die Partei von innen heraus zu reformieren und den Sozialismus von dem, wie Günter Grass es nannte, Zerrbild zu befreien, das die Partei dem Sozialismus aufgesetzt habe und für das sie die historische Schuld und Verantwortung trage. Nur seien eben leider die äußeren Einflüsse, gerade die aus dem Westen, stärker gewesen, sodass sie ihr großes Reformwerk nicht hätten vollenden können. Dann zog Rebecca das Suhrkamp-Taschenbuch aus ihrer Handtasche, sagte, man müsse spätestens jetzt noch etwas von der wunderbaren Sprache Johnsons hören und las eine völlig aus dem Zusammenhang gerissene Passage vor, die die Zuhörer ratlos machte. Rebecca meinte, dass sie sich mit diesem Auftritt alle Optionen offengelassen hatte. Sie sah zufrieden in die irritierte Runde und die Anwesenden gingen essen.

7

Nein, nicht alle gingen essen. Rebecca und Pfarrer Kreutzner saßen erst noch in dem kleinen Raum, in dem er seine Predigten vorbereitete. Es waren von hier nur ein paar Schritte bis zum Altar und dem Podium, auf dem sie eben die Veranstaltung bestritten hatten.

Pfarrer Kreutzner lehnte mit einem Arm auf dem Tisch und verdeckte mit der Hand sein Gesicht. Es war die Haltung, die er einnahm, wenn er seelsorgerliche Gespräche führte. Sein Gegenüber sollte nicht durch seine Mimik irritiert werden. Er wollte es den Menschen, die zu ihm kamen, leicht machen, sich ihre Sorgen und Probleme von der Seele zu reden. Deshalb war es wichtig, dass er ihnen so neutral wie nur möglich gegenübersaß.

Es geschah zwar nicht häufig, dass Menschen, die zuvor nie viel mit der Kirche und dem Glauben zu tun gehabt hatten, zu ihm kamen, um ihr Gewissen zu erleichtern. Wenn es jedoch um einen so wesentlichen Eckpunkt des Lebens ging wie den Tod, fanden auch Menschen den Weg zu ihm, die Zeit ihres Lebens hartgesottene Atheisten gewesen waren. Das hatte bestimmt auch damit zu tun, dass Pfarrer Kreutzner in Markheide nicht nur predigte, sondern auch hier lebte, ein Teil des Ortes war; dass er nie nur innerhalb seiner Kirche geblieben war, sondern sich eingemischt hatte in die ganz weltlichen Probleme des Ortes. Er genoss das Vertrauen vieler. Nicht bei allen war die erste Begegnung, als er den Kontakt zu seiner neuen Gemeinde gesucht hatte, so danebengegangen wie bei Lydias Familie. Wenn er könnte, würde er es ungeschehen machen. Aber das war so undenkbar wie manch anderes.

Lydias Familie war problematisch für ihn geblieben, eben weil sie so zerrissen war. Selbst mit den Großeltern, die regelmäßig in seine Kirche kamen, um die Gottesdienste musikalisch zu begleiten, wurde er nicht recht vertraut. Die beiden waren ihm zu hochnäsig und den Umstand, dass der Großvater während der Nazizeit Lehrer gewesen war, nahm er als Beweis, dass der Großvater selbst Nazi gewesen sein musste. Kreutzner empfand sich nicht als jemand, dem ein Urteil über all diese Dinge zustand. »Denn wer von euch ohne Schuld ist, der werfe den ersten Stein.« Er hielt den Großeltern zugute, dass sie immerhin nicht in die Verbrechen des Naziregimes verstrickt gewesen waren. Das machte es ihm möglich, mit ihnen umzugehen. Gleich danach aber begannen die Probleme, und er wäre dankbar gewesen, wenn sie um seine Gottesdienste einen weiten Bogen gemacht hätten. Es war ihnen möglicherweise nicht einmal klar, aber sie schürten die Konflikte in der Familie; waren vielleicht sogar der Ursprung.

Es begann mit Lydias Mutter, die sie dem als gewalttätig bekannten Mann regelrecht in die Arme getrieben hatten, und ging weiter, als sie später Lydia und Mario für ihre Ablehnung gegen alles instrumentalisierten. Kreutzner war nicht stolz auf die Rolle, die er selbst dabei gespielt hatte. Denn die Ablehnung des Staates war durchaus in seinem Sinne gewesen. Dadurch, dass die Kinder noch nicht gefestigt waren und in dieser extremen Familiensituation lebten, sah er die Möglichkeit, sie auf seine Seite zu ziehen, sie in seinem Sinn zu prägen, getreu der alten Devise: Wer die Kinder hat, dem gehört die Zukunft. Insbesondere Mario hatte er damit in Situationen gebracht, die außer Kontrolle geraten waren. Es war Kreutzner wie ein Geschenk des Himmels vorgekommen, dass ausgerechnet Mario, der Sohn eines Offiziers, mit einem »Schwerter zu Pflugscharen«-Button durch den Ort lief. Das besaß eine Symbolkraft, die Kreutzner lange Zeit blind machte. Entsprechend hatte er Mario das Abzeichen nicht ausgeredet, obwohl er wusste, in was für Schwierigkeiten er den Jungen dadurch brachte. Im Gegenteil. Wenn die Polizei Mario zum Verhör aufs Revier schleppte und ihm das verbotene Symbol abnahm, versorgte er ihn umgehend mit einem neuen »Schwerter-zu-Pflugscharen«- Anstecker. Kreutzner war geschützt durch sein Amt, Jugendliche wie Mario dagegen waren Freiwild. Dass man ihn zum Verhör auf das Polizeirevier brachte, ihn dort festhielt, war noch das Wenigste. Hätte man ihm einen Prozess wegen »staatsfeindlicher Hetze« oder »Wehrkraftzersetzung« gemacht und ihn für Jahre in den Knast oder den Jugendwerkhof gesperrt, kein Hahn hätte danach gekräht. Dabei war Kreutzner alt genug gewesen, um zu wissen, dass er die Zukunft dieser Kinder aufs Spiel setzte. Pazifisten galten in der militaristischen DDR, die gerade dabei war, den Wehrunterricht in den Schulen durchzusetzen, als Feinde des Friedens. Es war Anfang der Achtzigerjahre gewesen. Kreutzner selbst war knapp dreißig, die Großmächte stellten in Ost- und Westdeutschland ihre Atomraketen auf. Wer hatte damals keine Angst gehabt, dass es zum großen Knall kam? Aber Mario, mit seinen vierzehn Jahren, der hatte doch in dieser Auseinandersetzung nichts zu suchen gehabt, die, was das Pro und Contra der Stationierungen anging, nicht einmal die Erwachsenen zu durchschauen vermochten. Eigentlich hätte er zu ihm sagen müssen: Junge, mach das Ding ab und komm wieder, wenn du volljährig bist, wenn einige grundsätzliche Weichen in deinem Leben nicht mehr zu deinem Nachteil gestellt werden können. Aber er hatte es nicht getan. Und so standen Mario und seine Schwester zwischen allen Fronten. Dieser militärische Begriff beschrieb die Lage durchaus zutreffend: Da war niemand, der sich für sie einsetzte, der gegen die Exempel aufstand, die der Staat an ihnen statuierte. Die Erwachsenen, Kreutzner inbegriffen, blieben alle sauber in Deckung. Niemand machte sich angreifbar. Nur diese beiden suchenden Kinder, diese nicht einmal Jugendlichen, die wurden zwischen den offiziellen und innerfamiliären Konflikt- und Interessenlagen regelrecht zerfetzt. Anstatt sein eitles Image als Friedenspfarrer zu pflegen, hätte er sich schützend vor diese Kinder stellen müssen. Doch erst nachdem der Staat endgültig angefangen hatte, diese Kinder zu brechen, war ihm klargeworden, dass man sie und ihre Wut nun nicht mehr einfangen konnte; dass sich nicht mehr reparieren ließ, was mit ihnen geschehen war. Es tat ihm leid, heute noch, denn er wusste, dass es kluge Kinder gewesen waren und dass Menschen, die ihr Potenzial nicht entfalten können, sich irgendwann selbst zerstören.

Als Kreutzner damals mit Lydia und Mario hier in diesem kleinen Zimmer gesessen hatte, hatten sie Antworten von ihm erwartet, aber er hatte ihnen Haltungen angeboten. Er hätte ihnen helfen müssen. Aber weil er ihnen lieber den aufrechten Gang demonstrieren wollte, wie man sich gegen diesen Staat stellte, hatte er die Kinder immer tiefer in Konflikte hineingetrieben, die sie nicht lösen konnten. Und als diese Auseinandersetzungen dann immer mehr eskalierten, hatte er sich sorgsam davor gehütet, die Kinder aus dem Feuer zu ziehen – denn die Konsequenzen zu tragen, die sich eventuell für ihn ergeben hätten, wenn er den Schutz des Pfarramtes verließ, dazu war er nicht bereit gewesen.

Irgendwann hatte er Lydia und Mario verloren. Sie waren zwar noch in die Kirche gegangen, aber nicht mehr in seinen Gottesdienst, sondern nur noch allein, um zu beten. Sie hatten kein Vertrauen mehr zu ihm. Sie hatten begriffen, dass auch er sie nur für seine Zwecke einspannte – und missbrauchte. Dass sie in den Westen gehen wollten, erfuhr Kreutzner erst, als sie längst dort waren.

Nun saß er, den Arm aufgelehnt, mit Rebecca am Tisch, die umständlich von Dingen erzählte, die er zumindest für den Moment nicht nachvollziehen konnte, und wusste nicht, worauf sie hinauswollte. Er war davon ausgegangen, dass sie sich letztlich wegen des bevorstehenden Todes der Mutter an ihn wandte. Also hörte er schläfrig zu und hoffte darauf, dass sie bald an den Punkt kam, an dem sie ihn darum bat, dass er ihr trotz allem, was gewesen war, eine ordentliche Beisetzung mit Aussegnung und allem drum und dran ermöglichte, weil sie doch immerhin einmal Mitglied der Gemeinde gewesen war. Diese Art Gespräche hatte Kreutzner schon so oft geführt, dass er ihnen kaum noch aufmerksam folgte. Leute, die ihn in der Blüte ihres Lebens angeschrien hatten, dass sie nun endlich die Kraft gefunden hätten, aus der Kirche, diesem Betrügerverein, auszutreten, bettelten ihn dann hochbetagt an, er möge doch Gnade vor Recht ergehen lassen und wenn es so weit war, ein paar versöhnliche Worte an ihren Gräbern sprechen, gewissermaßen ein gutes Wort beim Chef für sie einlegen. Heute brachte ihn der Duft des Essens, das die Küsterin zubereitet hatte, und der sich in der ganzen Kirche ausbreitete, allmählich um den Verstand. Das Essen war so ziemlich das Einzige, wofür er sich nach dem langen Tag noch interessierte. Als er glaubte, dass Rebecca alles gesagt hatte, stand er auf und reichte ihr die Hand.

»Machen Sie sich keine Sorgen«, sagte er, »wir werden für alles eine Lösung finden.«

Doch zu seinem Erstaunen blieb Rebecca sitzen. »Ich glaube«, erwiderte sie kalt, »Sie haben mich nicht ganz verstanden.«

Pfarrer Kreutzner sah sie verblüfft an und wusste nicht, was los war. Also setzte er sich wieder, bereit, noch einmal zehn Minuten zuzuhören. »Bitte«, forderte er sie auf, »fahren Sie fort.«

»Ich sagte eben«, wiederholte Rebecca, »dass Lydia und Mario in der Stadt sind.«

»Oh.« Erst jetzt wurde ihm klar, wie weit ihn seine Essensfantasien von diesem Gespräch weggeführt hatten.

»Wie lange sind sie denn schon hier?«

»Seit gestern Mittag«, sagte Rebecca. Sie hatte sich entschieden, das, was Torsten ihr über den Gesinnungswandel der beiden gesagt hatte, für sich zu verwenden. »Gestern Abend war, wie eben schon erwähnt, Torsten bei ihnen. Wir wollen uns so gut es geht um sie kümmern, aber wir können natürlich nicht andauernd bei ihnen sein. Wir haben das Gefühl, dass sie sich, wie soll ich sagen … dass sie die Gelegenheit nutzen wollen, um sich an allen zu rächen, die ihnen damals etwas angetan haben. Denen sie gewissermaßen die Schuld für ihre heutige Situation geben. Wenn wir geahnt hätten, was daraus entsteht, wir hätten sie niemals nach Markheide eingeladen. Aber wir dachten eben, dass es dem Seelenfrieden der Familie dient, wenn auch sie sich von unserer Mutter verabschieden.«

Pfarrer Kreutzner richtete sich auf, verschränkte seine Hände und ließ die Knöchel knacken.

»Entschuldigen Sie«, sagte er, »aber das hilft mir, mich zu konzentrieren.« Er versuchte, sich die damalige Zeit ins Gedächtnis zurückzurufen. »Torsten war der, mit dem es immer die wenigsten Schwierigkeiten gab, ist das richtig?«

»Das ist so weit richtig«, bestätigte Rebecca. »Er war wie gesagt gestern mit ihnen zusammen. Und was er heute erzählt hat – die beiden benahmen sich äußerst merkwürdig.«

»Können Sie das bitte noch einmal kurz zusammenfassen?«, bat Kreutzner.

»Wie Sie wollen«, knurrte Rebecca und atmete tief durch. Dass Kreutzner ihr offensichtlich nicht zugehört hatte, ärgerte sie. »Zusammengefasst läuft es darauf hinaus, dass sie Torsten gegenüber gestern erwähnt haben, wie gut es ihnen damals hier gegangen ist.«

Kreutzner zog überrascht die Augenbrauen hoch und schwieg einen Augenblick. »Das ist in der Tat merkwürdig«, gab er zu.

Rebecca nickte.

»Die beiden behaupten, sie würden sich freuen, uns alle wiederzusehen. Sie übrigens auch. Da stimmt doch was nicht, oder wie sehen Sie das?«

»Nun, es ist zumindest sehr ungewöhnlich.«

»Wir fantasieren also nicht, wenn wir meinen, dass die irgendwas vorhaben?«

»Es ist zumindest nicht ausgeschlossen.« Er fuhr sich mit der Hand über das Kinn. »Wissen Sie, wie es den beiden drüben geht, wovon sie leben?«

Rebecca zuckte mit den Schultern. »Wir wissen es nicht«, antwortete sie. »Wir gehen von Hartz IV aus, aber das ist selbstverständlich nur eine Vermutung.«

»Nun ja«, meinte Kreutzner, »wenn das zutrifft, wäre es eine Erklärung. Viele sehnen sich nach früher zurück, wenn sich ihre Blütenträume nicht erfüllt haben.«

Rebecca schüttelte den Kopf.

»Das ist es ja nicht allein. Wie ich eben schon sagte,

gibt es da diesen Pfarrer, der ihnen angeblich die Augen geöffnet hat.«

»Ein Pfarrer?« Kreutzner sah auf.

»Jedenfalls erzählen sie jetzt, dass sie sich damals in allem geirrt hätten und dass sie sich jetzt regelrecht schuldig fühlen, dass sie den Zusammenbruch des Staates mitbefördert haben.«

Verblüfft riss Kreutzner die Augen auf. »Dieser Pfarrer«, fragte er, »ist das einer von uns? Ich meine, ein ehemaliger Ostler?«

»Woher soll ich das wissen. Dreist wenn, die beiden können doch nicht vergessen haben, was damals gewesen ist. Da stimmt doch was nicht.« Und fast zu sich selbst sagte sie: »Frieden und Versöhnung, gut und schön, aber verarschen müssen die einen ja nun auch nicht.« Sie sah zu Kreutzner. »Entschuldigen Sie, das war jetzt nicht für Sie bestimmt.«

»Das ist schon in Ordnung«, winkte der Pfarrer ab.

Von der Reisegruppe war Gelächter zu hören. »Ganz nebenbei«, wies er mit dem Kopf in Richtung der ausgelassenen Stimmung, »der Abend heute scheint mir ein voller Erfolg gewesen zu sein. Wenn Sie wollen, können wir das gelegentlich wiederholen …«

»Sicher«, willigte Rebecca ein. Wenn diese Abende immer so liefen, hatte sie überhaupt nichts dagegen, im Gegenteil. »Aber bleiben wir bitte beim Thema. Was können die beiden vorhaben?«

Pfarrer Kreutzner überlegte.

»Dieser Pfarrer, von dem sie erzählt haben, wissen Sie, ob die beiden seiner Gemeinde angehören? Vielleicht kann ich auf diesem Weg etwas über die Lebensumstände erfahren, in denen sie sich befinden, zu welchen Kreisen sie

Kontakt haben. Vielleicht stellt sich ja alles als ganz harmlos heraus.« Kreutzner suchte etwas zu schreiben und schob Rebecca ein Blatt und einen Stift hin. »Wenn Sie sich erinnern, notieren Sie bitte den Ort für mich, das sollte schon reichen. Ach, da fällt mir ein ...«, meinte er und legte Rebecca noch einen Vordruck dazu. »Für die Abrechnung, es muss ja alles seine Richtigkeit haben. Es war schließlich eine Bildungsveranstaltung heute Abend, darüber hatten wir ja gesprochen. Fügen Sie also bitte auch Ihre Daten ein, damit ich veranlassen kann, dass Sie Ihr Honorar umgehend erhalten. Auch wenn Sie das Geld nicht brauchen, abrufen sollten wir es auf jeden Fall. Sie wissen ja, wie diese Dinge laufen.«

Rebecca nickte und begann zu schreiben.

»Ich werde versuchen, den Kollegen zu erreichen. Ich denke, das ist in unser beider Interesse.«

Auch ihm war es vom ersten Gefühl her ganz recht, wenn der Besuch von Lydia und Mario geräuschlos zu Ende ging. So leid es ihm auch tun mochte, was damals gewesen war, plötzlich erschien ihm die »Schwamm drüber«-Strategie seiner Kirche gar nicht so verkehrt zu sein. Er brauchte so kurz vor der Rente keine Auseinandersetzung darüber, ob er Menschen wie Mario mehr geschadet haben könnte als die Stasi. Damit von der Kanzel abzutreten – daran war ihm überhaupt nicht gelegen. »Und falls es bei Ihrer Mutter so weit sein sollte, können Sie gewiss sein, dass wir hier umgehend einen Termin finden werden.«

»Danke sehr«, antwortete Rebecca, zufrieden, dass sie es doch geschafft hatte, Pfarrer Kreutzner in ihr Vorhaben einzubeziehen.

»So, ich denke, das wäre dann alles.«

Pfarrer Kreutzner nahm die beiden Blätter und erhob sich.

»Aber fürs Erste sind Sie natürlich heute Abend mein Gast. Lassen Sie uns nebenan noch eine Kleinigkeit essen und trinken«, sagte er und zeigte einladend in Richtung des immer lauter werdenden Gelächters.

8

Man hatte ihnen Sachen zum Überziehen gegeben. Grüne Hosen, Kittel, Hauben. Es gebe Keime im Zimmer der Mutter, die sie nach Möglichkeit nicht weiter im Krankenhaus verteilen sollten. Lydia und Mario fragten nicht, was für Keime das waren, woher sie kamen und was sie bedeuteten. Sie waren hierhergekommen, um ihre Mutter ein letztes Mal zu sehen; von ihr Abschied zu nehmen.

Torsten hatte ihnen letztlich sein Moped geliehen. Er meinte, das sei kein Problem, er habe noch ein Auto, das auch mal wieder bewegt werden müsse. Zunächst jedoch hatte er sich geziert, als sie in der Pizzeria nach seinem Moped gefragt hatten, schließlich hatte er sie persönlich ins Krankenhaus fahren sollen. Aber im Verlauf des Abends, nachdem sie so viel Merkwürdiges erzählt hatten, sah er es als vertrauensbildende Maßnahme an und war einverstanden.

Auf dem Weg ins Krankenhaus war bei Lydia und Mario die Frage lauter geworden, warum sie hier waren. Warum sie nicht einfach kehrtmachten und nach Hause fuhren.

Seit sie hier waren, spürten sie den aggressiven Argwohn, der ihnen entgegengebracht wurde. Sie hatten geahnt, dass es so kommen könnte, aber dass es nun tatsächlich geschah, ließ sie glauben, dass es besser gewesen wäre, wenn sie die Reise unterlassen hätten.

Es war wie früher, als man aus ihnen diese zwei Sonderlinge gemacht hatte. Diese Rollen hatten sie noch verfolgt, als sie längst im Westen lebten. Und plötzlich war alles wieder da. Mit dem einzigen Unterschied, dass sie nun wussten, was sie damals zu Ausgestoßenen gemacht hatte. Sie waren Spielball der gegensätzlichen Interessen ihrer

Geschwister und Pfarrer Kreutzner gewesen, zugleich hatten sie als Hassobjekt für die Unzufriedenen herhalten müssen. Doch was ihre Situation jetzt nahezu unerträglich machte, war, dass es einfach so weiterging - selbst nach zwanzig Jahren. Genau wie damals hatten sie keine Chance, diesem Schema zu entkommen.

Es war wie Lydia gesagt hatte: Wer nicht um Vergebung bittet, der will sich nicht ändern. Der will, dass man hinnimmt.

Lydia und Mario begannen das erst richtig zu verstehen, als die ersten Versuche kamen, sie einzuschüchtern. Als sie über die Reise hierher gesprochen hatten, hatten sie befürchtet, dass etwas in der Art geschehen könnte. Doch sie hatten versucht, sich zu sagen, dass dieser Abschied von der Mutter für ihren eigenen Weg wichtig war. Dass es ihnen helfen könnte, ihren eigenen Frieden zu finden. Dass ihnen die alte Frau auf dem Sterbebett noch etwas mitteilen konnte. Sie hatten allein mit ihr sein wollen. Deshalb hatten sie Torsten gestern Abend in der Pizzeria erzählt, was er hören wollte. Oder das, von dem sie annahmen, dass er es hören wollte.

Sie hatten das wiedergegeben, was sie aus den Medien kannten und was wohl die landläufige Stimmung in der ehemaligen DDR war: dass es damals auf keinen Fall schlechter gewesen sei als heute, im Gegenteil, fast alles sei viel besser gewesen: das Gesundheitswesen, das Schulsystem, die Gleichberechtigung. Lydia und Mario waren davon ausgegangen, dass das auch die Ansicht von Torsten und den anderen Geschwistern war. Auf gar keinen Fall wollten sie irgendeine Angriffsfläche bieten. Doch sie spürten, dass man sie ohne weiteren Ärger nicht gehen lassen wollte. Es beschlich sie das Gefühl, dass der nahe

Tod der Mutter nur ein Vorwand gewesen war, sie hierherzulocken.

Sie drückten die Tür auf. Die Mutter hatte ein Einzelzimmer bekommen. Die Gardinen vor den Fenstern waren geschlossen, der frühe Vormittag drang nur matt und dämmrig in das Zimmer ein. Lydia und Mario hörten den leisen, röchelnden Atem der alten Frau, die klein und eingefallen im Bett lag und zwischen zwei Atemzügen vor sich hin lallte. Ihr Leben zog an ihr vorüber. Die Pflegerinnen, die Lydia und Mario hierhergebracht hatten, hatten gesagt, dass sie den Abend vielleicht schon nicht mehr erleben würde. Unter den dünnen, faltigen Augenlidern konnte man die vermutlich längst blinden Augäpfel sehen, wie sie sich bewegten, manchmal stoppten, als erkannten sie etwas. Wie sie dann wieder wegrollten, weil sie das, was sie zu erkennen glaubten, nicht mehr festhalten konnten.

Lydia und Mario stellten sich links und rechts neben das Bett. Sie wussten nicht, wie viel ihre Mutter überhaupt davon wahrnahm. Ob sie registrierte, dass sie hier waren? In dem alten, abgelebten Gesicht versuchten sie auszumachen, welche Spuren Leid und Freude, Hoffnung und Verzweiflung darin hinterlassen hatten. Sie bemühten sich, aus den Zügen der Mutter herauszulesen, wer sie gewesen war; ob ihr Aussehen verriet, ob sie versonnen oder verbittert war, ob sie in ihren letzten Stunden noch einmal die Kämpfe durchlebte, die sie in den vielen Jahren ausgefochten hatte. Ob Schmerz und Demütigung überwogen, ob es Stolz gab.

Die Mutter merkte, dass jemand im Zimmer war. An ihrer irritierten Miene konnte man trotz der geschlossenen Augen sehen, dass sie wusste, dass es keiner von den Pflegern war. Lydia nahm ihre Hand. Die Mutter befühlte sie schwach und hob fast instinktiv, so als wüsste sie, dass die Person, zu der diese Finger gehörten, nur selten allein gewesen war, die andere Hand. Mario nahm und hielt sie. Ein Moment des Friedens huschte über ihr Gesicht. Ein kleines Lächeln inmitten einer schweren Anstrengung, wie nach einer langwierigen Geburt. Man sah an ihren umherirrenden Augäpfeln, dass sie nach den Bildern der Kindheit suchte, nach Zeiten des ungetrübten Glücks. Aber recht schnell fand sie die Szenen, die alles überlagerten. Unruhig zog die Mutter die Stirn in Falten, während die Lider unablässig zuckten. Dann begann sie, die Augen zusammenzukneifen, so als wollte sie nicht sehen, was sich in ihrer Erinnerung abspielte. Und als das Zusammenpressen nichts mehr helfen wollte, riss sie mit einem Kraftakt, der ihren ganzen Körper durchfuhr, die Lider auseinander, starrte mit ihren tatsächlich blinden, wässrig blassen Augen in den Raum und öffnete, so als habe sie erst jetzt begriffen, wer zu ihr gekommen war, die Hände. Sie löste den Griff nicht aus Schwäche, es war eine bewusste Geste, ein Zeichen des Wegschiebens, bevor der Mutter, gänzlich entkräftet, die Augen wieder zufielen. Nur ihre Hände behielt sie in der abwehrenden, fortweisenden Stellung. Lydia konnte ein Schluchzen nicht unterdrücken.

Als die Geschwister wieder draußen auf dem Flur waren und die grüne Klinikkleidung ablegten, weinte Lydia. Mario fühlte sich leer. Alles bereitete ihm Schmerzen. Jede Bewegung, jeder Gedanke, den er zu fassen versuchte. Er schaffte es nicht einmal mehr, seine Schwester in den Arm zu nehmen und zu trösten. Er hatte sich, wie sicherlich auch Lydia, gewünscht, dass die Mutter sie wenigstens jetzt annahm. Er hatte sich etwas Friedvolles gewünscht. Etwas, mit dem die Mutter ihnen zu verstehen gab, dass sie sie trotz allem liebte, dass so etwas wie Versöhnung zwischen ihnen zustande kam. Stattdessen aber war es bei der Ablehnung geblieben, die sie immer und immer wieder erfahren hatten, ohne zu wissen, warum. Mario hielt sich den Kopf. Wieder hatte er den Druck gespürt, sich rechtfertigen zu müssen. Es war Teil ihrer Erziehung gewesen, dass sie jede ihrer Handlungen hatten erklären müssen. Ein Erziehungsmuster, das darauf angelegt war, Lydia und Mario die Schuld klarzumachen, die auf ihnen lag, was auch immer sie taten. Denn ihre Äußerungen dienten nur dazu, die anderen für neue Vorwürfe zu munitionieren. Vorbild war das stalinistische Prinzip der öffentlichen Selbstkritik: Eine permanente Selbstanklage für vermeintliche Vergehen, die noch in der nackten Existenz des Delinquenten etwas Strafwürdiges sah. Diesmal spürte Mario den Druck, sich dafür rechtfertigen zu müssen, dass sie vor zwanzig Jahren aus der Gewalt der Familie geflohen waren. Und Mario erschrak, als er wieder anfing, sich Argumente zurechtzulegen, wieder anfing, zu begründen, warum sie es getan hatten. Er spürte, wie die Schuldgefühle zurückkamen, die mit diesen sinnlosen Rechtfertigungen immer wieder erzeugt worden waren, und bemerkte mit Schaudern, dass er nun offensiv die Vorstellung annahm, die er immer wieder verdrängt hatte: Dass er und Lydia erst ihren Frieden finden konnten, wenn die Mutter tot war, wenn die gesamte Familie endlich aufhörte zu existieren. Der Gedanke machte ihm Angst. Er warf die grünen Sachen in den bereitgestellten Korb und zog Lydia hinter sich her, bis sie auf dem Moped saßen und zurück nach Markheide fuhren.

9

Eigentlich ging Torsten der ganze Rummel um Lydia und Mario auf die Nerven. Dass solche Leute immer noch Schwierigkeiten machen konnten, war lästig.

Er stand im Wohnzimmer der leergeräumten Wohnung der Mutter und sah sich um. Da Lydia und Mario in die Klinik gefahren waren, rechnete er vor dem frühen Nachmittag nicht mit ihrer Rückkehr. Somit hatte er Zeit, nach einem Hinweis auf das große Geheimnis zu suchen, nach einem Hinweis auf die Verschwörung, die die beiden nach Rebeccas Ansicht offenbar planten. Noch wusste Torsten nicht, was genau er zu finden hoffte. Es würde etwas mit der DDR-Vergangenheit der Familie zu tun haben, so viel war klar, aber er hatte keine Idee, was es sein könnte, eben weil alle relevanten Akten vernichtet worden waren. Die Kaderakten, die Musterungsunterlagen, alles, woraus der Normalbürger etwas hätte erfahren können. Nichts davon existierte mehr. Das Deckmäntelchen des Datenschutzes hatte Anfang der Neunzigerjahre für die letzten Vernichtungswellen herhalten müssen. Deshalb war Torsten auch sicher, dass es sich um keine Stasigeschichten mehr handeln konnte. Die hatten ohnehin nur einen relativ kleinen Personenkreis betroffen: Leute, die in bestimmten Positionen gesessen, bestimmte Berufe ausgeübt oder Kontakte gepflegt hatten; kurz: Menschen, die von politisch-operativer Bedeutung gewesen waren. Zu denen hatten Lydia und Mario definitiv nicht gehört. Torsten wusste nicht, ob es Statistiken darüber gab, aber wenn er sich das Alter der öffentlich bekannten Opfergruppen ansah, dann waren seit Ende der Siebzigerjahre immer weniger der sogenannten Stasiakten angelegt worden, einfach, weil die Vorkontrollen immer besser funktioniert hatten. Lange bevor jemand in eine relevante Position gelangen oder Kontakte aufbauen konnte, war er ins Abseits gedrängt worden, ohne, dass es dafür einer offensiven Bearbeitung bedurft hätte. Man hatte bestimmte psychologische Unterdrückungstechniken, die man in anderen Zusammenhängen Zersetzungsmaßnahmen nannte, viel früher und außerhalb der Operativen Vorgänge angewandt. Sobald die ersten Anzeichen erkennbar gewesen waren, dass eine bestimmte Person irgendwann zum Problem werden könnte, leiteten die »Partner des politisch-operativen Zusammenwirkens« die ersten Schritte ein. Das begann für viele schon während der Schulzeit. Man fing an, das Selbstbewusstsein der betreffenden Kinder zu untergraben und ihnen Misserfolge zu organisieren. »Kleinmachen« war der einschlägige Begriff dafür. Zunächst wurden die Schulräte und die Lehrerkollegien tätig, später dann fanden sich diese Lenkungshinweise in den Dossiers der Kaderakten wieder. Nachdem aber der »Runde Tisch« den Beschluss der Modrow-Regierung durchgewinkt hatte, jene geheimen Dossiers zu vernichten, war davon nichts mehr übrig. Leute wie Torsten besaßen nun eine makellose Vergangenheit und der Normalbürger war ein für alle Mal um die Möglichkeit gebracht worden, nachvollziehen zu können, wie die SED über ihn verfügt hatte. Über rund dreihunderttausend Menschen gab es eine Stasiakte. Eine Kaderakte mit einem solchen geheimen Dossier jedoch war praktisch über jeden DDR-Bürger geführt worden, und von denen hatte es einige Millionen gegeben.

Mario war das beste Beispiel dafür, wie effektiv diese Verfahren gewesen waren. Warum sollte es eine Stasiakte über ihn geben? Weil er den Wehrdienst verweigert hatte? Lächerlich. Man hätte Mario doch nur einen Gefallen getan, wenn man ihn offensiv bearbeitet und ihm etwas in die Hand gegeben hätte, mit dem er vielleicht sogar für die Westmedien interessant geworden wäre. In den Achtzigerjahren hatte man eine andere Strategie verfolgt: In den Knast kamen Totalverweigerer wie er – also Männer, die sowohl den Dienst an der Waffe als auch den Dienst als sogenannte Bausoldaten ablehnten - nur noch dann, wenn sie als Soldaten vereidigt worden waren. Also zog man Leute wie ihn erst gar nicht ein. Der Trick dabei war: Wer als Mann in der DDR seinen Wehrdienst nicht geleistet hatte, trat auf der Stelle. Studium, eventuelle andere Qualifikationen, sonstiger beruflicher Aufstieg, alles begann erst nach dem Wehrdienst. Die Leute wurden älter und älter, verpassten beruflich den Anschluss und das Damoklesschwert der nach wie vor ungeklärten Situation des nicht abgeleisteten Wehrdienstes hing immerwährend über ihnen. Je älter der Betreffende wurde, umso deutlicher wurde für die Allgemeinheit, dass mit ihm etwas nicht stimmte. Wer den Wehrdienst nicht abgeleistet hatte (und nicht aus medizinischen Gründen ausgemustert worden war), der war gebrandmarkt. Ein Blick in den allgemein zugänglichen Sozialversicherungsausweis genügte. Die soziale Ausgrenzung nahm zu. Ein Recht auf Verweigerung bestand in keinem Fall, Gerichte, bei denen der Betroffene wenigstens die Klärung seiner Situation hätte erreichen können, gab es nicht. Nach fünf, sechs, sieben Jahren des Wartens, wenn die Verweigerer allmählich Mitte zwanzig waren und es nicht mehr nur um den Beruf, sondern auch um ein wenig Sicherheit in der Familienplanung ging, gaben die meisten zermürbt auf und bettelten förmlich darum, endlich eingezogen zu werden. Natürlich waren diese Leute Opfer staatlicher Willkür, natürlich waren ihnen

Nachteile entstanden, von deren Folgen sie sich möglicherweise nie wieder erholt hatten. Aber konnten sie irgendwas beweisen? Nein. Für die weitergärende Wut der Leute hatte Torsten durchaus Verständnis. Aber was zählte, waren Beweise. Und die waren im Reißwolf gelandet. Es blieb für ihn also die Frage, was Leute wie Lydia und Mario in petto haben könnten, um eventuelle Aufklärungslücken schließen zu helfen. Denn genauso wenig, wie es das perfekte Verbrechen gab, gab es die perfekte Spurenbeseitigung.

Torsten steckte die Hände in die Hosentaschen und suchte die Wohnung mit den Augen nach einem Versteck ab, einer Auffälligkeit, einer scheinbaren Banalität.

Seine Vermutung, er könnte fündig werden, lag darin begründet, dass er die Geschichte mit der Ausreise von Lydia und Mario über die Prager Botschaft nicht glaubte. Was ihm daran nicht passte, war, dass es ihm unmöglich schien, dass sie überhaupt nach Prag durchgekommen waren. Wie hätten sie dorthin gelangen sollen, wenn sie aufgrund des zu der Zeit geltenden faktischen Verbots, Markheide zu verlassen, schon nach zwei Stationen aus dem Zug geholt worden wären? Für eine Wanderung zu Fuß oder mit dem Fahrrad wäre der Weg zu weit gewesen. Auf einen Komplizen, der sie mit dem Auto hätte mitnehmen können, gab es keinen Hinweis. Die Sache stank also, sie fiel nur niemandem auf, weil sich niemand damit beschäftigte. Und auf genau so eine Ungereimtheit konnten Lydia und Mario ihrerseits in Bezug auf die Unbescholtenheit der anderen Geschwister gestoßen sein.

Es war nicht ausgeschlossen, dass sie damals, bevor sie auf welchem Weg auch immer »rübergegangen« waren, etwas an sich genommen hatten, das jemandem aus der

Familie gehörte. Vielleicht als eine Art Rückversicherung. Der Vater war zuweilen unvorsichtig gewesen (insbesondere, wenn er dem Korn zugesprochen hatte) und hatte Unterlagen herumliegen lassen, die er eigentlich gar nicht hätte mit nach Hause nehmen dürfen. Vielleicht hatte es etwas mit der Armeesache mit Klaus zu tun, die ihm genauso seltsam vorkam wie die plötzliche Ausreise der beiden jüngsten Familienmitglieder. Möglich, dass sie so etwas besaßen.

Torsten betrat das Zimmer von Lydia und Mario. Ihm fiel sofort auf, wie merkwürdig aufgeräumt alles war. Gerade so, als rechneten sie damit, dass während ihrer Abwesenheit jemand auftauchte und sich umsah. Die Betten waren zum Lüften zurückgeschlagen, das Fenster nur angelehnt, neben dem Bett standen ihre beiden Taschen und zwei Paar Schuhe aufgereiht. Es waren keine teuren Schuhe, aber auch nichts, was es im Supermarkt gab. Die Taschen waren robust, stabil, gut gearbeitet. Torsten wurde neugierig. Nach seiner Kenntnis reichten die Hartz IV Regelsätze für diese Ausstattung auf keinen Fall. Vorsichtig öffnete er die erste der beiden Taschen. Es war Lydias, ein Beutel mit Kosmetika lag obenauf. Torsten staunte nicht schlecht, als er ziemlich hochwertige Marken entdeckte. Das Duschgel, das sie benutzte, hatte er unlängst in einer Parfümerie gesehen, es kostete dort knapp sechs Euro. Nicht eben billig für ein Duschgel. Nach jemandem, der knapp bei Kasse war, sah das nicht aus. Vorsichtig ließ er seine Hand weiter durch die Tasche gleiten, bis er plötzlich auf etwas Kühles, Glattes, von angenehmer Haptik stieß. Es war ein I-Pod. Torsten nahm ihn heraus und drückte auf »Play«. Die Musik kam ihm bekannt vor, wenngleich er nicht auf Anhieb sagen konnte, was es war. Erst nach einer

Weile kam er darauf, dass es »Depeche Mode« sein mussten, die Band, die Lydia schon früher immer gehört hatte.
Damals, als sie diesen scheppernden Kassettenrekorder
besaß, der jede Aufnahme so leiernd abspielte, dass einem
die Ohren wehtaten. Die Grundstimmung des Songs rief
Erinnerungen wach. Er stutzte, dass das Lied, kaum dass
es zu Ende war, noch einmal begann; diesmal nur von Gitarre und Klavier begleitet. Es war ein anderer Sänger,
hörbar ein alter Mann. Es war Johnny Cash und seine Version von »Personal Jesus«, aber das sagte Torsten nichts.
Er hörte nur die beiden Aufnahmen des Liedes, die Lydia
in einer Art Endlosschleife aneinandergekoppelt hatte.
Ihm fiel das »Depeche Mode«-Konzert in Ostberlin wieder
ein, zu dem sie und Mario hatten fahren wollen. Er wusste
nicht, ob sie es geschafft hatten, in die Halle zu kommen.
Doch dieses Ereignis erinnerte ihn an die anderen Konzerte, die Lydia und Mario besucht hatten. Vor allem eines,
von dem insbesondere Lydia wie elektrisiert zurückgekommen war. Es war etwas in Leipzig gewesen. In dieser
schwer zu kontrollierenden Kunstszene, mit ihren illegalen
Veranstaltungsorten, die manchmal nur für wenige Tage in
baufälligen, leerstehenden Häusern existierten, hatte es so
etwas wie eine Fotoausstellung gegeben. Jemand hatte Gitarre gespielt. Selbst Torsten war aufgefallen, in welcher
Hochstimmung er Lydia und Mario anschließend erlebt
hatte. Sie waren wie ausgetauscht gewesen, so als hätte
man sie unter Drogen gesetzt. Mario hatte dort einen Satz
Gitarrensaiten gestohlen und versucht, irgendwoher eine
Gitarre zu bekommen. Bis der Vater die Saiten entdeckt
und mit einer Drahtschere in Stücke geschnitten hatte.

Lydias Mitbringsel war ein Foto gewesen. Die un-
gerahmte Aufnahme eines behinderten Kindes hatte in

einem Raum gelegen, der wohl als Dunkelkammer diente, und Lydia hatte sie zusammengerollt, eingesteckt und mitgenommen. Zu Hause hatte sie sie an die Wand ihres Zimmers gepinnt. Bis der Vater sie heruntergerissen und zerfetzt hatte. Von Lydia und Mario ließ er erst ab, als er das euphorische Gefühl, das sie ein paar Tage über alles hinweggetragen hatte, aus ihnen herausgeprügelt hatte. Von Provokation hatte der Vater gebrüllt, von der Diversionstätigkeit des imperialistischen Klassenfeindes, die die beiden willig nach Markheide getragen hätten. Torsten und die älteren Geschwister hatten das alles mitbekommen und waren für die Bestrafung der beiden gewesen. Sie hatten die Darstellung abstoßend gefunden, und noch heute würden Rebecca und die anderen behaupten, dass Lydia und Mario den Abzug tatsächlich aus dem Westen hätten herüberschmuggeln lassen: Wo sonst als im Kapitalismus gab es denn noch behinderte Menschen? Im Sozialismus in den Farben der DDR ganz gewiss nicht.

Torsten hatte sich damals erkundigt, woher die Fotos gekommen waren. Er hatte ziemlich schnell herausgefunden, dass der Musiker aus Berlin stammte und die Fotografin gerade anfing, mit dem MfS zusammenzuarbeiten. Es war ihr um Arbeitsmöglichkeiten gegangen, die sie sich eröffnen wollte. Dass sie mit den Motiven ein gesellschaftliches Tabu brach, war wohl das kleine Skandalon, das sie brauchte, um bekannt zu werden. Das war im Grunde schon alles. Als Torsten dann mit Lydia und Mario sprach, hatten sie die Bilder auf ihre eigene Situation bezogen: Sie kamen sich genauso ausgegrenzt vor wie jene behinderten Menschen, deren Subversion darin bestand, dass sich aus ihnen partout keine entwickelten sozialistischen Persönlichkeiten formen ließen. Aus heutiger Sicht mochte diese

Interpretation töricht wirken, damals aber war dieses »Zwischen-den-Zeilen-Denken«, dieses übersteigerte Hineindeuten in alles und jedes ein alltägliches Unterfangen gewesen. Torsten war damals sicher gewesen, dass dieser Subtext von vielen Ausstellungsbesuchern geteilt worden war.

Er legte den I-Pod ab und durchsuchte weiter die Tasche. Viel Aufregendes war nicht mehr dabei. Gerade wollte er sich Marios Gepäck zuwenden, als ihm doch noch etwas Interessantes in die Hände fiel: Eine kleine runde Dose; sie sah aus wie eine Kaugummiverpackung. Torsten öffnete sie vorsichtig und fand darin eine Anzahl kleiner, einzeln verpackter Tabletten. Er versuchte, den Aufdruck zu erkennen, aber die Pillen waren aus dem Blister ausgeschnitten worden, sodass die Beschriftung nicht mehr vollständig war. Erwartungsvoll kippte Torsten den Inhalt der Dose auf das Bett und versuchte, das Puzzle zusammenzufügen. Er zählte sieben Stück. Mit dem Tag, den sie schon hier waren, rechnete sie also mit etwa einer Woche, die sie in Markheide verbringen würden. Dann fiel Torsten auf, dass zwei der Tabletten einen anderen Text trugen. Auch der war nicht mehr ganz zu lesen. Er zog sein Notizbuch aus der Tasche, schrieb auf, was er noch entziffern konnte, und notierte die Farbe der Schrift und die Form der Pillen. Zufrieden steckte er sein Notizbuch wieder ein, schüttete die Arzneien zurück in die Dose und verstaute sie sorgsam zwischen Lydias Sachen. Eher oberflächlich sah er noch in Marios Tasche. Er erwartete nicht, dass er noch etwas Besseres entdecken würde. Die Dose war ein Volltreffer. Jetzt war es uninteressant, was die beiden möglicherweise gegen die Geschwister in der Hand hatten. Wenn er nach Hause fuhr, würde er noch ein wenig recherchieren, was für Präparate Lydia nahm. Aber es spielte eigentlich keine Rolle. Er musste nicht einmal etwas erfinden. Lydia nahm Tabletten. Das war eine Tatsache, die sie kaum abstreiten konnte. In Windeseile würde er daraus eine Medikamentenabhängigkeit machen können, Lydia zur Süchtigen stempeln. Und niemand, der sich an sie erinnerte, würde es bezweifeln. Ganz gleich, was Lydia und Mario vorhatten, es würde ein Leichtes sein, ihre Glaubwürdigkeit zu zerstören. Torsten lächelte. Es war fast so schön wie früher. Dann verließ er genauso spurlos, wie er gekommen war, die Wohnung und fuhr in seinem Auto davon.

10

»Die Dinger bekommt man gegen Depressionen«, stellte Andrea fest. »Kleine Glücksbringerpillen sind das.«

Torsten nickte.

»Mit denen wird jeder Tag schön«, meinte er. »Man weiß zwar, dass alles scheiße ist, aber man fühlt sich gut dabei. Sind leider verschreibungspflichtig, sonst hätte ich eine Runde geschmissen.«

Dass sich die Tabletten als Psychopharmaka herausgestellt hatten, machte die Sache noch viel erfreulicher. Man hatte Lydia ganz offiziell eine Macke attestiert. So jemand spann sich gern mal was zurecht. Besser ging es wirklich nicht. Dass da noch eine andere Sorte Tabletten gewesen war, behielt Torsten für sich. Er war noch nicht ganz sicher, um was es sich dabei handelte. Nach seinem jetzigen Erkenntnisstand könnten es Medikamente sein, wie man sie von Sterbehelfern bekommt. Aber sicher war er sich dessen nicht.

»Schön und gut«, sagte Matthias ungeduldig, »aber was bedeutet das für uns?«

Torsten rieb sich das Kinn und befand: »Deshalb haben sie mir neulich so seltsame Dinge erzählt. Dass früher alles so fantastisch gewesen sei und so weiter. Die Dinger unterdrücken alles Üble. Interessant wird's erst, wenn sie die Dinger mal nicht nimmt, ob sie dann durchdreht.«

Matthias, ganz der bullige, pragmatische Bauunternehmer, schüttelte abwägend den Kopf. »Aber das«, wandte er ein, »ist doch genau das, was wir nicht wollen. Dass es hier irgendeine Form von Unruhe gibt. Nimmt Mario auch was?«

»Der kriegt höchstens was gegen ADHS«, warf Rebecca ein. Die Geschwister lachten.

»Richtig, hast du was bei ihm gefunden?«, fragte Klaus noch einmal nach.

Torsten schüttelte den Kopf. »Nichts«, antwortete er. »Vielleicht trägt er seinen Vorrat auch bei sich. Aber das halte ich für unwahrscheinlich. Vermutlich ist nur Lydia geblockt und Mario das Problem.«

»So kann es sein«, nickte Klaus, »du hast recht. Und was machen wir nun?«

Einen Moment lang schwieg die Runde.

»Wie lange macht die Alte denn noch?«, erkundigte sich Matthias. »Ich meine, wenn sie weg ist, ist die Sache doch vom Tisch.«

»Die Ärzte sagen, sie wüssten es auch nicht«, erwiderte Andrea. »Es sei schon erstaunlich, dass sie nicht schon längst … also … es ist alles eine Frage von … ein paar Tagen vielleicht … vielleicht ist aber auch in diesem Moment schon alles vorbei.«

»Danke«, brummte Matthias und griff zum Whisky. »Das hören wir nun schon eine ganze Weile.« Er goss sich ein, dann ließ er die Flasche herumgehen.

»Ach, falls ich es noch nicht erwähnt habe«, sagte Torsten und sah zu, wie sich Rebecca Whisky in ihr Crémant-Glas goss, »ich hab ihnen mein Moped noch gelassen. Man kann sie ja doch nicht in der Wohnung festhalten.«

»Einverstanden«, meinte Klaus. »Weißt du, wie viele von den Pillen sie nehmen muss?«

»Leider nicht«, hob Torsten die Schultern, »aber für gewöhnlich nimmt man wohl nicht mehr als eine am Tag davon.«

Die Geschwister überlegten. Es war still, nicht einmal der Kamin knisterte. Matthias hatte keine Zeit gehabt, ihn anzufeuern. Seine Gedanken kreisten um etwas anderes; er war an einem Bauprojekt dran, das in Rheinland-Pfalz geplant war. Der Mitarbeiter, der sich um das Vorhaben kümmern sollte, tat sich schwer damit. Es war nicht das erste Projekt, das dem Mann aus den Händen glitt. Matthias überlegte die ganze Zeit, warum er die Sache nicht selbst übernahm. Wenn er es tat, konnte er bei der Gelegenheit auch gleich dort vorbeischauen, wo Lydia und Mario jetzt lebten.

Er hatte es ganz einfach satt, dass die Geschwister ihm die Zeit stahlen. Es war unproduktiv und es war noch nie seine Welt gewesen. Mit Grausen dachte er an die montäglichen Parteiversammlungen, bei denen Anwesenheit Pflicht gewesen war und die er anderthalb Jahrzehnte hatte ertragen müssen.

Genauso sinnlos wie hier war auch dort über »die Feinde« geredet worden, die Wichtigkeit des ideologischen Kampfes. Kurz nach dem Abitur war er in die Partei eingetreten. Bis zur Wende hatte er durchgehalten. Dass das vorbei war, war sein ganz persönliches Wendeglück. Die Vergangenheit also mit diesen Abenden wieder aufleben zu lassen, war eine Horrorvorstellung für ihn.

»Noch mal zu dem Pfaffen«, sagte er endlich und sah zu Rebecca. »Hattest du nicht gesagt, der wüsste etwas über die beiden?«

Rebecca saß versunken da und hielt sich den Whisky unter die Nase. Eigentlich wollte sie nur den Duft genießen, um ihren sich anbahnenden Erfolg nicht zu gefährden. Alles, was mit Lydia geschah, könnte sich nunmehr als ein Unfall herausstellen. Die Psychopharmaka ließen es doch so aussehen, als hätte sich Lydia selbst etwas angetan, vielleicht, weil sie die Nerven verloren hatte?

Versonnen sog Rebecca das verführerische Bouquet ein, dann nahm sie einen beherzten Schluck und sagte: »Kreutzner hat sich wie versprochen bei mir gemeldet. Er hat tatsächlich noch am gleichen Abend da drüben angerufen und jemanden erreicht. Es ist wohl alles ein wenig nebulös mit den beiden. Seit sie drüben sind, leben sie in diesem Nest an der Ahr, sind dort wohl auch in der Kirchengemeinde, fahren aber jeden Morgen weg und kommen abends erst spät zurück. Was sie tagsüber machen, weiß angeblich keiner. Auf jeden Fall haben sie sich, wie damals hier mit Kreutzner, längst mit dem dortigen Pfarrer überworfen.«

»Hört, hört«, warf Klaus ein, als hätte er Wesentliches bestätigt gefunden.

»Ja«, nickte Rebecca, »der Grund dafür ist allerdings zum Lachen: Der Pfarrer dort schätzt sie als Ewiggestrige ein …«

»Als was?«, prustete Torsten, der, keinen Witz erwartend, von seinem Whisky getrunken hatte. »Die beiden und ewiggestrig, was ist das denn für einer?«

»Ein Blasphemist als Pfarrer, das kann's wirklich nur im Westen geben.« Klaus schmunzelte vergnügt in sich hinein.

»Linker Hochadel«, sagte Rebecca, »erzählt stolz von den Achtzigerjahren, als er Gottesdienste gegen die Zechenschließungen abgehalten hat.«

»Diese Pfaffen!« Matthias klang ehrlich empört. »Die wissen auch, wie sie Kunden ködern können. Und immer verarschen sie die, die am wenigsten wissen, wo es langgeht. Mensch, diese Zechenschließungen, das war doch ganz normaler Strukturwandel. Das muss jemand, der im Westen groß geworden ist, doch schon mit der Muttermilch, bei ihm vielleicht mit dem Weihwasser, mitbekommen haben! Statt die Leute gegen den Lauf der Welt aufzustacheln, sollten sie ihnen lieber helfen, sich in der neuen Welt zurechtzufinden! Wenn wir uns hier nicht gegen jeden auch noch so kleinen Wandel mit Händen und Füßen gewehrt hätten, dann gäb's unsere hübsche kleine Republik noch! Darauf gehe ich jede Wette ein! Und außerdem: Kohle war damals schon dreckig. Haben die Pfaffen ihr ökologisches Bewusstsein erst beim letzten Parteitag der Grünen entdeckt?«

»Das hättest du mal im Parteilehrjahr sagen sollen«, witzelte Klaus.

Die Geschwister sahen Matthias verwundert an, ein solch leidenschaftliches Statement hatten sie von ihm noch nie gehört.

»Was glotzt ihr so? Alle Kulturen sind untergegangen, weil sie diese Wandlungen, diese gesellschaftlichen Entwicklungen nicht nachvollzogen haben. Bauen wir heute etwa noch mit Torf und Eierpampe? Na also. Weiter!«

Rebecca betrachtete ihren Bruder plötzlich mit ganz anderen Augen. Sie kamen selten dazu, sich über solche Fragen auszutauschen, und zumindest für den Moment bedauerte sie das. Sie hatte nicht gedacht, dass er sich über solche Fragen jemals Gedanken gemacht hatte.

»Weiter!«, drängte Matthias.

»Ja ... wo war ich stehen geblieben?«, Rebecca brauchte einen Augenblick, um sich zu sammeln. Dann fuhr sie fort: »Ach so, genau. Also: Wenn er nicht bei den Kohlekumpeln unterwegs war, dann ist er ins hübsche Ostberlin gefahren.«

»Was?!«

Es war Frage und Ausruf zugleich, die pure Verwunderung, die den Geschwistern ins Gesicht geschrieben stand.

»Der war einer von uns?«, fragte Torsten.

»Kein Wunder, dass die drüben gegen eine Stasi-Überprüfung waren«, stichelte Klaus.

»Jedenfalls wusste er wohl nicht, wer Kreutzner ist«, sagte Rebecca. »Aber in der Annahme, dass Kreutzner kein Oppositioneller war, hat der westliche Glaubensbruder ihm ganz kumpelhaft erzählt, dass er ja Bescheid wisse über den Osten und so weiter.«

»Und jetzt ist Kreutzner auch ein Ewiggestriger«, setzte Klaus nach.

»Aus Sicht des fernwestlichen Pfarrers sicherlich. Bei den vermeintlich Progressiven im Westen galt die DDR ja als das bessere Deutschland, da hatte unsere Abteilung ›Agitation und Propaganda‹ große Erfolge zu verzeichnen gehabt. Bis zur Wende ist der brave Kirchenmann jedenfalls regelmäßig nach Ostberlin gefahren. ›Weißenseer Arbeitskreis‹ nannten sich diese ganz intimen Kenner der östlichen Lebensweise.«

»Weißenseer Arbeitskreis««, überlegte Torsten, »da hatten wir doch bestimmt unsere Leute sitzen.«

»MfS, SED, alle versammelt. Das war so ein ganz besonderes Gemenge, die haben auch irgendeine Zeitschrift herausgegeben. Der Gründer von denen war wohl Theologe an der Humboldt-Uni, der nach der Wende die Systemträger unserer kleinen Republik aufforderte, auf gar keinen Fall irgendeine Schuld zu bekennen. Woran sich alle gehalten haben. Hat der Stasi über Jahrzehnte als treuer Informant gedient. Interessantes Detail am Rande: Der Vater von Angela Merkel war da eine Weile Vorsitzender. Das dürfte der Karriere der Tochter gewiss nicht abträglich gewesen sein.«

»Das ist ja geil«, befand Torsten. »Dann ist das ja wirklich einer von uns. Der Mann kommt doch wie gerufen. Warum bauen wir nicht einfach eine Drohkulisse für Lydia und Mario auf? Wenn wir sie wissen lassen, dass wir da drüben jemanden haben und sie keinen Fuß mehr auf die Erde bekommen. Wenn wir den ein bisschen füttern, überlegen die sich doppelt und dreifach, ob sie irgendwen daran erinnern, dass wir alle überzeugte DDR-Bürger gewesen sind.«

»Die Idee ist gar nicht so verkehrt«, meinte Rebecca, der ein wohliger Schauer über den Rücken lief, weil die Dinge ganz von selbst in ihrem Sinn in Fahrt kamen, »bei Kreutzner hat der Kollege schon Spuren hinterlassen.«

»Bei Kreutzner?«, fragte Klaus.

Rebecca nickte. »Als der Wessi sich ihm offenbart hat«, fuhr sie fort, »hat Kreutzner angefangen zu schwitzen. Jetzt glaubt unser Pfarrer anscheinend, dass *wir* etwas gegen *ihn* im Schilde führen, dass wir ihn erpressen wollen wegen der Sachen damals mit Mario. Er klang jedenfalls so, als wollte er die Kurve zu uns kriegen.«

»Wie sollen wir ihn denn mit irgendwas erpressen können?«, wollte Matthias wissen.

Aber Klaus antwortete, ohne groß nachdenken zu müssen: »Denk das mal aus seiner Perspektive. Der Lack von den Dissidenten ist doch weitestgehend ab. Die gehen allen nur noch auf die Nerven, die haben nirgendwo mehr eine Lobby. Stell dir mal vor, man löst eine zweite Welle der Aufarbeitung aus. Gesteuert natürlich, nicht zufällig. So wie die Gruppe um den Genossen Gysi ja auch die Demo am vierten November '89 auf dem Alexanderplatz inszeniert hat. Dabei kommt dann heraus, dass diese ganzen oppositionellen Helden von damals, die Friedenspfarrer aus dem Osten wie die DDR-kritischen Journalisten aus dem Westen, den Leuten mehr Unheil gebracht haben als die Genossen vom MfS. Gerade so jungen Leuten wie Mario. Während der sich mit seiner Wehrdienstverweigerung um alles gebracht und nach der Wende die Scherben seines verpfuschten Lebens zusammengekehrt hat, stürmte ein Fußballer wie Matthias Sammer, der brav im Wachregiment der Stasi gedient hat, zum Titel als Europameister mit der Mannschaft der BRD. Selbst Historiker verteidigen die Stasimitarbeit heute, es seien eben junge Leute gewesen, die die Tragweite ihres Handelns nicht hätten erkennen können.«

»Aber das ist doch völlig verquer«, meinte Matthias. »Das hieße ja, dass auch Mario diese Tragweite nicht hätte erkennen können - nur warum muss er dann bis heute die Nachteile tragen, während Sammer die Vorteile seines Tuns in barer Münze vergoldet bekommt? Und das ist keine Frage, ob Mario nun Fußball gespielt hat oder nicht. Denkt nur mal an die unzähligen Talente, die von der Stasi ausgebootet wurden, weil die irgendwelche Sicherheitsbedenken hatte.«

»Das ist genau der Kern meiner Argumentation«, meinte Klaus. »Die Zeiten haben sich eben geändert.« Er sah zu Matthias. »Deine Theorie über notwendigen Strukturwandel gut und schön, aber wer davon betroffen ist, wünscht sich schon etwas anderes. Folgendes ist die Situation: Es bildet sich, auch dank dieses Westpfarrers, der in seiner aufopferungsvollen Agitationsarbeit ja nicht nachgelassen hat, auch in den konservativen Kreisen des Westens allmählich eine Mehrheit, die an der DDR mehr Positives als Negatives erkennen will. Sieh dir mal uns fünf an: Wir haben alle ganz normal die DDR-Entwicklung durchlaufen, waren nicht renitent, ganz normal, fast – wie man drüben sagen würde – bürgerlich. Heute haben wir fast alle noch unsere Berufe, konnten auf unsere gute Ausbildung aufbauen, die uns in der DDR ermöglicht worden ist ...«

»Das ist doch Schwachsinn«, widersprach Matthias. »Womit ich heute arbeite, das gab's doch damals alles gar nicht. Die Fondskonstruktionen, die wir machen, wo hast du denn die gelernt?«

Klaus lächelte unbeeindruckt und machte weiter: »Ich sage nicht, was tatsächlich war, ich entwerfe gerade ein mögliches Szenario, wie man es sehen und darstellen kann. Und danach sind wir fünf heute Steuerzahler. Die anderen beiden aber, die von Kreutzner und anderen gegen die DDR aufgestachelt worden sind, die gehören heute zu den Verlierern. Das ist bestimmt nichts, was einem der zur Nächstenliebe verpflichteten Geistlichen gut zu Gesicht steht. Auch interessant ist der Aspekt, dass die Aufarbeitung der DDR-Geschichte vornehmlich von Leuten aus dem Westen be- und verhindert wurde und wird. Sei es, weil man durch eine Erweiterung des Opferkreises höhere Wiedergutmachungsansprüche fürchtet, oder weil man mit uns ideologisch auf Wellenlänge war und ist. Wusstet ihr eigentlich, dass Altkanzler Schröder und Egon Krenz Duz-Brüder waren? Des Weiteren weiß ich konkret von wenigstens einem SPD-nahen BRD-Rechtswissenschaftler, der 1990 am Runden Tisch gesessen hat, um an einer neuen Verfassung der DDR zu arbeiten. Die waren einen Teufel daran interessiert, unser schönes Land untergehen zu lassen.«

»SED-SPD-Papiere in den Achtzigern«, warf Rebecca ein.

»Genau. Vergesst die Treuhand als Unheilsbringer für den Osten. Den Laden haben wir uns ja selber entworfen, genau genommen, ein paar Bürgerrechtler hatten ihn sich ausgedacht, übrigens gute Leute mit einer astreinen DDR-Wissenschaftler-Karriere. Nein, wirklich unheilvoll für so gottesfürchtige Lämmchen wie Lydia waren die Heilsbringer aus dem Westen, die die DDR tatsächlich als Alternative empfunden haben. Und die sehen erst recht keinen Grund, ihre Ansichten zu überdenken. Glück für uns, Pech für unsere kleine Schwester und ihre Kumpane.«

Torsten applaudierte.

»Hervorragende Argumentation«, meinte er. »Man sieht doch, wo wir dialektisches Denken gelernt haben. Und du hast völlig recht. Wer in der DDR brav war, hat auch heute sein Auskommen. Und die, die auf Kirche, Dissidenten und die Westpropaganda reingefallen sind, sind heute Sozialfälle.«

»So kann man es sehen«, nickte Klaus. »Und dass man damit nicht nur bei uns, sondern eben mehr und mehr auch im Westen auf offene Ohren stößt, das dürfte etwas sein, was Kreutzner überhaupt nicht gefallen kann. Lies doch, was sie heute über uns schreiben. Sogar Weltoffenheit wird uns in manchen Fachbüchern attestiert.«

»Weltoffen, wir?« Rebecca sah ihn konsterniert an. »Allein für den Besitz der meisten Bücher meiner heutigen Bibliothek wäre ich damals verhaftet worden.«

»So schreiben sie es aber«, bekräftigte Klaus unbeeindruckt.

»Und wenn sie es schreiben, stimmt es«, erklärte Torsten.

»Und dann bleibt es«, grinste Klaus. »So ist es.«

»Gut und schön«, versuchte Matthias, die Sache wieder voranzubringen. »Was folgt daraus für uns? Wollen wir jetzt auch noch was gegen Kreutzner machen?«

»Bewahre«, beeilte sich Rebecca zu entgegnen, um niemandem die Möglichkeit zu geben, ihre eigenen Absichten zu durchkreuzen, »bloß nicht. Ich wollte nur sagen, dass wir da möglicherweise jemanden haben, den wir rein gedanklich im Blick behalten sollten. Über diesen Wessi können wir vielleicht noch mehr rauskriegen, wenn wir direkt mit ihm reden. Mir will nicht in den Kopf, dass da drüben niemand etwas über sie weiß. Diese ganz simple Information, wovon die beiden leben, ist er mir schuldig geblieben. Vielleicht rufen wir den selber mal an.«

»Papperlapapp«, beendete Matthias die Diskussion und sah auf die Uhr. »Ich ruf Schwante an, das ist einer von meinen Leuten. Der sollte morgen mal zu meiner Baustelle drüben fahren, aber jetzt kann er sich da mal umtun. Das kann keine hundert Kilometer davon entfernt sein, wo die wohnen. Was Schwante da eigentlich für mich machen sollte, würde er eh nur versauen. Dafür fährt der Chef dann selbst. Wenn ich meins erledigt habe, fahre ich da rüber und sehe mir an, was der Schwante rausgefunden hat. Mehr als zwei Kirchen wird's in dem Kaff ja wohl kaum geben.«

11

Lydia weinte. Auf der Fahrt vom Krankenhaus zurück hatte Mario spüren können, wie sie zitterte. Taxi-Schulze hatte sie die ganze Strecke lang eskortiert. Also stellte Mario das Moped ab und zog Lydia direkt ins Haus, damit sie keine Zeit hatte, auf der Straße den Helm abzunehmen und ihr vom Weinen verquollenes Gesicht zu zeigen.

Oben in der Wohnung nahm er ihn ihr ab und drückte sie an sich. Ihrer beider Helme ließ er zu Boden fallen. Dann strich er ihr über den Kopf, und Lydia ließ ihre Trauer und ihre Wut auf seine Schulter fließen.

»Weg«, flüsterte sie, »ich will hier weg.« Das Gesicht in seine Jacke gepresst, flüsterte sie so leise, dass Mario sie kaum verstehen konnte. Er dagegen hätte schreien können. Was in ihm vorging, was er empfand, hätte er in einem Flüstern nicht unterbringen können. Doch er wusste: Wer in Markheide schrie, der redete mit dem ganzen Ort, der teilte sich jedem mit, lieferte sich allen aus.

Es war über sie geredet worden, die ganzen Jahre über. Jeder hatte sehen können, was in der Familie geschah. Doch was hatten die Leute der Mutter gesagt? Dass sie das Richtige für ihre Kinder tat, dass sie ein Recht hatte, diese Liebe zu erzwingen. Dass sie ein Recht hatte, im Kleinen das fortzusetzen, was der Staat im Großen vorgab. Die Leute hatten ihr zugenickt und sie in ihrem Tun bestätigt. Hatte hier irgendwer verstanden, warum Lydia und Mario geflohen waren? Begriff irgendwer, dass es niemals um Konsum, um Bananen gegangen war? Zwanzig Jahre waren eine lange Zeit. Und dennoch änderten zwanzig Jahre nichts. Man konnte nicht an einen anderen Ort gehen und glauben, dass sich dadurch der Ort neu ausrichtete, den man verließ.

Die fremde, die neue Heimat hingegen hatte vieles für Lydia und Mario verändert. Sie waren gegangen, damit man sie in Ruhe ließ. Sie wollten nicht mehr geschlagen, nicht mehr gedemütigt werden, sich weder physischen noch psychischen Schmerzen aussetzen. Das hatte geklappt. Der Weggang hatte für sie einen entscheidenden Wandel gebracht: Sie hatten angefangen, die Köpfe zu heben.

»Lass uns hier verschwinden«, schluchzte Lydia. »Lass uns hier verschwinden, bevor irgendwas Schreckliches passiert.« Sie löste sich aus Marios Umarmung. »Lass uns gehen«, wiederholte sie dann, »ich weiß nicht, was ich mir dabei gedacht habe, hierher zu kommen.«

Langsam ging sie den Flur entlang, vor zur Küche und sah aus dem Fenster. Unten neben dem Moped stand Taxi-Schulze und las Zeitung.

»Lass uns wenigstens von hier weggehen, diese Wohnung verlassen«, sagte sie, als Mario nicht antwortete.

Der hörte, wie die Stimme seiner Schwester durch die Räume hallte.

»Mario?«, beharrte Lydia.

»Ja?«

»Lass uns in ein Hotel gehen. Lass uns dort warten, bis alles geschehen ist.«

»Der nächste Gasthof ist dreißig Kilometer weit weg.«

»Lass uns hinfahren. Lass uns ein Prepaid-Handy kaufen, die Nummer schicken wir ihnen per SMS. Dann können sie uns anrufen, wenn es passiert ist. Danach schmeißen wir das Ding weg, dann gibt es nichts mehr, was uns hierhin zurückbringen kann.«

Mario überlegte. Der Vorschlag schien ihm vernünftig zu sein.

»Mutter ist die letzte Verbindung zu allem hier«, malte Lydia sich eine hoffnungsvolle Zukunft aus. »Wenn wir wieder zu Hause sind, haben wir schon die neue Telefonnummer, die neue Adresse, wir haben uns doch schon umgemeldet. Niemand wird uns mehr finden, niemand wird mehr wissen, wo wir sind.«

Mario war in dieser Hinsicht nicht ganz so optimistisch. Lydia bemerkte seinen skeptischen Blick.

»Was soll denn sein?«, fragte sie. »Wer soll uns denn hinter der Textilreinigung vermuten?«

»Naja, du weißt, wie blöd solche Sachen manchmal laufen«, wandte er ein. Aber letztlich war es ihm egal. Das Einzige, was ihn im Moment wirklich interessierte, war, dass sie aus dieser Wohnung, dass sie aus Markheide wegkamen.

»Du hast recht«, stimmte er zu, »wir gehen in diesen Gasthof. Torstens Moped nehmen wir mit und stellen es dann am Bahnhof ab, wenn wir ganz von hier wegfahren. Oder wir ketten es Taxi-Schulze an die Stoßstange.«

»Mario?«

Lydia wandte sich vom Küchenfenster ab und kam auf ihn zu. »Nimm mich wieder in den Arm«, bat sie.

Mario lächelte, ging ihr entgegen und drückte sie an sich. Dann räumten sie ihre Sachen zusammen und verließen die Wohnung.

Unten vor dem Haus lugte Taxi-Schulze hinter seiner Zeitung hervor. Es war nicht genau auszumachen, ob es ihn verblüffte, Lydia und Mario mit ihren Taschen aus dem Haus kommen zu sehen und wie sie in Richtung der Landstraße davonknatterten. Er startete sein Taxi und fuhr den beiden hinterher.

12

Andrea hackte auf der Tastatur ihres Handys herum. Sie erreichte niemanden, dem sie die Neuigkeiten überbringen konnte. Vor allem erreichte sie niemanden, der ihr sagen konnte, was sie jetzt tun sollte.

Sie hatte das ehemalige Zimmer von Lydia und Mario leer vorgefunden, mit Ausnahme der Möbelstücke natürlich. Auf dem Boden, halb unter dem Bett, lag ein Papiertaschentuch. Das war alles, was die beiden hinterlassen hatten. Sogar die Betten hatten sie abgezogen und die Bezüge ordentlich auf der Matratze gestapelt. Andrea sah die Stockflecken. Es war nicht einmal so, dass ihr das peinlich war. Sie wusste ja, wie es unter dem Stoff aussah. An so ein paar Flecken war noch niemand gestorben. Und für die paar Tage etwas Neues zu kaufen, das hatte niemand von ihnen eingesehen. Früher, so war die einhellige Meinung gewesen, hatten Lydia und Mario in viel schlimmeren Dingen gelegen, hatten sich regelrecht im Dreck gesuhlt, bei diesen Blueskonzerten, zu denen sie freitags gefahren und von denen sie sonntags von oben bis unten verdreckt zurückgekommen waren. Beide hatte sie gestunken - nach Bier und niemand wollte wissen, was sonst noch. Die ganze Straße entlang hatte man sie riechen können. Jetzt kam sowieso alles in den Müll. Die Mühe, die Bezüge abzunehmen, hätten sie sich also sparen können.

Aber dann fiel Andrea ein, dass es vielleicht nicht die Ordnungsliebe der beiden gewesen war, die sie dazu gebracht hatte. Es war als Vorwurf gedacht, nichts anderes. Deswegen waren sie auch ausgerissen. So gefiel Andrea die Sache viel besser, und binnen weniger Sekunden war sie mit der Welt wieder im Reinen. Sie wusste auch wieder halbwegs, was zu tun war, und begann, eine SMS nach der anderen zu versenden. Die Geschwister mussten informiert werden, der Gegner war aktiv geworden. Sobald sie damit fertig war, suchte sie im Adressverzeichnis ihres Handys nach der Nummer der Sperrmüllfirma. Wenigstens die konnte jetzt bestellt werden. Dass hier auf nichts mehr Rücksicht genommen werden musste, stand außer Frage. Mehr als der Schrank, das Bett, ein Tisch und zwei Hocker war es ja sowieso nicht mehr, was es noch abzuholen gab. Dafür brauchte man vermutlich nicht einmal mehr einen Container, dachte Andrea. Doch sie fand die Nummer im Speicher ihres Handys nicht und begann, in ihrer Handtasche nach der Visitenkarte der Firma zu wühlen. Die Rechnung war an Matthias gegangen, aber den wollte sie jetzt auf keinen Fall belästigen. Der hatte heute schon genug zu tun.

Kurz nach fünf am Morgen war er losgefahren. Fünf Stunden würde er wohl brauchen, bis er drüben war. Dann musste er auf seine Baustelle und weiter in das Kaff, in dem dieser Pfarrer und Lydia und Mario wohnten. Am Nachmittag wollte er dann gleich wieder zurückfahren, in die Nacht hinein. Er war solche Tage gewohnt, und Andrea war wieder einmal froh, dass ihr Beruf feste Bürozeiten kannte.

Sie fand die Visitenkarte. Ihr Handy piepte und zeigte eine SMS von Klaus an, der zurückschrieb. Er fragte nach dem Moped, ob das noch vor der Tür stehe – und ob sie schon versucht habe, Torsten zu erreichen.

Sie hasste Klaus. Als wenn Torsten nicht der Erste gewesen wäre, an den sie gedacht hatte. Aber heute war einer der seltenen Tage, an denen er einen Job im Sender hatte, und an diesen Tagen schaltete er sein Handy aus, weil er es sonst möglicherweise vergaß und es mitten in einer Sendung zu klingeln begann. Allerdings hatte sie tatsächlich noch nicht nach dem Moped gesehen. Ein Blick aus dem Küchenfenster offenbarte, dass das Zweirad weg war. Von Taxi-Schulze fehlte auch jede Spur, also hielt er wohl sein Versprechen, in der Nähe der beiden zu bleiben.

Sie schickte Klaus einen kurzen Antworttext, dass Torsten im Sender sei und sie versuchen wolle, Schulze aufzutreiben.

Während sie die Nachricht tippte, fühlte sie sich an alte Zeiten erinnert. Schon früher hatte sie es gehasst, wenn die Geschwister auf die Suche nach Lydia und Mario geschickt worden waren. Wenn ihr persönliches Wohlbefinden davon abhing, ob und wie schnell sie die beiden aufspürten und nach Hause brachten. Der Vater hatte es für eine gute Schulung gehalten, um seine Kinder auf die Jagd auf Gegner und Abtrünnige vorzubereiten.

Dabei war es Andrea herzlich egal gewesen, wo die beiden sich herumtrieben. Und wenn sie vom Bus überfahren worden wären, wäre es auch in Ordnung gewesen. Dann hätte man wenigstens für immer gewusst, wo sie waren. Als 1989 Gerüchte kursierten, dass sich Lydia und Mario in der Prager Botschaft befänden, war sie froh gewesen. Jetzt verlangte niemand mehr, dass sie die beiden ausfindig machte. Wenn ihnen, was Andrea hoffte, die Ausreise in die Bundesrepublik gestattet wurde, dann war das fast, als wären sie unter den Bus gekommen. Dann waren sie weg, endgültig weg.

Sie rief Taxi-Schulze an. Nach einem kurzen Knacken hatte sie ihn in der Leitung.

»Ja?«, murmelte er.

»Herr Schulze?«

»Taxi-Schulze, ja.«

»Gut, dass ich Sie erreiche. Es geht um Lydia und Mario. Wissen Sie, wo die beiden sich befinden?«

»Selbstverständlich. Darf ich fragen, wer Sie sind?«

»Ich …«, Andrea fiel ein, dass er ihren Familiennamen nicht kannte. Durch Heirat und Scheidung und nochmalige Heirat hatte er sich diverse Male geändert. »Ich bin die Schwester, die von der Arbeitsagentur«, sagte sie dann.

»Ah, Sie sind es. Kennen Sie den Gasthof ›Zu den Eichen‹?«, fragte Schulze.

Andrea überlegte, dann fiel es ihr ein. Er war ein ganzes Stück von Markheide entfernt. Aber es war im Grunde logisch; eine andere Möglichkeit, in der Gegend unterzukommen, gab es nicht. Schon zu ihrer Jugendweihe waren dort Gäste untergebracht worden.

»Ja, kenne ich. Sind die beiden da?«

»Mit Sack und Pack vor gut zwei Stunden eingezogen. Hat ihnen wohl nicht mehr gepasst in Mutterns guter Stube. Moment mal …« Es raschelte und knisterte, erst nach einer halben Ewigkeit ertönte Schulzes Stimme wieder: »Hallo? Hallo? Sind Sie noch da?«

»Ja, sicher«, versetzte Andrea ungeduldig. Im Hintergrund hörte sie ein Moped rattern.

»Gut, dass Sie genau in dem Moment angerufen haben«, meinte Schulze. »Bis eben war nämlich Ruhe im Nest. Aber jetzt ist eins von unseren Vögelchen munter geworden und davongeflattert.«

Andrea hätte Schulze für die Art, wie er sich ausdrückte, erwürgen können. »Was meinen Sie damit?«, fragte sie streng.

»Mario ist mit dem Moped weg«, erläuterte Schulze. »Das hatten wir noch nicht, dass die beiden sich trennen. Soll ich ihm folgen?«

Andrea wusste nicht, was sie antworten sollte. Aber sicher, beschloss sie dann. Sollte er Mario hinterherfahren, Lydia würde bestimmt nicht allein das Hotel verlassen.

»Machen Sie das«, schickte sie Schulze los. »Folgen Sie ihm. Und danke für Ihre Bemühungen.«

»Keine Ursache«, erwiderte der Taxifahrer und legte auf. Andrea ließ das Handy in die Tasche fallen und streckte die Schultern nach hinten. Ihr tat allmählich der Rücken weh. Sie war direkt aus dem Büro hierhergekommen und hatte seitdem gestanden. Nun lockte unten ihr Auto mit den weichen, angenehmen Sitzen. Hier gab es ohnehin nichts mehr für sie zu tun, denn der Zweck ihres Besuches, Lydia und Mario zum Essen in die Pizzeria zu begleiten und sie so den Nachmittag über zu beschäftigen, hatte sich erledigt. Sie hoffte nur, dass ihr die Geschwister keinen Vorwurf machten. Aber sie hatte unmöglich früher hier sein können. Extra diesen Tag Urlaub zu nehmen, das hatten sie nicht abgesprochen. Dann hätten auch die anderen einen Tag opfern müssen, damit es unter ihnen gerecht blieb. Nein, dachte sie, während sie die Treppe nach unten nahm, niemand konnte ihr zur Last legen, dass Lydia und Mario in das Gasthaus »Zu den Eichen« gezogen waren. Sie war eigentlich ganz froh, dass das Essen in dieser Pizzeria an ihr vorüberging. Sie mochte nicht, was dort gekocht wurde. Im Auto sah sie auf die Uhr. Es war noch Zeit, bis sie bei Rebecca sein musste. Mit einem Mal bekam sie Appetit auf Sate-Spießchen. Sie kannte ein Restaurant, ein richtiges, das diese kleinen Dinger hervorragend zubereitete, aber das war in Leipzig. Andrea rechnete kurz nach, wie lange sie bis dorthin und von dort zu Rebecca brauchte, und hatte sich schon entschieden. Als sie das Ortsausgangsschild im Rückspiegel sah, freute sie sich, dass es auch für sie bald keinen Grund mehr gab, hierher zurückzukehren; in dieses Nest, das sie seit sie denken konnte als klein, miefig und trostlos empfunden hatte. Wenn die Wohnung leer war, wollte sich Matthias um alles Weitere kümmern. Sie würde nur noch ein einziges Mal kommen müssen, und zwar zur Beerdigung der Mutter. Das gab ihr gewissermaßen einen kleinen Grund zum Feiern, eine kleine Selbstrechtfertigung, wenn sie jetzt zu ihren heißgeliebten Sate-Spießchen nach Leipzig fuhr. Sie griff in ihre Handtasche auf dem Beifahrersitz und nahm das Handy heraus, um sich selbst zu Hause anzurufen und eine Erinnerung auf den Anrufbeantworter zu sprechen. Sie durfte auf gar keinen Fall vergessen, jemanden für die Dauergrabpflege zu finden.

13

Lydia lag auf dem Bett und schaute an die Decke. Mario war losgefahren, um das Prepaid-Handy zu besorgen. Er wollte nach Leipzig. Dort, so hoffte er, würde er niemanden treffen, den er kannte.

Lydia war das egal. Ihr war das Versteckspiel egal. Ihr waren die Mutter und die Geschwister egal. Sie war froh, dass Mario weg war, dass sie von der Zwangsgemeinschaft mit ihm vorübergehend erlöst war.

Das mochte sie an ihrer eigenen Textilreinigung so sehr. Dass sie Mario irgendwohin schicken konnte. Die Maschinen und alles, was im Haus zu erledigen war, fielen in sein Ressort, zusätzlich der Wäsche-Hol-und-Bring-Service.

Sie hatte die Kopfhörer auf: »Depeche Mode«, was sonst. Es war ihr zweiter Tag ohne Psychopille, dem alles überdeckenden kleinen Glücksbringer. Sie nahm diese Dinger nun schon so lange, dass es ihr vorkam, als hätten die Nebenwirkungen sie auf andere, rein körperliche Art, viel schlimmer krank gemacht. Sie spürte manchmal seltsame Veränderungen in ihrem Körper, die sie sich nicht erklären konnte. So, als würden ihre Organe andere Formen annehmen und ihre angestammten Plätze verlassen. Aber darum ging es nicht. Das war nicht der Grund, weshalb sie immer wieder versuchte, ohne die Pillen auszukommen.

Sie wollte wissen, ob »es« weggegangen war. »Es« hatte nichts mit den organischen Veränderungen zu tun, die sie seit einiger Zeit wahrnahm. »Es« waren ihre psychischen Probleme, der Druck der Schuld, der auf ihr lastete.

Ohne Tabletten versuchte sie »es« mit Depeche Mode zu kurieren. Speziell mit einem Lied: »Personal Jesus«.

Als der Song 1989 erschienen war, waren sie und Mario schon auf halbem Weg in den Westen gewesen. Lydia hatte ihn im Radio gehört. Von da an war er ihr ständiger Begleiter geworden, in den unterschiedlichsten Versionen und Einspielungen. Im Westen angekommen, hatte sie dann zwei Dinge gekauft: einen Walkman und das Album als Kassette. Inzwischen gab es den Walkman nicht mehr und auch nicht den Discman, der danach gekommen war. Inzwischen gab es das Lied auf ihrem I-Pod, und zwar nur dieses Lied. Alle ihr bekannten Fassungen hintereinander – und das in bis dahin unerreichter Lautstärke. Sie liebte das Stück nicht. Im Grunde wollte sie es genauso loswerden wie ihre Krankheit. Jemand sang, dass er ihre Gebete hörte, dass er sich um sie kümmerte - aber wenn sie die Augen aufschlug, dann war da nur Mario. Ihr ganz persönlicher Jesus, dem sie zwar auch nicht vollständig vertraute, dem sie aber auch nicht mit absolutem Misstrauen begegnete, und dem sie das Gefühl geben musste, dass sie an ihn und ihrer beider Zukunft glaubte. Es war so entsetzlich.

Sie liebte ihren Bruder. Sie liebte ihn mit Sicherheit mehr als jeden anderen Menschen auf der Welt, aber sie hatte ihn nie so lieben wollen, wie sie es getan hatte. Dass sie Sex miteinander gehabt hatten, dass sie immer noch wie ein Ehepaar miteinander lebten.

Mario, ihr kleiner Bruder. Der Kleinste, Jüngste von allen, der am wenigsten von dem verstand, was um ihn herum und mit ihm geschah. Sie hatte ihn beschützen wollen, weil niemand sie beschützte. Sie hatte gedacht, wenn sie ihn nicht beschützte, würde es ihm so ergehen wir ihr, schlimmer vielleicht. Als er in das Alter kam, wo Mädchen für ihn interessant wurden, hatte sie es daran gemerkt, dass er allabendlich onanierte. Sie schliefen ja im selben Bett.

Und als sie ihn eines Abends befriedigte und sich von ihm anfassen ließ, hatte sie es getan, um ihn von den Mädchen fernzuhalten, denen sie unterstellte, nur den richtigen Augenblick abpassen zu wollen, um ihn an wen auch immer zu verraten.

Sie selbst hatte auf ihrer Suche nach Freiheit und Akzeptanz Schmerz auf allen Ebenen durchlitten, nicht nur durch die triebhaften Männer auf den Bluesfeten. Ihr war klar, dass sie dort nur geduldet wurde, weil die Männer mit ihr schlafen wollten. Sie sollte still sein und die Beine breitmachen. Dafür konnte sie bleiben, trinken und Musik hören. Wenn sie nicht zu Hause bleiben wollte, was selten ratsam war, gab es kaum eine Alternative dazu. Die FDJ-Nachmittage in der Schule waren eine Fortsetzung dessen, was im Unterricht passierte. Wenn die Lehrer fragten: »In den Konzentrationslagern, Lydia, wo war denn da dein Gott?«, dann antwortete Lydia: »Er war dort. Er hat sich im Leiden der Menschen gezeigt, die dort gequält wurden. Er hat sich dort gezeigt, als die Gottferne derer ihren Höhepunkt erreichte, die meinten, sie könnten eine gerechte Welt schaffen, wenn sie nur diejenigen zu Tode quälten, die nach ihrer Ansicht schuld waren an allem Unrecht, allem Elend, allem Übel.« Und der Lehrer sie zurechtwies: »Das ist ja schlimm, Lydia, das ist ja ganz schlimm, was du dir da ausdenkst. Der Kapitalismus hat sich da gezeigt, die Großindustrie, die aggressivsten Kreise des Imperialismus, die gleichen, die unsere friedliche Republik bedrohen, die haben sich da gezeigt. Die tragen die Schuld. Und die lassen sich von deinem Gott gar nichts sagen, die lachen über ihn. Wie wir auch über ihn lachen müssen, wenn wir weiter in Frieden leben und eine gerechte Welt errichten wollen, in der alle Menschen glücklich sind.« Und die Klasse grölte vor Vergnügen. Wenn der Vater nach Hause kam, wusste er längst über alles Bescheid. Auch, dass sie zu einem Mitschüler, den sie für ihren Freund hielt und dem sie vertraute, gesagt hatte: »Es ist wie bei uns, in unserem Land. Nur ohne KZ. Hier werden die Menschen genauso dafür bestraft, dass sie anders sind, dass sie anders denken. Mit dem Faschismus begründen sie ihre eigene Gewalt, lassen sie ihr eigenes grausames Handeln harmlos erscheinen.« Und wie zum Beweis hatte man sie - und später Mario — zweimal nicht in die neunte Klasse versetzt, sodass sie nach zehn Jahren Schulbesuch trotzdem nur ein Abgangszeugnis der achten Klasse bekam. Deshalb hatte sie nichts anderes als Wäscherin lernen können, was in der sozialen Rangfolge am untersten Ende stand. Wer von dort wieder wegwollte, schaffte es nur durch vollständige Unterwerfung.

Und Pfarrer Kreutzner, warum war der keine Alternative zu Elternhaus und Schule?

Am Anfang war er das sogar. In den Achtzigern sammelten sich dann, obwohl sie meist keine Gemeindeglieder waren, Angehörige der DDR-Eliten in den Kirchen, weil sie hier einen öffentlichen Raum fanden, der nicht direkt vom Staat kontrolliert wurde. Sogar Lehrer aus ihrer ehemaligen Schule traf Lydia bei Kreutzner. Hier debattierten sie über Bürgerrechte, die Umwelt, über das, was sie unter Frieden verstanden. In der Kirche besprachen sie, was sie sich auf ihren Parteiversammlungen nicht zu sagen trauten. Auf einmal gab es Gruppen für Bausoldaten, Schwule und Lesben, sogar kleine Grüppchen Ausreisewilliger, die allerdings meist abseits standen, weil auch hier keiner etwas mit ihnen zu tun haben wollte.

Denn hauptsächlich trafen sich hier die Hierbleiber,

Leute, die behaupteten, dass sie für die DDR einen verbesserten Sozialismus anstrebten. Das aber nahm Lydia ihnen nicht ab.

Wenn sie das System betrachtete, dann sah sie auf der einen Seite die alte Funktionärsgarde, deren Durchschnittsalter weit über sechzig lag - und die ums Verrecken nicht ans Aufhören dachte. Und auf der anderen Seite sah sie die, die sich nun in der Kirche versammelten, die ungeduldigen Enddreißiger, die, von Partikularinteressen einmal abgesehen, vor allem ihren Karrieresprung erzwingen wollten. Ihr eigenes Vorankommen war es, was sie als verbesserten Sozialismus ausgaben. Dass ihnen Pfarrer Kreutzner hierzu aufbauende Worte predigte, hielt Lydia für verlogen. Denn entweder war er blind oder er gehörte auch zu denen, die nicht schnell genug nach oben kommen konnten. Es ging nicht um Glauben, es ging um Macht. Und das war der Punkt, weshalb Pfarrer Kreutzner irgendwann keine Alternative mehr war: Lydia glaubte an Gott, an Jesus Christus, aber nicht an den Weihnachtsmann.

Durch Kreutzner hatte Lydia auch von den Bluesmessen gehört, zu denen sie gefahren waren. Es mochte gut gemeint gewesen sein, doch letztlich lief es dort auf das Gleiche hinaus wie auf den Blueskonzerten in den Dörfern. Wenn sie in Berlin ankamen, waren die meisten schon betrunken, bis auf den, dem das Auto gehörte. Und der bestimmte dafür, dass er der Erste war, der mit Lydia schlief. Wenn es um Gott und Glauben ging, fand Lydia auch dort keine Heimat.

In ihrer eigenen Enttäuschung lag der Grund, weshalb sie Mario hatte beschützen wollen, vor Freundinnen und allen anderen Übeln dieser Welt – und ihn nun nicht mehr loswurde.

Lydias Kopfhörer dröhnten ihr die Ohren zu. Sie wusste nicht, wie lange sie es noch ohne die Glückspille aushielt.

In ihrer Tasche lagen zwei Sorten Tabletten, das hatte Torsten ganz richtig erkannt. Die einen waren gegen die Depressionen, die anderen würden die Übelkeit unterdrücken. Denn was Torsten nicht gefunden hatte, war ein Tütchen mit einem weißen, tödlich wirkenden Pulver.

Lydia war jetzt Mitte vierzig. Alles, was sie vom Leben gewollt hatte, waren Kinder und eine Familie gewesen. Als sich herausgestellt hatte, dass sie keine Kinder bekommen konnte, war da immer noch der Wunsch nach einer Partnerschaft geblieben. Aber dieser Traum vom kleinen, fast winzigen Glück hatte sich immer weiter nach hinten verschoben. Je länger sie es nicht schaffte, sich von Mario zu lösen, ihm zu sagen, dass er irgendwann ohne sie klarkommen musste, desto mehr. Und sie fürchtete, dass er umgekehrt dasselbe über sie dachte. Dass er bei ihr blieb, weil er fürchtete, dass sie ohne ihn ihr Leben nicht bewältigen konnte. Hatten sie beiden nicht immer wieder recht gehabt mit diesen Annahmen? Ohne den jeweils anderen wären sie tatsächlich nicht über die Runden gekommen. Wie hätte es ohne einander gehen sollen, als sie in den Westen übergesiedelt waren? Als sie ein trostloses Nest gegen ein anderes trostloses Nest getauscht hatten? Dass sie die SED-Clique hinter sich gelassen hatten, war gut und schön, aber die Menschen hier waren ihnen fremd. Sie waren hilfsbereit und freundlich, aber es lagen Welten zwischen ihnen. Über weite Strecken verstanden Lydia und Mario nicht, was sie sagten. Es mochten dieselben Worte sein, aber es waren andere Bedeutungen. Sie begriffen, dass sie so ziemlich alles neu lernen mussten und sie bekamen mit, wie von den anderen Übersiedlern die ersten aufgaben und zurückgingen. Immer wieder begannen Lydia und Mario von vorn und kamen doch nicht voran. Als Lydia zusammenbrach, hatten sie einander so gebraucht wie niemals zuvor und waren immer abhängiger voneinander geworden. Auch wenn ihre Beziehung zueinander längst keine sexuelle mehr war, waren sowohl Lydia als auch Mario unfähig, mit anderen Partnern eine Beziehung einzugehen. Gegenüber jedem, der sich ihnen näherte, waren sie misstrauisch geblieben. Es war nicht anzunehmen, dass sich das noch einmal änderte.

Lydia beugte sich zu ihrer Tasche auf dem Boden hinunter und holte die Dose mit den Tabletten heraus. Es ließ sich alles ertragen, solange sie die Glücksdinger nahm. Aber es war kein Leben. Lydia glaubte, dass sie sich mit den Pillen nur selbst betrog und ihr Leben eigentlich keinen Sinn mehr hatte.

Sicher, sie und Mario hatten es inzwischen einigermaßen geschafft. Ihre alten Schulden waren beglichen, sie hatten Freunde gefunden. Isabell zum Beispiel, bei der sie gearbeitet hatten; die Lydia eine Chance gegeben hatte, als sie aus der Therapie gekommen war. Isabell hatte sie aufgebaut und stundenweise bei sich arbeiten lassen, erst zwei Stunden am Tag, dann drei, dann vier und so weiter, bis Lydia wieder halbwegs hergestellt gewesen war. Von Isabell hatte sie gelernt, wie man ein Geschäft führte. Und nun war sie es auch, die den Geschwistern half, sich mit einer eigenen Reinigung selbstständig zu machen. Aber worin bestand der Sinn? Worin bestand der Sinn, weiter und weiter zu machen, ohne dass Lydia jemals etwas weitergeben konnte? Wenn sie ohne diese Pillen nicht leben konnte? Wenn »es« nicht wegging?

Sie versuchte immer wieder, die Tabletten abzusetzen, wenn absehbar war, dass sie eine gute Zeit haben würde. Aber auch wenn tagelang die Sonne schien, urplötzlich kam der Punkt, wo es umkippte, wo sie sich vergrub, in einer Ecke im Büro, und die Depressionen von Neuem in ihr zu wüten begannen - bis sie, wie ein Junkie, nicht mehr anders konnte und die Pille einwarf. War das nicht alles Betrug, eine Lüge, etwas, mit dem sie nie hatte leben wollen?

Immer wieder hatte Lydia darüber nachgedacht, welche Pillen sie als Nächstes nehmen, wann sie zu dem Pulver greifen sollte. Hier in Markheide, wo alles angefangen hatte, wollte sie entscheiden, wie es weiterging, wenn »es« blieb. Lydia spielte mit der Dose zwischen ihren Fingern. Dann klappte sie den Deckel auf.

14

Ihre Sessel waren marineblau. Rebecca wollte zu gern wissen, was sie geritten hatte, sich diese Aufdringlichkeiten ins Haus zu holen. Sie konnte nicht einmal mehr sagen, wo und wann sie die erstanden hatte. Aber sie musste sie wohl schön gefunden haben, damals, als sie sich hier in ihrer Wohnung eingerichtet hatte. Fünf große Zimmer nannte sie ihr Eigen. Als Matthias ihr den Vorschlag gemacht hatte, hier einzuziehen und die Wohnung zu kaufen, war ihr erster Gedanke gewesen, dass sie eine Putzfrau brauchte. Als Matthias ihr auch die noch besorgt hatte, war sie vor Glück anscheinend unzurechnungsfähig gewesen. Nur so konnte sie sich heute die marineblauen Polster erklären.

Matthias hatte damals allen Geschwistern Wohnungen angeboten, für die sie nur einen Bruchteil des regulären Preises bezahlen mussten. Für ihn war es eine Art Risikovorsorge gewesen, für den Fall, dass er doch einmal pleitegehen sollte. Rebecca hatte nicht ganz verstanden, was mit den Wohnungen passieren würde, wenn das tatsächlich geschah, aber sie nahm an, dass sie sie im schlimmsten Fall verkaufen mussten, um Matthias die Mittel für einen Neuanfang zu geben. Inzwischen war das so lange her, dass Rebecca nicht mehr ernsthaft an die Möglichkeit glaubte, ihren Palast, wie sie ihre Wohnung nannte, jemals wieder verlassen zu müssen.

Das liebste Zimmer war ihr die Bibliothek, in der sie sich verstecken konnte. An den Wänden standen deckenhohe verglaste Regalschränke, ein dicker Teppich dämmte ihre Schritte.

Sie liebte es, in Antiquariaten nach Erstausgaben zu suchen, für die sie dann ihre sogenannte Alltagsliteratur aus dem Regal räumte und der nächsten öffentlichen Bibliothek spendete. Sie besaß keinen Fernseher. Wenn sie nach Hause kam und von der Welt genug hatte, zog sie sich hierher zurück, setzte sich in den ledernen Ohrensessel und las. Neben sich, auf einem kleinen Tisch, einen guten Whisky. Neben dem Glas einen Schreibblock, denn zu jedem gelesenen Buch verfasste sie eine Kritik. Die Stapel nicht gedruckter Rezensionen waren hoch und zahlreich. Sie hielten die Wut in Rebecca wach. Die Wut auf Lydia und Mario, die Wut auf ihre Geschwister und das Land, in dem sie bis zu seinem Zusammenbruch gelebt hatte. Die Wut – und die Erinnerung an die einzig reale Möglichkeit, aus ihrem Leben mehr zu machen, als Lehrerin an einer Kleinstadtschule zu sein.

Sie war noch Studentin gewesen, mit der klaren Perspektive, als wissenschaftliche Assistentin an die Humboldt-Universität nach Berlin zu wechseln. Den Albtraum, als Lehrerin in der Provinz zu landen, den meinte sie abgeschüttelt zu haben. Doch dann war sie zur Leipziger Buchmesse gefahren, um an den Ständen der Westverlage Bücher zu schnorren. Vor einer der Auslagen war sie mit einem Mann ins Gespräch gekommen, der sich später als Feuilleton-Chef einer großen westdeutschen Tageszeitung herausstellte. Zwei Literaturfreunde, die nächtelang über Bücher sprachen, bis er Rebecca völlig unverhofft das Angebot machte, für die Zeitung aus Frankfurt am Main regelmäßig über die Literatur der DDR zu schreiben. Und obwohl sie mit dem Zug zurück nach Ostberlin fuhr, kam es ihr vor, als flöge sie. Sie tippte ihre Probeartikel – und landete prompt vor dem Familientribunal. Ihre Post in den Westen war abgefangen worden. Durch ihr unbedachtes Handeln, ihre verbotene Kontaktaufnahme mit jemandem von der West-Presse, hatte sie die Karrieren der gesamten

Familie in Gefahr gebracht. Rebecca ging davon aus, dass es Lydia und Mario gewesen waren, die auch sie in den Fokus der Postkontrollen gerückt hatten. Da war es allerdings ein Glück, dass sich Torsten regelmäßig über die Aktivitäten der Geschwister informierte und den abgefangenen Brief zu Gesicht bekam, bevor Schlimmeres geschehen konnte. Natürlich wurde ein Vorgang über Rebecca angelegt, in der eine Kopie dieses Schriftstückes landete (nach der Wende besaß sie damit die goldwerte Akte, die bewies, dass die Stasi sie bespitzelt hatte), aber Torsten schaffte es, dass die Sache nicht weiter verfolgt wurde. Wenn sich Rebecca ruhig verhielt und nicht mehr auffällig wurde, war die Sache wahrscheinlich erledigt. Nicht auszudenken, was ohne Torsten geschehen wäre. Kontakte zu Westjournalisten hätten ihr leicht als nachrichtendienstliche Agententätigkeit ausgelegt werden können. Auf jeden Fall aber würden nun bei jeder ihrer Bewerbungen die Mechanismen der Sicherheitsüberprüfungen greifen. Ihre angestrebte Laufbahn an der Humboldt-Universität hatte sie jedenfalls an den Nagel hängen können. Ihr Glück war, dass in der DDR ein permanenter Lehrermangel herrschte, insbesondere in der Provinz, in so verlassenen Flecken wie Markheide.

Sie hatte lange Zeit geglaubt, dankbar sein zu müssen, dass sie wenigstens noch Lehrerin hatte werden können. Aber heute überwog der Wunsch, es den Geschwistern heimzuzahlen. Ihnen, weil sie der festen Überzeugung war, damals nur ihretwegen in den Fokus geraten zu sein, dass sie für die Laufbahnen der anderen hatte klein beigeben müssen.

Und für eine späte Rache war kein Zeitpunkt besser geeignet als der, an dem die Betreffenden nicht mehr damit rechneten und man ihre Aufmerksamkeit auf jemand ganz anderes lenken konnte – auf Lydia und Mario.

Rebecca legte Gürkchen auf einen Teller. Vorhin hatte Kreutzner angerufen, es ginge um die nächste Reisegruppe, das nächste Gespräch über Ingrid Babendererde. Rebecca glaubte eher, dass Kreutzner wissen wollte, wie bei den Geschwistern der Stand der Dinge war. Fast hätte sie gesagt: »Sie können ja vorbeikommen heute Abend, wir treffen uns in ein, zwei Stunden bei mir, kommen Sie einfach vorbei, dann wissen Sie das Neueste. Ich lege auch extra für Sie noch ein Schnittchen dazu.« Aber natürlich hatte sie es nicht gesagt, sondern nur vage ihre Bereitschaft angedeutet, noch einmal zu einer Veranstaltung in die Kirche zu kommen.

Sie fischte das nächste Gürkchen aus dem Glas, legte es auf den Teller und nippte an ihrem Whisky. Auf dem Tisch in ihrem marineblauen Wohnzimmer standen bereits ein Brotkorb und eine Platte mit Käse und Aufschnitt. Als sie das aufgetragen hatte, hatte sie noch Wodka in ihrem Glas gehabt. Wodka war für sie gefährlicher, überhaupt alle klaren Schnäpse. Diese kleinen Shots, die sie schnell und in einem Zug leertrank. Sie hatte die Lust an ihrem perfekt funktionierenden Plan ein wenig steigern wollen, hin zu diesem leicht beschwipsten Zustand, den sie so mochte. Alle hatten den Köder gefressen, Matthias war sogar zu dem Pfarrer im Westen gefahren und hatte sich nach Lydia und Mario erkundigt. Wer tat so etwas, wenn er keine Absicht verfolgte? Bald war es Zeit für das Finale, und die Vorfreude darauf, hatte sie ein wenig übermütig werden lassen. Sie merkte selbst, dass sie aufpassen musste. Deshalb war sie auf Whisky umgestiegen. Natürlich würden die anderen merken, dass sie nicht mehr nüchtern war, aber half ihr das später nicht sogar? Dass alle bezeugen konnten, dass sie nur noch bedingt zurechnungsfähig war?

Sicherlich, ein wenig fürchtete sie sich vor den Blicken und den Ermahnungen, auch, weil sie wusste, dass die anderen recht hatten. Sie sollte nichts Hartes trinken und auch von Wein und Sekt nicht mehr als ein oder zwei Gläser am Tag. Irgendwo stapelten sich die Zeitungsartikel und Internetausdrucke, die Andrea ihr zu diesem Thema mitgebracht hatte. Ihre Leberwerte waren seit Langem grenzwertig, Rebecca wusste es. Aber ihr Arzt, zu dem sie schon seit Jahrzehnten ging und der ihren Beruf kannte, hielt das bei einer Lehrerin für normal. Das war zwar idiotisch, aber so einen Arzt wechselte man nicht. Er riet ihr, einmal im Jahr »katholisch zu leben«, also zu fasten, am besten zwischen Aschermittwoch und Ostern. Die sechs Wochen seien genau die Zeit, die die Leber brauche, um sich zu regenerieren. Rebecca hielt sich daran, auch, weil sie bei Hemingway dasselbe gelesen hatte. Sie mochte Hemingway. Auf Kuba hatte sie sogar seine Finca besucht und die Zahlenkolonnen in seinem Bad gesehen, mit denen er ängstlich sein Gewicht protokolliert hatte. Er war ein Meister des Selbstbetruges gewesen. Weil Zucker dick machte, ließ er in seinem Daiquiri den Zuckersirup weg. Das erlaubte ihm bei ungefähr gleichbleibender Kalorienmenge die doppelte Alkoholdosis. So war der Papa Double entstanden. Rebecca gefiel die durchsichtige Logik, die dahinter steckte. Als sie in Havanna gewesen war, hatte sie Hemingway gespielt, hatte im Hotel Ambos Mundos gewohnt, war nachmittags in die Floridita Bar gegangen, um Papa Doubles zu trinken, dann in die Bodeguita del Medo, der Mojitos wegen. Danach dann, abweichend von Hemingway, war sie an den Malecon gegangen, wo sie sich einen der dort wartenden Jungs geholt hatte.

Rebecca konnte Lydia in einigen Punkten verstehen. Was Verletzungen anging, sehr gut sogar. Die schlimmsten hatte Lydia ihr zugefügt. Deshalb wollte sie einen langsamen und qualvollen Tod für sie.

Rebecca konnte warten. Das hatte sie schon immer gekonnt. Dann tat sie im richtigen Moment das, was ihr notwendig erschien. Ihr Mann hatte sich umgebracht, weil er keinen Ausweg mehr gewusst hatte. Es hatte auch keinen gegeben, Rebecca hatte systematisch jede Ausflucht versperrt. Schließlich war er mit dem Auto auf der Landstraße nach Leipzig gegen einen Baum gefahren. In dem damaligen undurchsichtigen Klima hatte es unzählige Gründe gegeben, die seinen Freitod begreiflich machten. Auch diesmal lief alles wie am Schnürchen. Alle spielten mit und keiner wusste, dass sie, Rebecca, die Spielführerin war. Selbstredend hatte auch Lydia sie nicht durchschaut; die Gutgläubige. Sonst hätte sie die Falle gerochen und wäre nicht hierhergekommen. Sogar der verständnisvolle Arzt hatte Rebecca geholfen. Sie hatte ihm von der Mutter erzählt, die alt und hinfällig im Krankenhaus lag und nicht sterben konnte. »Sie lassen sie nicht!«, hatte Rebecca geklagt und in dem Arzt, der die Apparatemedizin hasste wie sonst nichts (vor allem, weil er glaubte, dass die teuer eingekauften Maschinen von seinem Behandlungsbudget abgingen), einen Verbündeten gefunden. Rebecca besaß jetzt Tabletten, die ihr helfen würden, ihren Wunsch wahr werden zu lassen. Den Wunsch nach einem qualvollen Tod für Lydia. Sie würde sich erst unter Krämpfen winden, dann würde sie entsetzlich langsam ersticken. Rebecca hatte alles im Internet recherchiert. Es war genau das, was sie für Lydia gewollt hatte. Schon jetzt gefiel es ihr, sich Lydias Gesicht vorzustellen, wie es hässlich, von Schmerzen verzerrt und entstellt war. Dass Torsten herausgefunden hatte, dass Lydia Tabletten nahm, war das Beste, was Rebecca hatte passieren können. Wer Lydia noch von früher kannte, würde sofort glauben, dass sie sich vergiftet hatte. Es lief perfekt, niemand ahnte etwas. Rebecca hatte nicht gedacht, dass es so einfach sein würde, die Geschwister noch einmal auf einen gemeinsamen Feind einzuschwören. Aber die Gemüter waren immer noch labil genug, um dafür anfällig zu sein.

Als das Telefon klingelte, war Rebecca schon gut angetrunken. Aber sie war durchaus noch in der Lage, sich und ihre Artikulation zu beherrschen. Sie nahm ab. Es war Taxi-Schulze, der zugeben musste, dass er Mario verloren hatte.

»Wie verloren?«, fragte Rebecca nach.

»Na hier, in Leipzig«, antwortete Schulze.

»Was machen Sie in Leipzig?«

»Na, Mario, der ist doch hierhergefahren. Hat Ihnen Ihre Schwester nichts gesagt?«

Rebecca überlegte einen Moment, aber ihr fiel nichts ein. Als sie mit Andrea telefoniert hatte, hatten sie sich für achtzehn Uhr verabredet, mehr war nicht gewesen. Sicher, da war später die SMS gewesen, dass sie nicht mehr in der Wohnung der Mutter waren, aber von Leipzig war nicht die Rede gewesen. »Nein«, erwiderte Rebecca, »ich hab noch nicht mit ihr gesprochen.«

»Ja, also, die sind doch in den ›Eichen‹«, erklärte Schulze, »nachdem sie von zu Hause weg sind. Den Gasthof, den kennen Sie doch?«

»Natürlich kenne ich den.«

»Also. Und dann, nach einer Weile, ist Mario mit dem Moped weg. Bin ich ihm hinterher, wie mit Andrea besprochen, aber hier in Leipzig ist er mir entwischt.«

»Ah ja. Und Lydia?«

»Die muss noch im Hotel sein. Ich fahr da wieder hin, wenn Sie wollen.«

»Will ich«, informierte ihn Rebecca knapp und legte auf.

Was haben die vor? fragte sie sich, während sie einen Blick auf den Tisch warf, ob sie jetzt alles vorbereitet hatte. Diese leichte Abweichung war reizvoll. Ihr gefiel das Spiel. Es war wie Literatur. Es brachte die Art von Spannung, die ihr das Fernsehen nicht geben konnte. Das Leben, wie sie zugab, normalerweise auch nicht.

Noch zehn Minuten, bis Klaus und Andrea kamen, Torsten hatte sich für etwas später angekündigt. Dann wollten sie sehen, wie es weiterging. Matthias' Anruf erwarteten sie, wenn er auf der Autobahn war. Aber damit war nicht vor zwanzig Uhr zu rechnen. Zehn Minuten noch, dachte Rebecca und ging zurück in die Küche, zu ihrem Whisky. Nachher würde es Whisky für Torsten und Klaus geben, Sekt für Andrea. Sie selbst wollte dann kürzertreten, um nichts Unbedachtes zu tun. Sie überlegte, was sie von Taxi-Schulzes Nachrichten halten sollte, und kam zu dem Schluss, dass es eigentlich ganz in ihrem Sinn war, dass Lydia und Mario in den Gasthof gezogen waren. Es machte die Sache anonymer. Wenn sie in das Haus der Mutter ging, war offensichtlich, wer sie war und wo sie hinwollte. Es wohnte ja kaum noch jemand dort. In dem Gasthof aber kannte man sie nicht. Es würde schwierig sein, einen Zusammenhang herzustellen. Selbst wenn man sie dort erkannte, war das kein Beweis dafür, dass sie es gewesen war, die die tödlichen Tabletten zu Lydia gebracht hatte. Vielleicht hatte Mario die Tabletten besorgt, als er heute in Leipzig gewesen war? Vielleicht hatte Schulze ihn gerade in dem Moment verloren, als er seinen obskuren Händler treffen wollte? Vielleicht kam Schulze selbst als Überbringer der tödlichen kleinen Fracht infrage?

Die Tabletten steckten in einem Plastiktütchen in Rebeccas Handtasche - zusammen mit einem Paar Einweghandschuhe. Das war es, worauf sie stolz war: ihr rationales Vorgehen. Jetzt brauchte sie nur noch den Moment abzupassen, in dem die beiden nicht im Hotel waren. Das Austauschen der Tabletten stellte sie sich einfach vor. Sie glaubte, dass Lydia schon sehr genau hinsehen musste, um einen Unterschied zu erkennen. Ihr gefiel auch, dass es ein wenig Russisches Roulette war, da Lydia nicht sofort die tödliche Tablette nehmen musste. Für den Fall, dass man sich im Hotel doch an sie erinnerte, lagen möglicherweise Tage zwischen ihrer Anwesenheit und Lydias Tod.

Es klingelte. Rebecca ging zur Wohnungstür, neben der sie ihre Handtasche drapiert hatte. Bei dem Gedanken an deren tödlichen Inhalt gruselte es sie ein wenig. Niemand würde Argwohn hegen. Alles sah so harmlos aus.

Auf dem kleinen Monitor neben der Tür sah sie, dass Klaus und Andrea vor dem Haus standen. Sie wartete noch einen kurzen Moment, dann drückte sie den Türöffner.

15

Mario hatte keine Ahnung, wann er vor ihrem jetzigen Aufenthalt in Markheide das letzte Mal mit einem Moped gefahren war. So, wie es sich anfühlte, musste es ewig her sein. Vielleicht, als sie im Urlaub in Griechenland gewesen waren. Mario erinnerte sich an eine stundenlange Wanderung, deren Grund die Suche nach einem Geldautomaten gewesen war. Im Hotel hatte es keinen gegeben, und die Auskunft an der Rezeption (»Einfach die Straße geradeaus, dann sehen Sie ihn schon«), ließ nicht auf Probleme schließen. Als sie völlig dehydriert angekommen waren, war das Erste, was sie getan hatten, die Anmietung eines Mopeds gewesen. Mario hatte gemeint, das sei angesichts der Temperaturen das einzig Vernünftige. Lydia hatte bei jeder Fahrt nur panische Angst davor gehabt, dass sie stürzen könnten.

Die Landstraße nach Leipzig zog sich auch deshalb hin, weil dieses Moped tatsächlich nicht schneller fuhr als die zugelassenen 45 km/h. Mario war sicher, dass sich daran schon längst etwas geändert hätte, wenn es seins gewesen wäre. Als er endlich in Leipzig ankam, kaufte er in einem Telefonshop das billigste Prepaid-Handy, das er bekommen konnte. Eigentlich hatte er jetzt schnell zurück ins Hotel fahren wollen, aber nun packte ihn doch die Neugier, was er von der Stadt noch kannte. Er steckte das Handy in die Jacke, stieg auf das Moped und zuckelte damit ohne besonderes Ziel durch die Straßen. Er war überrascht, wie mühelos er sich orientieren konnte, trotz der neuen Häuser und Fassaden. Es schien, als wäre ihm Leipzig vertrauter geblieben, als es ihm seine neue Heimat je geworden war. Er hatte gedacht, dass er und Lydia längst einen Schlussstrich unter alles gezogen hatten, was im Grunde ja auch stimmte. Aber irgendetwas war da noch. Was ihn plötzlich überkam, war kein Heimweh. Es war das melancholische Gefühl, das einen erwischte, wenn man etwas aus seinem früheren, lange nicht mehr erinnerten Leben wiederfand. Wie eine alte Puppe, ein altes Auto oder ein Schulheft.

Plötzlich wollte er wissen, ob es das Haus noch gab, in dem er und Lydia bei der Performance gewesen waren und wo er dem Gitarristen einen Satz Saiten aus dem Instrumentenkoffer geklaut hatte. Mario wusste damals nicht, ob er musikalisch war; ob es sich für ihn überhaupt lohnte, ein Instrument zu erlernen. Wenn er ehrlich war, lag es auch nicht an der ewigen Instrumentenknappheit, dass er es nie zu einer Gitarre gebracht hatte. An der Saitenpackung hatte ihn damals etwas ganz anderes angezogen: der Aufdruck »Fender Rock´n Roll, Made in U.S.A.« Mit ein paar Sicherheitsnadeln an der Jacke konnte jeder herumlaufen, blöd nur, wenn die trotzdem aus dem VEB Stricknadelwerk kamen. Das war nicht besser, als einen falschen Knoten in das Pionierhalstuch zu machen. Der Satz Saiten »Made in U.S.A.« aber, der war es. Der war Rebellion. »Made in U.S.A.« Was auch immer das bedeutete. Sicherlich, Mario wusste, dass die USA ein Land waren. Aber was das für ein Land war, davon hatte er nur eine äußerst vage Vorstellung. Wenn man den Leuten hier glaubte, dann schien es so ziemlich das Schlimmste zu sein, was es auf der Welt geben konnte. »Made in U.S.A.« So was mit sich herumzutragen, es immer ein Stück weit aus der Hosentasche rausgucken zu lassen, das war wahre Rebellion. Das machte alles klar. Zum Beispiel, dass sein Vater ein Idiot war. Der hatte zwar die Saiten zerschnitten, aber nicht kapiert, dass es Mario um die Verpackung gegangen war. Denn nur auf der hatte gut sichtbar »Made in U.S.A.« gestanden. Das war besser als No Future. »Made in U.S.A.« war das Zeichen des Bösen. Und Mario trug es. Er war der, der aus der Hölle kam. Ungefähr fünfzehn war er damals gewesen, und die Hölle, durch die er gegangen war, hieß Pubertät. Aber seine picklige Pubertät hatte ausgereicht, die Staatsmacht zu provozieren. Wow, was für eine Pubertät. Und was für ein Land.

Das Haus gab es noch. Es hatte sich nicht viel daran getan. Die ganze Straße sah aus wie ein unsaniertes Gebiss, in das man probeweise ein paar Veneers eingesetzt hatte. Es war noch dasselbe Kopfsteinpflaster wie damals, und Mario musste aufpassen, dass er mit dem Moped nicht in irgendein Loch hineinfuhr. Seltsamerweise aber kam ihm ausgerechnet diese Gegend, die noch relativ original erhalten geblieben war, fremd vor. Es war, als wollte er damit nichts mehr zu tun haben. Als ob die Erinnerung daran war wie die nach einer sturzbetrunkenen Nacht, wenn man aufwachte und einem nicht mehr einfiel, was alles geschehen war - und nach der man Angst hatte, dass alle Welt jetzt mehr über einen wusste als man selbst.

Mario wendete und wollte zurückfahren, als er ein zerfetztes Plakat bemerkte, das für die aktuelle »Depeche Mode«-Tournee warb. Er bremste und blieb stehen. Das Konzert fand heute Abend im Zentralstadion statt. »Depeche Mode« spielten nur in den größten Arenen auf dieser Tour. Die Band schickt der Himmel, dachte Mario.

Für ein Konzert dieser Größenordnung bekam man immer irgendwie Karten, egal wie ausverkauft es war.

Es spielt keine Rolle, was der Eintritt kostet, dachte Mario. Hauptsache, wir müssen nicht noch so einen trostlosen Abend verbringen.

Dass auch Lydia sich freuen würde, da war sich Mario sicher. Auch sie schien ein wenig Abwechslung dringend nötig zu haben. Tatsächlich gelang es ihm, ganz unspektakulär zwei Karten in einem Ticket-Shop zu erstehen, bevor er zum Gasthof »Zu den Eichen« zurückfuhr.

Als er durch die kleine Lobby des Gasthofes lief, roch es nach totgebratenem Fett. Dem Restaurant des Hauses sah man an, dass es etwas Besseres sein wollte; so, wie man es eben lernte auf den Weiterbildungsveranstaltungen für Gastronomen. Um überleben zu können, musste es allerdings weiter die alten Gäste bedienen. Und die bestanden auf dem, was sie kannten. Also blieb alles beim Alten; der ganze Hotelbetrieb samt seines Restaurants lebte weiter von den dorfbekannten Trinkern und ihren angereisten Angehörigen.

Es hatten sich schon früher nur selten wirkliche Touristen in den Gasthof »Zu den Eichen« verirrt. Heute kamen bestenfalls Lastwagenfahrer und Monteure von außerhalb. Wer hier strandete, blieb, weil er woanders nicht mehr unterkam und nur noch drei Dinge suchte: ein Bett, ein Bier und eine Bratwurst. Und das möglichst billig.

Mario hatte vollstes Verständnis dafür, aber von allen Gerüchen, die in der Kleidung hängen bleiben konnten, war für ihn Fettgeruch der Schlimmste. Wie Lydia den aus der Hotelwäsche löste, aus den Klamotten der Köche, war ihm ein Rätsel.

Als er ins Zimmer kam, lag Lydia auf dem Bett und schien zu schlafen. Sie hatte Kopfhörer auf, Mario konnte die Musik bis an die Tür hören. Er schloss sie hinter sich, blieb einen Moment lang stehen und betrachtete seine Schwester. Sein Blick ruhte kurz auf ihrem flachen Bauch, der sich gleichmäßig hob und senkte, und wanderte zu ihrem Brustkorb. Sie hatte es sich bequem gemacht und trug keinen BH. So neigten sich ihre Brüste seitlich. Lydia war eine schöne Frau, war es immer gewesen. Und obwohl er akzeptierte, dass sie kein Paar sein konnten, fiel es ihm schwer, in ihr nur die Schwester zu sehen. Er legte sich zu ihr aufs Bett und blies gegen ihre Wimpern. Sie bogen sich leicht unter dem Luftzug. Lydias Mundwinkel zuckten, und sie lächelte mit geschlossenen Augen. »Mario?« Halb in Trance zog sie die Kopfhörer aus den Ohren.

»Aufwachen«, sagte er, »ich hab Karten für uns.«

»Karten wofür?«, fragte Lydia, noch immer die Augen nicht öffnend.

»Dreimal darfst du raten.«

»Hm«, Lydia tat so, als überlegte sie. Ihr fielen nur Kabarett und Gewandhaus ein, aber beides schien ziemlich unwahrscheinlich zu sein. »Keine Ahnung«, sagte sie.

»Du hörst es gerade«, lächelte Mario.

»Depeche Mode? Ich denke, die sind lange ausverkauft?«

»Nicht für dich«, verkündete er stolz und zog die Tickets aus seiner Jacke. »Leipziger Zentralstadion. Wenn wir jetzt losfahren, können wir da drüben sogar noch was essen.«

Er tippte Lydia an die Nasenspitze, um sie auf den Geruch des Hotelrestaurants aufmerksam zu machen.

»Ich hab keinen Hunger«, wehrte sie ab.

»Du musst was essen«, insistierte Mario. »Entweder drüben in Leipzig oder ich hol uns hier was aus dem Supermarkt.«

Lydia verzog das Gesicht. Was Mario aus dem Supermarkt holte, lief meist auf Brötchen und Fleischsalat hinaus. Dann doch lieber irgendwas in Leipzig.

»Wie kalt ist es denn draußen?«, wollte sie wissen. Als sie die Tasche gepackt hatte, waren Open-Air-Konzerte nicht eingeplant gewesen.

»Ist okay«, meinte Mario, »wenn's zu kalt wird, werfe ich mich schützend über dich.«

»So weit kommt's noch«, antwortete Lydia und drehte sich auf die Seite zu ihrer Tasche, um unauffällig die Pillendose wieder verschwinden zu lassen, während sie nach passenden Sachen suchte.

Sie hatte durchgehalten, den ganzen Nachmittag, die vielen Stunden, die Mario unterwegs gewesen war. Keine Glückspille. Es war zu früh, sich darüber zu freuen, doch Lydia nahm es dennoch als ein Zeichen, dass sie »es« vielleicht doch loswerden konnte. Vielleicht. Sie war vorsichtig. Momente, die sich so anfühlten, als hätte sie alles hinter sich, hatte sie schon oft erlebt. Genauso oft war ihre Hoffnung enttäuscht worden.

Aber diesmal fühlte es sich anders an. Es war ihr nach den üblichen anfänglichen Schwierigkeiten letztlich nicht schwergefallen, auf die Pillen zu verzichten. Sie wusste nicht, was da gerade in ihr vorging. Aber sie war bereit, es anzunehmen.

»Wollen wir gleich los?«, fragte sie und zerrte einen dünnen Pullover hervor, das Wärmste, was sie mithatte.

»Klar, besser als hier ist es überall«, bemerkte Mario.

»Bei der Gelegenheit …«, fiel Lydia ein, »Hast du das Prepaid-Handy gekriegt?«

»Ja, sicher«, sagte Mario, »das hätte ich jetzt beinahe vergessen.«

»Gut«, Lydia steckte die Kopfhörer zusammen mit dem I-Pod zurück in die Tasche. »Dann schick noch irgendwem von denen die Nummer und lass uns losfahren.«

Mario nickte und suchte nach Torstens Kontaktdaten.

»Ich find' diese blöde Nummer nicht«, stellte er nach einer Weile fest. »Hast du die vielleicht?«

»Müsste in meiner Tasche sein«, sagte Lydia und ging ins Bad. Während sie die Tür schloss, fügte sie hinzu: »Sieh nach, vorn in meiner Tasche. Aber wenn's geht, bring nicht alles durcheinander.«

»Werde mich bemühen«, rief Mario zurück und zog Lydias Tasche zu sich heran. »Ich hab sie«, ließ er Lydia wissen und tippte die Zahlen ein. Nachdem er Torsten eine SMS geschickt hatte, dass sie heute Abend in Leipzig zu »Depeche Mode« gingen, sah er Lydias Pillendose. Lydia tat ihm leid. Doch er wusste, dass er nichts für sie tun konnte. Nichts, was er nicht schon versucht hätte. Als er im Bad die Spülung rauschen hörte, stand er auf und stellte Lydias Tasche vor das Bett.

»Guck nicht so«, ermahnte ihn die Schwester, als sie aus dem Bad kam.

»Wie gucke ich denn?«

»Besorgt«, gab Lydia zurück. »Mir geht's gut. Also mach mich nicht mit deinen Blicken krank.«

»Tut mir leid, wollte ich nicht«, sagte Mario schnell. Der ungewöhnliche Unterton in Lydias Stimme irritierte ihn. Möglicherweise war es Mario, der das Konzert heute Abend dringender brauchte als sie.

16

Rebecca trank seit geraumer Zeit Wasser. Die Informationen, die Klaus und Torsten an diesem Abend mitbrachten, klangen gut, sehr gut sogar. Sie hatten sie zu neuen Plänen inspiriert. Derweil aß sie von dem Blauschimmelkäse, den sie für Klaus geholt hatte. Sie musste etwas essen, Alkohol machte sie immer hungrig. Doch diese schmierige Masse herunterzuschlucken, war widerlich. Noch lange konnte sie diesen einen Bissen spüren, wie er millimeterweise die Speiseröhre hinunterrutschte und urplötzlich steckenblieb. Fast verzweifelt griff Rebecca zum Wasser, aber dem natürlichen Prinzip gehorchend, dass Fett und Wasser keine Verbindung miteinander eingehen, umspülte es das Käsebröckchen nur, statt es auf dem Weg in den Magen mitzureißen. Andrea beobachtete sie fast lauernd. Sie kam sich vor wie in der Schule, wenn der Chemielehrer eines dieser Experimente durchführte, bei denen das Ergebnis von vornherein klar war, es nur leider ewig dauerte, bis es eintrat. Klaus und Torsten bekamen davon nichts mit und ergingen sich in zeitraubenden Erörterungen.

»Matthias hat wie gesagt bei mir angerufen, weil er hier niemanden erreicht hat.« Klaus hob die Schultern, wie er es immer tat, wenn er log.

Matthias hatte ganz gezielt bei ihm angerufen. Auch er hatte einen Plan entwickelt, was Lydia und Mario anging. Und er wollte auf gar keinen Fall, dass außer Klaus jemand etwas davon erfuhr. Klaus sollte gerade so viele Informationen streuen, wie nötig waren, um das Vorhaben umzusetzen. Fürs Erste sollte er den Eindruck erwecken, dass Lydia und Mario tatsächlich etwas im Schilde führten, es Matthias aber gelingen würde, diese Aktion rechtzeitig abzublocken.

»Und das macht es erforderlich«, fuhr Klaus fort, »dass er noch bis mindestens morgen drüben bleibt. Die Unbedarftheit des dortigen Pfarrers und seine gleichzeitige Aufgeschlossenheit uns gegenüber lassen wohl einige Entwicklungen, was die beiden angeht, in einem anderen, neuen Licht erscheinen. So pflegen sie wohl intensive Kontakte zu äußerst dubiosen Randfiguren der Gesellschaft, wenn diese Umschreibung verstanden wird.« Er sah seine Geschwister mit einem überlegenen Lächeln an. »Offiziell firmiert das, was sie da drüben betreiben, als Textilreinigung. Aber man weiß natürlich, was dahinter steckt.«

Beinahe hätte Torsten gefragt, was Klaus damit meinte. Er hatte keine Ahnung, für was »Textilreinigung« eine Chiffre sein konnte. »Heute Abend«, sagte er stattdessen, »sind sie in Leipzig auf dem ›DeMo‹-Konzert. Da können sie schon mal nichts anstellen.«

»DeMo?«, wollte Klaus wissen.

»Depeche Mode««, klärte ihn Rebecca auf, »Lydias Lieblingsband seit ich denken kann.«

Sie summte Klaus eine Melodie vor, von der sie annahm, dass sie von »Depeche Mode« war. Aber niemand erkannte das Lied. »Ist ja auch egal«, sagte sie dann, »sie sind also heute Abend in Leipzig. Interessant.«

Es lief wirklich alles wie geplant, dachte sie sich. Wenn jetzt noch dieser elende Käse aufhörte, Probleme zu bereiten, dann konnte der Wunsch, den sie schon so lange mit sich herumtrug, heute Abend endlich in Erfüllung gehen.

»Falls etwas sein sollte«, redete Torsten weiter, »haben sie mir ihre Handy-Nummer gesimst.« Er hielt sein Telefon hoch und zeigte die Nummer auf dem Display.

»Oh«, bemerkte Klaus, »das ist sehr gut, die kannst du mir gleich einmal geben.«

Er setzte die Brille auf und wollte die Nummer abschreiben, doch Torsten zog das Handy weg.

»Am besten, ich schicke sie euch allen, dann kann sie jeder informieren, wenn es was Neues im Krankenhaus gibt«, erklärte er, während er die Sammel-SMS schrieb.

Für einen Moment setzte Stille ein. Die Gedanken schweiften zur Mutter, die sie inzwischen fast vergessen hatten.

»Apropos, gibt's da eigentlich schon was Neues?« Torsten sah zu Andrea.

»Was siehst du mich an?«, brauste sie auf. »Bin ich hier die Krankenschwester?«

»Sorry«, Torsten hob die Hände. »Das war nur eine Frage, kein Angriff. Du weißt also auch nichts?«

Andrea schüttelte bestimmt den Kopf. »Hat ja auch keinen Sinn, wenn ich da alle paar Stunden anrufe«, meinte sie dann. »Das sieht ja fast so aus, als könnten wir's nicht abwarten. Ich meine, wir wissen ja, dass nur noch eins kommen kann.«

»Das ist richtig«, bestätigte Klaus in einem absolut sachlichen Tonfall. »Deshalb sollten wir uns um die wesentlicheren Dinge kümmern. Wie lange dauert diese Veranstaltung?« Auch Klaus war auf eine Idee gekommen, nachdem er erfahren hatte, dass die beiden heute Abend nicht im Hotel waren.

»Naja«, überlegte Torsten und sah auf die Uhr, »mit Vorband und allem drum und dran schätze ich mal so drei Stunden. Wieso fragst du?«

Klaus schüttelte den Kopf.

»Nur so«, meinte er, »um mir ein Bild machen zu können, wie viel Zeit solchen Veranstaltungen eingeräumt wird.«

»Wieso interessiert dich das?«, fragte Andrea.

Klaus nickte. »Nun« meinte er. »Vielleicht gibt es zwischen allem einen Zusammenhang. Vielleicht sind sie gar nicht wegen Mutter hier. Vielleicht hat das auch alles nichts mit uns zu tun, also mit damals, ihr versteht mich, denke ich. Fällt euch nicht auch auf, dass da was nicht koscher ist? Der Pfarrer wusste Matthias zu erzählen, dass sie drüben zweimal hintereinander pleitegegangen sind. Und hier kehren sie in einem Hotel ein, statt umsonst in der Wohnung zu schlafen. Heute Abend geben sie so ganz nebenbei ein kleines Vermögen für dieses Konzert aus. Findet ihr nicht, dass das seltsam ist?«

»Willst du damit sagen, dass die irgendwelche krummen Geschäfte machen?«, fragte Andrea.

Klaus schürzte die Lippen und meinte bedächtig: »Die sie uns vielleicht in die Schuhe schieben wollen. Unsere Einladung bezüglich des bevorstehenden Todes unserer Mutter gibt ihnen doch eine exzellente Tarnung.« Er schüttelte abwehrend den Kopf. »Unterstellen will ich ihnen natürlich gar nichts«, beteuerte er, »mir kommt nur eben in den Sinn, dass bei solchen Veranstaltungen ja häufig Dinge im Spiel sind, die legal nicht zu erhalten sind. Und die sich hervorragend in einem Wäsche-LKW transportieren lassen.«

»Du meinst, dass die mit Drogen handeln?«, fragte Torsten. »Ehrlich, das ist mir zu weit hergeholt.«

»Wieso nicht?« Rebecca fand diesen Gedanken über alle Maßen nützlich. »Drogen sind doch heute längst nichts Schmutziges mehr. Wenn du bei mir an der Schule alle mal kräftig durchschüttelst, purzelt bestimmt bei jedem Zweiten was aus der Tasche, das unter das Betäubungsmittelgesetz fällt.«

»Ich weiß nicht«, blieb Torsten skeptisch, »die beiden und Drogen?«

»Für mich eine absolut schlüssige Verbindung«, entgegnete Rebecca.

»Du meinst, weil sie selbst diese Psychopillen nimmt?«, fragte er.

»Sicher«, Rebecca nickte. »Wenn du irgendwelche bösen Geister spürst, ist es doch egal, was du nimmst, Hauptsache, es wirkt«, meinte sie.

»Ich weiß nicht«, warf Andrea ein. »Ich meine, dreist wenn, was hat das mit uns zu tun?«

»Direkt sicherlich nichts«, spann Klaus seinen Gedanken weiter. »Es ist nur ein Indiz dafür, dass sie, wie auch immer, ein doppeltes Spiel spielen. Was für Absichten sie da möglicherweise verfolgen, das geht uns, denke ich, dann sehr wohl eine ganze Menge an.«

»Wenn du meinst.« Andrea nahm ihr Sektglas und trank einen Schluck.

»Du und Matthias«, wandte sich Torsten schließlich an Klaus, »wie seid ihr denn verblieben?«

Ihm fuhr ein ganz anderer Gedanke durch den Kopf. Er musste an die beiden anderen Tabletten in Lydias Tasche denken, die keine Glückspillen gewesen waren. Von denen hatte er bisher noch niemandem etwas gesagt. Inzwischen war er sich sicher, dass sie dazu dienten, einen Selbstmord einzuleiten.

Es war absurd, aber irgendwie bildete er sich mit einem Mal ein, dass er eine Art Mitschuld trüge, wenn Lydia die Dinger nahm und er es, obwohl er es vielleicht hätte tun können, nicht verhindert hätte.

»Wir werden morgen wieder miteinander sprechen«, antwortete Klaus, »und euch dann informieren. Dann entscheiden wir je nachdem, was Matthias noch in Erfahrung gebracht hat, also, ob sich akuter Handlungsbedarf herausstellt oder nicht. Vielleicht ist es ja auch so, wie du meinst, Andrea, dass das alles harmlos ist oder zumindest so, dass es uns nicht betrifft.«

»Rufst du uns dann an?«, fragte Rebecca, die es auf einmal eilig hatte, das Treffen zu beenden. Ihr war klar, dass sich eine bessere Gelegenheit als heute Abend nicht mehr bieten würde.

»Mache ich«, nickte Klaus. Auch ihm war daran gelegen, die Zeit zu nutzen, in der Lydia und Mario nicht in ihrem Hotelzimmer waren. Es war zu schade, dass er die Information über deren Ausflug erst hier bekommen hatte. So musste er noch einmal zurück in seine Wohnung fahren, um etwas zu holen, das er sicherlich benötigen würde. Dementsprechend schnell verabschiedete er sich von den anderen. »Ich rufe euch also morgen alle nacheinander an, sobald ich etwas weiß«, versicherte er und ging.

»Ja«, sagte Torsten. »Es wäre übrigens wirklich schön, wenn wir das auch mal telefonisch klären könnten. Dieses ganze Hin- und Her-Gefahre, ohne dass etwas dabei herauskommt, das geht mir allmählich auf die Nerven.«

»Das käme uns glaube ich allen entgegen«, stimmte Rebecca zu.

Sie wartete, bis auch die Autos von Torsten und Andrea weggefahren waren. Dann zog sie eine Jacke über, nahm ihre Handtasche und fuhr in den Gasthof »Zu den Eichen.«

17

Mario ahnte, dass mit Lydia etwas nicht stimmte. Sie stand neben ihm, ließ Kopf und Arme hängen und bewegte sich unbeteiligt zur Musik. Wenn sie zur Bühne blickte, und das von Drogen und einem Selbstmordversuch gezeichnete Gesicht des Sängers in Großaufnahme auf den Leinwänden sah, spürte er das leichte Schaudern, das Lydia durchfuhr. Abgesehen davon schien es eine gute Show zu werden. Etwas ähnlich Perfektes hatte Mario lange nicht mehr gesehen. Es war ihm lediglich zu laut, obwohl er sich mit Ohropax geschützt hatte. Bei Lydia war das anders. Ihr konnte es nie laut genug sein. Wenn in der Reinigung die Maschinen einen Höllenlärm verursachten, hatte sie kein Problem damit, auch noch die Musikanlage voll aufzudrehen. Lärm und Lydia, das war eine innige Beziehung.

Mario wusste nicht mehr, wer von beiden zuerst versucht hatte, sich umzubringen, der Sänger oder Lydia. Er erinnerte sich nur noch, dass Lydia den Sänger darum beneidet hatte, dass er es immerhin fast geschafft hatte. Da war sie schon in der Therapie gewesen. Zuvor war sie immer wieder von entsetzlichen Ängsten verfolgt worden, die sie in immer tiefere Krisen getrieben hatten. Ein Grund dafür war die Falschmedikation, die absurd hohe Dosis an Tabletten, die sie bekommen hatte. Diese hatten ernste Wahnvorstellungen ausgelöst. Lydia hatte Stimmen gehört, die ihr befahlen, das Gras vor dem Haus zu fressen. Mario hatte sie im Vorgarten gefunden, das Gesicht so tief in die Erde gedrückt, dass ihre Nase blutete. Als er sie hochhob, sah er, dass sie bereits ein Loch in die Grasnarbe gefressen hatte. Man hätte Primeln darin pflanzen können.

Ursächlich für die Tabletten und die anschließende Therapie war ein Selbstmordversuch gewesen. Lydia hatte über den Grund nie geredet, Mario kannte ihn bis heute nicht. Also hatte er sich etwas zusammenspekuliert, was ihm stimmig erschien. Eine Mischung aus schwerer Kindheit und allgemeinem Lebensüberdruss, wie er überall einmal vorkam. Vielleicht gab er sich auch deshalb mit dieser Begründung zufrieden, weil letztlich er es war, der mit seiner Schwester und ihrer Krankheit leben musste. Er fürchtete, dass er alles nur noch schwieriger machte, wenn er sich andere Gründe ausmalte.

Auch Lydia dachte an den Selbstmordversuch. Für sie war es Zufall, dass sie immer dann zur Bühne blickte, wenn der Sänger auf der Videoleinwand zu sehen war. Sie fand keine Worte dafür, was in ihr vorging. Es hatte mit der Schuld zu tun, die sie mit sich herumtrug. Damit, dass sie es nicht schaffte, mit einer Lüge Schluss zu machen.

Der Weg in den Westen, sie hatten ihn erkauft. Niemand wusste davon, auch Mario hatte sie nie etwas gesagt. Sie war bereit gewesen, den geforderten Preis zu zahlen. In Markheide hatte sie es nicht mehr ausgehalten – und als sie die Möglichkeit gesehen hatte, allem zu entkommen, war sie schwach geworden. Die Therapeuten gingen davon aus, dass sie unter Versagensängsten litt. Für Lydia war es keine Angst, es war eine Versagensgewissheit. Die Gewissheit, jeden Tag aufs Neue zu versagen, indem sie weiter schwieg.

Sie wollte nicht Buße tun, wollte nicht um Vergebung bitten. Sie wollte sich nicht tiefer stellen als diejenigen, die die eigentlichen Profiteure gewesen waren. Sie schwieg, weil sie es nicht ertrug, sich erneut zu erniedrigen. Sie war mitschuldig geworden, mit dem Ergebnis, dass sie die Schuldigen weiter schützte. Wenn sie jetzt mit hängendem Kopf im Stadion stand, dann auch, weil ihr bei alldem das für sie Schlimmste wieder bewusst wurde: Sie suchte keine Zuflucht mehr bei Gott. Ihre Erfahrungen mit Leuten wie Pfarrer Kreutzner, aber auch ihrem neuen Pfarrer an der Ahr hatten ihren Glauben, ihr Vertrauen in die Instanz Gott mehr und mehr zerstört. Dessen Dienstpersonal auf Erden hatte es geschafft, sie schleichend zu säkularisieren. Die Art und Weise, wie die Kirche den Glauben an politische Ziele verriet, hatte sie zur Deistin gemacht; sie erkannte Gott als den Schöpfer an, ging aber davon aus, dass er auf seine Schöpfung keinen Einfluss mehr nahm. Somit konnte er ihr jedoch auch kein Halt mehr sein. Der Glaube war Lydias Währung gewesen. Mit ihm hatte sie bezahlt und mit ihm wurde sie entlohnt, doch gerade diese Währung war von den Pfarrern, die sie erlebt hatte, restlos entwertet worden. Und das vor allem dadurch, dass sie ihre Ämter bestenfalls als Widerstand gegen die jeweilige Gesellschaftsform verstanden. Waren sie im Osten beheimatet gewesen, forderten sie Demokratie und Menschenrechte; lebten sie im Westen, sympathisierten sie mit totalitären Regimen. Nie aber galt für sie das Wort Jesu, dass sein Reich nicht von dieser Welt war. In der Bibel sah Lydia daher nicht mehr das Wort Gottes, sondern das Machtinteresse von Menschen aufgeschrieben. Lydias Frömmigkeit war nurmehr ein Versteck, um die für sie schlimmste Erniedrigung überhaupt nicht erdulden zu müssen: Ihr Glaube hatte der Gewalt der Welt nicht standgehalten, war lediglich ein lauer Wind gewesen. Sie fürchtete die Menschen weitaus mehr als Gott; und dies zugeben zu müssen, stellte die größte Schmach ihres Lebens dar. Dass Gott sie auffangen und durch alles hindurchtragen würde, sie glaubte es nicht. Sie wusste inzwischen ziemlich genau, was »es« war. Sie ertrug ihr Menschsein nicht länger.

Sie grub ihre Finger in ihre Oberschenkel, um sich selbst Schmerzen zuzufügen, aber als das nicht genügte, begann sie, sich an den Haaren zu reißen. Mario realisierte es entsetzt, packte sie und zerrte sie aus dem Stadioninneren. Lydia schrie ihn an, er solle sie in Ruhe lassen, aber er presste ihre Arme zusammen, wie er es mit einem betrunkenen Randalierer auf einer Kirmes getan hätte, bis er sie hinaus zu den Toiletten geschleift hatte. Hier warf er sie mit voller Wucht gegen die Wand und herrschte sie an: »Was läuft hier, Lydia? Hast du unsere Verabredung vergessen? Hast du uns vergessen? Glaubst du, ich kriege nicht mit, was mit dir los ist?!« Seine Stimme dröhnte so laut, dass er fast die Musik übertönte, die selbst hier vorn noch ohrenbetäubend laut ankam. »Deine Tabletten, hast du sie genommen? Ob du deine Tabletten genommen hast, will ich wissen!«

Aber Lydia sagte nichts. Sie stand nur noch, weil Mario sie gegen die Wand drückte. Ihr Make-up war verschmiert, Tränen liefen ihr über die Wangen, sie zitterte am ganzen Körper.

»Lydia! Was ist los mit dir?«, schrie Mario nervös. Kurz drehte er sich zu einem Mann um, der interessiert neben ihnen stehen geblieben war und brüllte ihn an: »Verpiss dich, du Penner!«, worauf der Mann augenblicklich das Weite suchte. »Lydia, was ist los?«, wandte er sich wieder der Schwester zu. »Hat's dir die Sprache verschlagen? Ich will wissen, ob du deine Pillen genommen hast!«

Dann endlich merkte er, dass Lydia nicht mehr aus eigenen Kräften stand, sondern dass er es war, der sie auf den Beinen hielt.

»Lydia …«, sagte er und zog sie an sich. Fast flüsternd redete er weiter: »Lydia, was ist los mit dir? Du hast nichts genommen heute, stimmt's? Du hast wieder wissen wollen, ob du es ohne schaffst, nicht?« Er strich ihr über den Kopf, versuchte, ihre Haare zu ordnen. »Als ich die Dinger vorhin gesehen hab, hab ich gewusst, dass du sie absetzen willst. Ich kann das verstehen, Lydia, aber lass uns noch mal mit dem Arzt drüber reden, hörst du? Lydia, hörst du mich?«

Aber Lydia schluchzte nur und ließ weiter die Arme hängen. Ihr taten der Rücken und der Hinterkopf von der Wucht weh, mit der Mario sie gegen die Wand geschleudert hatte.

»Was soll die Scheiße, Lydia? Wir wollten doch einen Schritt weitergehen, ein kleiner Neuanfang, unsere eigene Reinigung, Lydia, das kannst du doch nicht vergessen haben. Willst du alles wegwerfen?«

Lydia hörte ihn reden, nichts davon half ihr weiter. Mario sagte genau das, was er ihr immer wieder sagte: Wie entsetzlich falsch ihrer beider Leben gelaufen war. Und wieder würde er seine Erklärungen herunterbeten, die für sie nie welche gewesen waren.

»Lydia … hast du uns vergessen?«, wiederholte Mario leise und spürte den immer noch zitternden Körper seiner Schwester.

»Ich …«, flüsterte Lydia, »ich wollte mich fallen lassen, später, wenn wir auf der Autobahn sind, ich wollte mich fallen lassen, wenn ein LKW hinter uns ist … Es tut mir so leid, Mario …«

»Es ist gut, Lydia, es ist alles gut …« Mario überlegte, was er tun konnte. »Komm, wir fahren nicht mehr zurück, ja? Wir suchen uns hier was, ich bring dich hier in ein Hotel und du legst dich schon ein bisschen hin, und ich fahre noch mal rüber und hole unsere Sachen und deine Pillen, ja? Und morgen oder übermorgen, ganz, wie du willst, fahren wir wieder nach Hause, ja? Bist du einverstanden, wollen wir das so machen?«

Lydia wusste nicht, ob sie das wollte. Ihr wurde nur selbst auf einmal klar, dass das, was sie zu Mario gesagt hatte, wirklich gestimmt hatte.

»Ja«, sagte sie und nickte, »ja, lass uns das so machen. Wir wollen nicht mehr dorthin zurückgehen. Ja, lass uns hier ein Hotel nehmen. Ich warte dort auf dich, bis du zurückkommst mit unseren Sachen und mit den …«, sie presste die Lippen zusammen. Ihr fielen die anderen Tabletten ein, das tödliche Pulver. Ihr fiel der andere Betrug ein, den sie damit vorgehabt hatte.

Mario nahm seine Schwester bei den Schultern und brachte sie zu den Parkplätzen, wo das Moped stand. Bevor sie losfuhren, hielt Lydia ihn noch einmal an:

»In meiner Pillendose sind noch zwei andere Tabletten, du siehst schon, welche es sind. In der Innentasche ist eine Tüte mit Pulver. Wirf das alles weg, ja?«

»Klar, mache ich«, sagte er.

Fröstelnd verstand er einige Zeit später, wie sehr seine Schwester wieder mit dem Gedanken gespielt hatte, sich umzubringen, und das offensichtlich schon seit Längerem. Sie hatte ja hier keine Gelegenheit gehabt, sich diese Mittel zu besorgen. Mario war entsetzt, dass er seine Schwester so wenig kannte. Wo er doch geglaubt hatte, sie wäre immerhin ein wenig glücklich inzwischen. Dass sie diese beiden Tabletten und das Pulver schon seit Jahren mit sich herumtrug, ahnte er nicht einmal.

18

Von ihrem Tisch aus konnte Rebecca die Schlüsselfächer hinter der Rezeption sehen. Vor ein paar Minuten war sie im Gasthof »Zu den Eichen« angekommen. Der Kellner war eben an ihrem Tisch gewesen und hatte die Karte gebracht. Sie hatte Geschnetzeltes und ein kleines Bier bestellt. Jetzt war in der Küche das Klappern der Töpfe und Pfannen zu hören, während hier vorn im Gastraum ein paar Männer an der Theke saßen und Rebecca taxierten. Andernorts hätte sie das vielleicht als Kompliment empfunden, hier jedoch war das nicht der Fall. Hier wurde alles begafft, was Frau war. Dass die Männer sie so genau beäugten, gefiel Rebecca noch aus einem anderen Grund nicht. Wenn man später deren Beschreibungen zusammennahm, käme sehr wahrscheinlich ein Porträt dabei heraus, das ihr ähnlich sah.

Sie überlegte, ein Zimmer für die Nacht zu nehmen, eine Dienstreise vorzutäuschen, damit es einen Grund für ihren Aufenthalt gab. Keine Frau, die bei Sinnen war, ging freiwillig in einen Laden wie diesen. Rebecca merkte, dass ihr Plan eigentlich eine Großstadt benötigte, um aufzugehen. Anonym und mit Bewohnern, die schon mal was von der Entwicklung der Geschlechterbeziehungen im einundzwanzigsten Jahrhundert gehört hatten. Hier merkte man sich Frauen, die allein in solche Kneipen gingen.

Das Essen kam ungewöhnlich schnell. Rebecca fiel es vor allem deswegen auf, weil das Bier, das sie dringender brauchte, auf sich warten ließ. Appetitlos stocherte sie in der breiigen Fleischpampe herum und überlegte, wie sie nun vorgehen sollte. Der Mann, der hier kellnerte, war auch vorn für die Rezeption zuständig. Solange kein neuer Gast kam, würde er an der Theke bei den anderen Gästen bleiben. Es machte keinen Sinn, allein an der Rezeption zu sitzen. Sie konnte also so tun, als würde sie die Toilette aufsuchen, dabei die Zimmerschlüssel nehmen und hinaufgehen. Wo Lydia und Mario genau untergebracht waren, würde in dem Buch stehen, in dem die Gäste bei der Anmeldung unterschrieben. Rebecca hatte es beim Hereinkommen an der Rezeption liegen sehen. Bei der Handvoll Räumlichkeiten, die es hier gab, würde es nicht allzu lange dauern, die richtige herauszufinden. Oben auf dem Zimmer würde es schnell gehen. Torsten hatte gesagt, dass sich in Lydias Tasche eine Kaugummidose befände, in der sie die Tabletten aufbewahrte. Rebecca hatte selbst so eine Dose in ihrem Auto. Sie waren groß genug, man konnte sie nicht übersehen. Alles in allem rechnete sie damit, dass die ganze Aktion nicht länger als fünf Minuten dauerte. Fünf Minuten. Der Kellner brachte endlich das Bier und Rebecca trank einen Schluck.

Fünf Minuten. Sie verstand nicht, warum sie auf einmal zögerte. Es war immer klar gewesen, dass sie das, was sie jetzt vorhatte, eines Tages tun würde. Und nie hatte es eine bessere Gelegenheit gegeben als jetzt.

Lydia war nicht nur das geprügelte Kind gewesen, als das sie vielen in Erinnerung geblieben war. Sie war schön gewesen. Ein wunderschönes Mädchen, das allen den Kopf verdrehte. Auch Rebeccas Mann hatte ein Auge auf Lydia geworfen. Rebecca hatte das nicht nur daran gemerkt, dass er ihr in den Familienauseinandersetzungen viel zu oft beistand. Ihr war auch nicht entgangen, dass er Lydia des Öfteren besuchte, ihr Geschenke machte. Er stieg ihr regelrecht nach, fuhr ihr hinterher, wenn sie zu den Feten mit den Bluesern ging, machte heimlich Fotos von ihr, wenn sie dort mit den Männern schlief. Rebecca erzählte er von Nachtschichten, wenn er in den Samstag-nächten wegblieb. Es war die einfallsloseste Ausrede, die es nur gab. Sie liebte ihren Mann nicht, gleichwohl ließ Rebecca so nicht mit sich umgehen. Sie wartete schon damals nur auf eine Gelegenheit, es ihm heimzuzahlen. Doch dann gab es plötzlich ein paar Entwicklungen, mit denen sie nicht gerechnet hatte.

Wenn Lydia etwas mit ihm angefangen hätte, dann hätte es vielleicht einen lauten Knall gegeben und er hätte sich wieder abgekühlt. Auch schöne Frauen hatten morgens Mundgeruch, da war Lydia keine Ausnahme. Doch Lydia ließ ihn nicht an sich heran. Wenn er sie besuchte, verlangte sie, dass Mario im Zimmer blieb. Sie ließ sich nicht einmal zur Begrüßung oder zum Abschied von ihm berühren. Rebecca spürte derweil, wie ihr Mann sich nach ihrer kleinen Schwester verzehrte, wie er nach ihr brannte, doch sie hatte ihre Ehe retten wollen, sich ein zweites Kind gewünscht und alles getan, um es zu bekommen. Aber sie wurde und wurde nicht schwanger. Ihr ungeliebter Mann gierte unterdessen weiter nach Lydia, fuhr zu ihr nach Markheide, während sie in Berlin an ihren Proberezensionen für die Zeitung aus Frankfurt am Main tippte. Vielleicht hatte er sie sogar verraten, indem er auf die mögliche Frage, warum er denn allein in Markheide sei, geantwortet hatte, dass Rebecca ihren Hirngespinsten von einer Karriere im Westen nachhing. Für sie war es kein Zufall gewesen, dass man ausgerechnet ihre Post abgefangen hatte. Sie hatte schließlich eine Deckadresse benutzt, wie es alle taten, die an die Westmedien schrieben. Dann die überraschende Schwangerschaft, die Abtreibung. Es spielte keine Rolle, dass ihr Mann und Lydia direkt nichts für all das konnten. Dennoch wäre ohne sie nichts davon geschehen. Dafür sollten sie beide bezahlen, egal wann. Mit ihrem Mann war sie inzwischen quitt. Jetzt war es an Lydia, die Rechnung zu begleichen.

»Schmeckt's nicht?«, fragte der Kellner, als er abräumen wollte. Rebecca hatte den Teller mit dem fast unberührten Essen zur Seite geschoben.

»Doch, sicher«, meinte sie. Dann piekte sie mit der Gabel ein Stück Fleisch auf, steckte es sich in den Mund: »Sehr lecker. Noch ein Bier bitte«, fügte sie hinzu, um den Kellner loszuwerden.

»Gern«, antwortete der und nahm das leere Glas mit.

Er tippte auf Ehekrise; eine Frau, die im Streit weggelaufen war. Er überlegte schon mal, welches seiner noch freien Zimmer er ihr gleich vermieten konnte.

Auch die Männer an der Theke schienen das inzwischen so einzuschätzen. Und da Rebecca nicht den Eindruck machte, als wollte sie ihren Ehefrust mit einem von ihnen wegvögeln, wurde sie für die Runde zunehmend uninteressanter.

»Ich überlege, ob ich heute Nacht ein Zimmer hier nehme. Haben Sie noch etwas frei?«, erkundigte sich Rebecca, als das Bier kam.

Und der Kellner, überhaupt nicht überrascht, nickte und sagte: »Irgendwo kriegen wir Sie schon unter. Schnäpschen dazu?«

Tatsächlich war Rebecca nicht abgeneigt. Da hörte sie plötzlich die Tür des Gasthauses gehen.

»Kundschaft«, stellte sie fest. Aber der Kellner blieb unbeirrt bei ihr stehen.

»Kann warten«, erwiderte er seelenruhig. »Also, wie sieht's aus?«

»Meinetwegen«, stimmte sie zu.

Der Kellner verschwand hinter der Theke und hantierte mit den Flaschen. Währenddessen griff vorn an der Rezeption der eben hereingekommene Mann zielgerichtet nach dem Anmeldebuch. Als er kurz aufsah, erstarrte er vor Schreck. Rebecca ging es nicht anders. Es war Klaus, der dort stand. Eine kleine Digitalkamera baumelte an seinem Arm. Er versuchte zu lächeln, drehte sich weg und hustete gekünstelt. Dabei riss er, was Rebecca nicht sehen konnte, die Seite mit der Anmeldung heraus, die Mario unterschrieben hatte. Dann ging er zu Rebecca an den Tisch und setzte sich.

»Wollte nur sehen, ob die beiden schon zurück sind«, erklärte er, »aber alle Schlüssel hängen noch an ihrem Platz. Also sind wohl sämtliche Gäste, inklusive unsere kleinen Geschwister, noch unterwegs.«

»Ich hab versucht, sie anzurufen«, log Rebecca, »aber es ging keiner ran.«

»Soll einen Unfall gegeben haben auf der Landstraße«, berichtete Klaus. »Hab's im Radio gehört. Da wollte ich mal nachsehen, ob sie hier schon angekommen sind. Nicht, dass ausgerechnet sie es sind, die es erwischt hat.«

Klaus war schon immer ein entsetzlich schlechter Lügner gewesen. Was wollte er hier wirklich? Rebecca deutete auf ihren Teller und sagte: »Ich wollte nur was essen und dachte, vielleicht treffe ich sie hier zufällig. Wir hätten über das Konzert reden können. Jugenderinnerungen austauschen. Aber das Konzert dauert wohl länger.«

»Ja, das tut es wohl«, nickte Klaus.

Der Kellner brachte den Schnaps, einen billigen braunen Fusel. Rebecca konnte deutlich riechen, dass es etwas war, was sie schon seit langer, sehr, sehr langer Zeit nicht mehr getrunken hatte.

»Für Sie auch was?«, fragte der Kellner.

Klaus schüttelte den Kopf und stand auf. »Ich bin schon wieder weg.« Zu Rebecca gewandt meinte er: »Wir telefonieren dann morgen. Falls was ist, könnt ihr mich natürlich auch vorher anrufen.« Er zeigte auf den Schnaps. »Und vielleicht ist es besser, wenn du nicht mehr nach Hause fährst.«

»Das hat die Dame schon längst entschieden«, mischte sich der Kellner ein, der Klaus anscheinend für den Ehemann hielt, vor dem sie auf der Flucht war.

»Das können die Herren getrost mir überlassen«, versetzte Rebecca kalt, nahm zwanzig Euro aus ihrem Portemonnaie, was für ihre Rechnung mehr als genug war, legte das Geld auf den Tisch und stand ebenfalls auf.

Sie merkte, wie sie vor Wut bebte, als sie nach draußen ging. Klaus hatte die Chance ihres Lebens vermasselt. Jetzt noch was zu versuchen, wäre idiotisch gewesen. Warum war Klaus hier hergekommen?

19

Bevor er losgefahren war, hatte Mario nachgesehen, ob sich die Fenster des Hotelzimmers öffnen ließen. Woher sollte er wissen, ob Lydia nicht aus einer spontanen Laune heraus versuchte, aus dem Fenster zu springen? Aber die Fenster ließen sich lediglich ankippen. Durch den Spalt hätte sie gerade mal ihre Hand stecken können.

Der Mann an der Rezeption des Gasthofes »Zu den Eichen« hatte etwas seltsam geschaut, als Mario mitten in der Nacht abgereist war. Kaum, dass er das Geld erhalten hatte, lief er nach oben ins Zimmer, um nachzusehen, ob die Einrichtung noch vollständig vorhanden war.

Vor dem Gasthof hatte Mario dann eine Ewigkeit gebraucht, um die Taschen auf dem Moped festzuschnallen. Er war nervös, nicht ganz bei der Sache, weshalb ihm plötzlich die einfachsten Dinge nicht mehr gelangen. Irgendwann hatte er sie so weit, dass sie nicht gleich wieder herunterkippten, zumindest, wenn er langsam fuhr.

Es dauerte fast zwei Stunden, bis er nach Leipzig zurückgetuckert war. Nachdem er das Moped vor dem Hotel abgestellt hatte, schleppte er das Gepäck durch das Foyer zu den Fahrstühlen und dachte unwillkürlich über ihr Reisebudget nach, das von Tag zu Tag mehr aus den Fugen geriet.

Sie hatten mit kostenloser Unterkunft in der Wohnung der Mutter gerechnet, stattdessen wohnten sie nun in Hotels, und die wurden auch noch täglich teurer. Von den Konzertkarten ganz zu schweigen. Für die paar Songs, die sie gehört hatten, war das kompletter Irrsinn. Das Geld, das sie hier verpulverten, hätte er lieber für einen Urlaub ausgegeben - den hätten sie beide besser gebrauchen können. Wenn Lydia einverstanden war, fuhren sie morgen endlich wieder nach Hause, ganz egal, ob die Mutter dann noch lebte oder nicht.

Als er im Fahrstuhl stand, verschaffte er sich ein wenig Ablenkung, indem er zu erraten versuchte, womit das Hotel die Hotelwäsche waschen ließ. Lydia konnte am Geruch erkennen, um welches Waschmittel es sich handelte.

Er blickte auf die Speisekarte an der Fahrstuhlwand und dachte spontan daran, welches Gericht welche Flecken machte. Dann zogen die Wäscheberge an seinem inneren Auge vorbei, die er aus den Hotels abholte. Die Tischwäsche, die Kleidung der Köche, die Vorstecktücher. Sie brauchten wirklich dringend Urlaub, daran bestand kein Zweifel.

Mario klopfte an, zog die Schlüsselkarte durch den Türöffner und ging hinein. Lydia rief ein müdes »Herein«, aber das ging im Schließgeräusch unter.

Der Fernseher lief. Lydia lag schon im Bett. Sie hatte den Hotelbademantel an und sich bereits für die Nacht fertiggemacht.

»Das war eine Wackelei mit den Taschen«, beschwerte sich Mario und stellte Lydia ihre Tasche ans Bett.

Sie zog sie zu sich heran und holte die Dose mit den Pillen heraus.

»Bringst du mir ein Glas Wasser?«, bat sie, während sie eine Tablette durch die Folie drückte.

»Klar«, meinte Mario bereitwillig und nahm eins von den Gläsern, die auf dem kleinen silberfarbenen Tablett neben dem Fernseher standen. Dann ging er ins Bad und ließ Wasser in das Glas laufen.

»Danke, dass du gefahren bist«, sagte Lydia. Sie hatte die Tablette schon auf der Zungenspitze. »Und danke, dass du nach den Fenstern geschaut hast.«

Mario stutzte. Er hatte gehofft, dass Lydia das nicht bemerkt hatte. Sie nahm ihm das Wasserglas ab und spülte die Tablette herunter.

»Heute Morgen war ich noch sicher gewesen, dass ich ohne die Dinger auskomme«, meinte sie nachdenklich. »Aber dann wurde es immer schlimmer. Danke, dass wir hier bleiben können.«

Mario zuckte mit den Schultern. Ihm war nicht ganz klar, warum sie sich plötzlich für alles Mögliche bedankte. Vielleicht eine Nebenwirkung des Tablettenentzugs, vermutete er.

»Morgen fahren wir zurück«, sagte er. »Es ist doch scheißegal, ob da nun zwei Hanseln mehr die Trauernden mimen oder nicht.«

»Du hast recht«, Lydia stellte das Glas auf den Nachttisch. »Lass uns zurückfahren.«

Mario nickte und ging ins Bad. Er wollte vor dem Zubettgehen duschen, den Tag abwaschen. Gerade zog er seine Sachen aus, da hörte er ein Handy klingeln.

»Ist das deins?«, rief er zu Lydia.

»Meins ist abgeschaltet«, antwortete sie, »vielleicht ist es der Prepaid-Apparat, den du gekauft hast.«

Mario kam aus dem Bad und sah Lydia fragend an. Wenn dieses Telefon klingelte, konnte es eigentlich nur bedeuten, dass mit der Mutter etwas war. Mario sah gar nicht erst auf die Nummer im Display und nahm das Gespräch an.

»Ja, Radtke hier, der Installateur. Endlich erreiche ich Sie. Tut mir leid, aber ich versuche es schon den ganzen Abend. Es geht um den Auftrag in Ihrer Reinigung. Ich wollte mich nur vergewissern, ob Sie den wirklich stornieren wollen. Schließlich steht das Material schon bei Ihnen im Laden. Da wollte ich wissen, was jetzt los ist. Ihr Fax ist eben bei mir angekommen.«

»Mein Fax? Was für ein Fax?« Mario brauchte einen Moment, um sich zu sortieren. Er hatte nicht die leiseste Idee, wovon der Handwerker sprach.

»Moment bitte«, sagte er und wandte sich Lydia zu. »Radtke ist dran, ob wir den Auftrag storniert haben. Das müssen die Anschlüsse für die großen Maschinen sein. Die sollte er legen, solange wir nicht da sind. Hast du da was gemacht?«

Lydia riss entsetzt die Augen auf. »Nie im Leben! Wenn er die nicht legt, und zwar schleunigst, kriegen wir ein handfestes Problem. Die neuen Maschinen müssen ange-schlossen sein, wenn wir zurück sind. Alles andere wäre eine absolute Katastrophe!«

Mario ging wieder an das Handy. »Haben Sie gehört?«, fragte er, »Von uns hat das keiner storniert.«

»Komisch, weil auf dem Fax Ihre Unterschrift ist. Habe ich gleich verglichen. Andererseits kam mir das alles ko-misch vor. Deshalb rufe ich ja an. Manchmal weiß man ja nicht, was mit dem Kunden passiert ist. Alles in Ordnung mit Ihnen?«

»Ja, natürlich«, versicherte Mario.

»Glauben wir das mal. Aber was, wenn nicht?«, fragte Radtke nach. »Ich meine, wenn ich jetzt alles einbaue und dann sagen Sie ›Fehlanzeige, habe ich doch storniert.‹ Und dann wedeln Sie plötzlich doch mit dem Fax … So können wir ja nicht verbleiben.«

»Moment bitte.« Mario überlegte. Langsam kamen seine Gedanken in Schwung. »Wo haben Sie eigentlich diese Handynummer her?«

»Die stand doch auf dem Fax.«

»Und das Fax«, fragte Mario weiter, »steht da auch zufällig eine Absenderkennung drauf, von wem das gesendet worden ist?«

»Moment mal, da muss ich nachsehen.«

Mario hörte Papier rascheln.

»Nee«, meldete sich Radtke wieder, »hier steht nichts. Nur Ihre Unterschrift, und auf die kommt's ja letztlich an, nicht wahr?«

Lydia wollte etwas sagen, aber Mario legte den Finger auf die Lippen.

Er ahnte, was ihr durch den Kopf ging, dass nur ihre Geschwister die Nummer dieses Prepaid-Handys kannten. Doch Radtke gingen ihre Familienangelegenheiten nichts an.

»Herr Radtke? Hören Sie? Wir sind momentan in Leipzig. Ich weiß nicht, was da passiert ist, wer dieses Fax geschickt hat. Vielleicht will sich jemand einen Scherz erlauben. Es war definitiv keiner von uns beiden. Ich gehe mal davon aus, dass dieses Hotel hier einen Büro-Service hat. Ich gehe da jetzt runter und schicke Ihnen noch einmal eine Auftragsbestätigung, dass sie morgen weiterarbeiten können. Reicht Ihnen das?«

Am anderen Ende der Leitung herrschte Stille. Mario konnte nachvollziehen, dass Radtke vorsichtig war. So manche Handwerker bei ihnen in der Gegend hatten in letzter Zeit mit plötzlich insolventen Kunden zu tun gehabt. Es schien in Mode gekommen zu sein, dass Bauherren gerade dann Insolvenz anmeldeten, wenn es an das Bezahlen der Rechnungen ging. Er verstand, dass Radtke zögerte.

»Naja, schicken Sie mal …«, sagte Radtke nach einer Weile und fragte verwundert: »Wo sind Sie?«

»In Leipzig, eine Familienangelegenheit, nichts von Belang«, wiegelte Mario ab. »Herr Radtke, Sie wissen doch, dass wir ohne Sie nicht weiterkommen. Wir hatten doch über alles gesprochen, auch, dass wir für ein paar Tage nicht da sein würden.«

»Das hatten Sie gesagt, daran erinnere ich mich.« Radtke klang nach wie vor nicht überzeugt. »Naja, schicken Sie mal was, und dann rufen Sie mich morgen früh noch mal an. Ich überleg mir so lange, was ich da mache.«

»In Ordnung«, sagte Mario, »Geben Sie mir zur Sicherheit noch ihre E-Mail-Adresse, ich weiß nicht, ob wir die dabeihaben.«

Radtke diktierte ihm die Adresse, die Mario auf der Serviette notierte, die auf dem silberfarbenen Gläser-Tablett lag. Dann beendete er das Gespräch.

»Weißt du, was das sollte?«, fragte er Lydia und riss unwirsch die Ecke mit der E-Mail-Adresse von der Serviette ab. Lydia lag halb aufgerichtet im Bett und schüttelte den Kopf.

»Es gibt nur eine Möglichkeit, wie Radtke an die Nummer gekommen ist«, sagte sie dann und ließ sich auf das Kopfkissen fallen. »Hat er ja selber gesagt. Groß und breit stand sie auf dem Stornofax. Der, der das Fax geschickt hat, wollte also, dass wir es wissen.«

Mario setzte sich. »Wie haben die rausgekriegt, dass wir diesen Laden übernehmen?«, grübelte er. »Isabell hat es bestimmt niemandem gesagt.«

»Was müssen die für Scheiße am Stecken haben.« Lydias Blick ging ins Leere. Sie wusste nur zu gut, worum es ging. »Die haben Angst, dass wir irgendwas in petto haben, irgendwas sagen können.«

»Du meinst, die machen das, um uns einzuschüchtern?«

Lydia nickte. »Klar, das ganze alte Programm. Die wollen uns zeigen, dass sie immer noch am längeren Hebel sitzen, dass sie uns überall finden.«

»Das ist doch absurd.« Mario wollte es nicht glauben. »Das ist doch alles kalter Kaffee, was im Osten war.«

»Sicher?« Lydia sah ihn an. »Weißt du, was die damals alles gemacht haben? Es gibt bestimmt Dinge, die nicht verjährt sind.«

Sie war kurz davor, reinen Tisch zu machen, ihm die Wahrheit zu sagen. Wie so oft in den vielen Jahren, die nun schon vergangen waren. Immer wieder versuchte sie es und tat es dann letztlich doch nicht, aus Angst vor Marios Reaktion. Wie würde er reagieren, wenn er erfuhr, dass auch sie ihn ein Leben lang belogen hatte? Dass alles, was er glaubte, annahm und fühlte, auf falschen Voraussetzungen beruhte?

Lydia dachte an die Familie des Mädchens, um das es ging. In den Neunzigerjahren hatte es eine Fernsehsendung gegeben, in der nach Zeugen für jene Nacht gesucht worden war, in der die Tochter zu Tode gekommen war. Niemand hatte sich gemeldet. Auch Lydia hatte weitergeschwiegen. Diese Last war letztlich der Grund für ihren Selbstmordversuch gewesen.

Mario ahnte nicht, was in seiner Schwester vorging. Ihn beschäftigte das Fax. Er war fassungslos und voller Fragen. Wie waren die Geschwister an ihre neue Adresse gekommen? Woher hatten sie von der Reinigung erfahren? Und was wollten sie überhaupt von ihnen?

Mario wusste sehr vieles nicht. Seit Jahrzehnten spielte auch Lydia ihm eine behauptete Realität vor. Über ihre plötzliche Ausreise hieß es, sie seien über die Prager Botschaft geflüchtet. Er dachte, es habe etwas mit den Positionen des Vaters und der Geschwister zu tun gehabt, dass für sie eine illegale Flucht von Lydia und Mario besser war als eine reguläre Ausreise. Ansonsten hielt er sich an das, was für ihn im Osten immer gegolten hatte: dass ihm der nötige Verstand für diese Dinge fehlte.

»Aber«, sagte er endlich laut, »wir wollen doch gar nichts von denen. Im Gegenteil. Wir wollen doch einfach nur in Ruhe gelassen werden.«

»Wollten wir das damals nicht auch?«, fragte Lydia. »Dass die uns einfach in Ruhe lassen?«

Mario schüttelte verständnislos den Kopf. »Ich gehe jetzt runter und schicke Radtke die E-Mail«, sagte er dann und zog sich wieder an. »Vielleicht trinke ich noch ein Bier auf den Schreck.«

Lydia nickte. »Mach das«, sagte sie, »ich bleib hier und versuch zu schlafen. Ich bin müde.«

»Gute Nacht«, sagte Mario, nahm die Schlüsselkarte und zog die Tür hinter sich zu.

20

Mario wusste nicht, was er jetzt tun sollte. Wen rief man in solch einer Situation zuerst an? Jemanden vom Hotel oder gleich die Polizei?

Er saß im Bett, neben ihm lag Lydia. Sie war tot. Er hatte erst gedacht, dass sie einen Scherz machte. Aber dann hatte er ziemlich schnell erfasst, dass sie tatsächlich nicht mehr atmete. Es war kurz nach halb sieben Uhr morgens. Erstaunlicherweise konnte er nicht einmal sagen, dass ihn das emotional sonderlich aufwühlte. Seit ihrem Selbstmordversuch hatte er sich immer wieder damit auseinandergesetzt, was sein würde, wenn sie eines Tages wirklich nicht mehr da war.

Er hatte dabei nicht nur an ihren Tod gedacht, sondern vielmehr auch daran, dass sie nach den vielen Zusammenbrüchen nicht mehr anders klarkam und dauerhaft in einem Heim leben musste. Die Übermedikation hatte ihm erschreckend deutlich gemacht, wie schnell aus einem Menschen ein unzurechnungsfähiges Etwas werden konnte.

Gestern Abend, als er nach oben gekommen war, hatte Lydia schon geschlafen. Zumindest hatte er das angenommen. Er hatte sich so leise wie möglich ausgezogen, sich die Zähne geputzt und war ins Bett gestiegen. Gut möglich, dass Lydia da schon nicht mehr gelebt hatte.

Mario entschied sich, zunächst die Rezeption anzurufen, und bat die halb verschlafene Angestellte, aufgrund eines Todesfalles die Polizei zu holen.

Aber sie faselte etwas von einem Diktiergerät, ob damit etwas nicht in Ordnung sei. Nach seiner anfänglichen Verwunderung meinte Mario, dass es sich um eine Verwechselung handeln müsse, und erklärte ihr noch einmal, was geschehen war, und dass es sich ganz gewiss um keinen Scherz handelte.

Dann stand er auf und zog sich vorsichtig an. Er versuchte, dabei möglichst nichts zu berühren, um irgendwelche Spuren nicht leichtfertig unbrauchbar zu machen.

Eine knappe halbe Stunde später trafen die Polizisten ein und riefen als Erstes einen Notarztwagen.

Danach fragten sie Mario nach dem gestrigen Abend. Er war selbst ganz überrascht, wie gefasst er über alles berichtete.

»Wie war das Konzert?«, fragte einer der Polizisten, während sein Kollege sich im Zimmer umsah.

»Laut.« Mario zuckte mit den Schultern. »Entschuldigung, aber ich weiß nicht, worauf sie hinauswollen.«

Der Polizist nickte.

»Hat sie etwas Ungewöhnliches getrunken, zu sich genommen? Vielleicht etwas Illegales? Nicht, dass ich etwas unterstellen möchte, aber wir haben hier immer wieder Probleme mit unsauberem Crystal Meth, das im Umfeld solcher Konzerte verkauft wird«, präzisierte er.

»Ach so«, verstand Mario. »Nein. Wir haben uns eine Cola geteilt, das war alles. Ungewöhnlich war vielleicht, dass sie ihre Tabletten nicht genommen hatte. Sie nimmt normalerweise was gegen Depressionen und gestern hat sie ausprobieren wollen, ob sie ohne die Dinger auskommt.« Er zeigte auf Lydias Tasche. »Wenn Sie die suchen, die sind in der Kaugummidose in der Tasche da.«

»Standen die Taschen so lange hier im Hotel?«

Auf einmal fiel Mario auf, dass er sich doch nicht ganz so umfassend erinnerte, wie er angenommen hatte.

»Jetzt, wo Sie es sagen, fällt mir doch noch etwas ein«, ergänzte er. »Wir haben eigentlich in Markheide gewohnt bis gestern Morgen. Dann sind wir in den Gasthof ›Zu den Eichen‹ gezogen …«

»Was war der Grund?«

Mario suchte nach den richtigen Worten und setzte sich.

»Wie soll ich das sagen«, fing er an, »Familienstreitigkeiten? Keine Ahnung. In Markheide lebt unsere Mutter, wir sind eine große Familie, viele Kinder …«

Der Polizist nickte beifällig, so als erzählte Mario ihm nichts Neues.

»… jedenfalls«, fuhr Mario fort, »haben wir es in der Wohnung nicht mehr ausgehalten. Mutter liegt im Krankenhaus, die Wohnung ist schon vollkommen ausgeräumt, mit Ausnahme unseres Zimmers natürlich.«

»Warum war da noch alles vorhanden?«

»Deshalb sind wir ja hergekommen. Also auch. Wir wohnen im Rheinland, seit zwanzig Jahren. Wir sollten uns ansehen, ob wir von den alten Sachen noch was haben wollten. Aber …«, Mario lachte kurz auf, als er an die stockfleckigen Betten dachte, » … da ging natürlich nichts mehr. Das war alles reif für den Müll. Und wir wollten da wie gesagt nicht länger mittendrin sein.«

»Das verstehe ich.« Der Polizist notierte sich etwas. »Und dann sind Sie in die ›Eichen‹ gegangen.«

»Sie kennen den Gasthof?«, fragte Mario überrascht. Der Polizist klang nicht wie einer aus der Gegend.

»Natürlich«, antwortete der Polizist, »ich bin hier aufgewachsen. Da kennt man die alten Läden natürlich.«

Mario lächelte stumm. Nicht ausgeschlossen, dass er bei dieser Gelegenheit den Polizisten von früher begegnete. Er hatte ja damals mit einigen Leuten dieses Berufsstandes Bekanntschaft gemacht.

Aber der Beamte, der ihn hier befragte, war viel zu jung, um damals schon Polizist gewesen zu sein.

»Also«, erklärte Mario weiter, »als wir in den ›Eichen‹ waren, hab ich meine Schwester dort gelassen.«

»Ihre Schwester?«, fragte der zweite Polizist erstaunt.

»Meine Schwester«, bestätigte Mario und zeigte auf das Bett. »Lydia Filin.«

»Dann sind Sie?«

»Mario Filin, ihr Bruder.«

»Ich dachte, Sie sind ein Ehepaar?«

»Das denken alle. Stimmt aber nicht. Klar, im Hotel schreiben wir das immer auf die Anmeldung, damit's keine blöden Nachfragen gibt. Aber nein, wir sind nicht verheiratet. Besser: Wir waren nicht verheiratet.«

»Gut«, sagte der Polizist, »weiter.«

»Ja, ich bin dann nach Leipzig und hab mir ein Handy gekauft, so ein Prepaid-Ding, da liegt es.« Mario zeigte auf das Telefon, das auf Lydias Nachttisch lag. In dem Moment fiel ihm erneut etwas ein. »Ach du Scheiße!«, sprang er auf. »Wie spät ist es? Kurz nach halb acht! Tut mir leid, ich muss dringend telefonieren.«

Er sprang zu seiner Reisetasche, wühlte sein eigentliches Handy hervor, schaltete es ein und rief die gespeicherte Nummer von Radtke an.

»Geh ran, Mann, geh ran!«, murmelte er, bis Radtke endlich das Gespräch annahm. »Herr Radtke? Wie sieht's aus, haben Sie meine E-Mail? Machen Sie weiter? Bitte? Ich brauche hier noch Zeit. Moment mal …« Er deckte mit der Hand das Telefon zu und sprach die Polizisten an: »Ich hab die Handwerker bei mir, wie lange werde ich hier bleiben müssen?«

Der Polizist zuckte mit den Schultern und sah seinen

Kollegen an. »Höchstens ein paar Tage. Vielleicht geht's auch schneller.«

»Hören Sie?«, wandte sich Mario wieder an den Angerufenen. »Ich bin spätestens Ende der Woche zurück, dann kann ich Ihnen vielleicht alles erklären. Machen Sie weiter, bitte!« Und als Radtke wohl etwas in dieser Richtung gesagt hatte, schaltete Mario das Handy wieder aus.

»Tut mir leid«, entschuldigte er sich bei den Polizisten, »wir machen uns da gerade selbstständig, wissen Sie, wir konnten eine Textilreinigung übernehmen. Aber es ist natürlich trotzdem eine Menge umzubauen. Und jetzt das hier.«

Der Polizist versuchte Mario zu beruhigen.

»Ein Todesfall«, sagte er, »kommt immer überraschend. Sie waren also nach Leipzig gefahren, um das Prepaid-Handy dort zu kaufen.« Er zeigte zum Nachttisch.

»Richtig«, begann Mario, stutzte aber gleich wieder, als er das Diktiergerät sah, das neben dem Telefon lag.

Der Polizist registrierte seinen Blick: »Was haben Sie?«

»Das Diktiergerät. Es gehört nicht uns. Die Frau an der Rezeption hat mich eben schon danach gefragt. Ich hab keine Ahnung, was das bedeutet.«

»Gut«, meinte der Polizist, »dann erzählen Sie erst einmal weiter.«

»Also«, sagte Mario. »Wissen Sie, unser Verhältnis, also das zu unserer Familie, ist nicht so besonders. Deshalb wollten wir niemandem unsere richtigen Nummern geben.«

»Verstehe.«

»Ja, also, und wie ich in Leipzig bin, sehe ich die Plakate für ›Depeche Mode‹. Das war die Lieblingsband meiner Schwester. Ich dachte, besser, als in dem Gasthof herumzuhängen. Haben ein Vermögen gekostet, die Karten.«

»Und warum sind Sie nach dem Konzert nicht in die ›Eichen‹ gefahren?«

»Das ist es ja gerade. Lydia hatte die Tabletten nicht genommen. Und jetzt hatte sie Angst, dass sie was Dummes macht, sich vom Moped fallen lässt auf der Autobahn. War immer 'n bisschen gefährdet in diesen Dingen.«

»Suizidgefährdet?«

Mario nickte. »In den Neunzigern schon mal ein Versuch. Wie der Sänger von der Band. Irre, was?« Er sah den Polizisten an, aber der schrieb. »Naja, jedenfalls sind wir dann hier ins Hotel und ich bin noch mal rüber und hab unsere Sachen aus den ›Eichen‹ geholt.«

»Und die Tablettendose, wo war die so lange?«

»In unseren Reisetaschen.«

»Aha. Und wie lange war Lydia allein, kann sie jemanden getroffen haben?«

Mario hob die Schultern. Auf die Idee, dass seine Schwester zu jemandem Kontakt gehabt haben könnte, vielleicht sogar hinunter in die Lobby gegangen war, wäre er nie gekommen. Aber sicher, auszuschließen war das nicht.

»Ich hab keine Ahnung«, gab Mario zu. »Als ich zurückkam, lag sie im Bett, hatte geduscht und den Hotelbademantel an.«

»Bisschen ungemütlich, so ein Bademantel, zum Schlafen«, kommentierte der Polizist.

»Sie hatte ja erst mal nichts anderes. Der Schlafanzug war ja noch in der Tasche.« Und Mario sah zu seiner Schwester, die nun im Schlafanzug dalag. »Nachdem sie ihre Pille genommen hatte, bin ich dann noch an die Bar«, erklärte Mario. »Da wird sie sich wohl umgezogen haben.«

»Verstehe«, sagte der Polizist. »Bleiben also nur die zeitlichen Lücken, in denen die Taschen in den ›Eichen‹ gestanden haben und die Zeit, in der Lydia hier allein war.«

Mario wurde hellhörig. »Meinen Sie, dass da jemand was gemacht hat?«, fragte er.

»Ich meine erst mal gar nichts«, sagte der Polizist. »Aber bei einer so verhältnismäßig jungen Frau, mit dem Hintergrund, den Sie geschildert haben, also die schwierigen Familienverhältnisse meine ich jetzt, die Suizidneigung, das kann sich natürlich jemand zunutze gemacht haben. Aber das werden wir sicher bald alles genauer wissen.«

Auf dem Gang waren Schritte zu hören. Als der Arzt das Zimmer betrat, begrüßte er die Polizisten wie alte Bekannte, während er Mario einen Blick zuwarf, der alles hätte bedeuten können. Dann sah er sich Lydia an, drehte ihren Kopf hin und her und öffnete ihren Schlafanzug. Ihre Temperatur prüfte er ebenfalls und sprach oder vielmehr nuschelte seine Beobachtungen vor sich hin.

»Und?«, wollte der Polizist wissen. »Ihr erster Eindruck?«

»Nichts Genaues weiß man nicht«, antwortete der Arzt. »Todeszeitpunkt am frühen Morgen, vermutlich zwischen vier und fünf. Bis jetzt deutet nichts auf eine Fremdeinwirkung hin. Haben Sie irgendwas? Eine Vermutung?«

»Sie hat wohl Tabletten genommen«, antwortete der Polizist.

Sein Kollege reichte ihm die Kaugummidose, die er aus Lydias Tasche genommen hatte. Der Arzt schüttete die enthaltenen Blisterschnipsel auf seine Handinnenfläche und versuchte, den Aufdruck zu lesen. Offensichtlich war ihm die Marke vertraut.

»Nichts Ungewöhnliches«, bekundete er. »Nehmen mehr Leute, als man denkt. Sozusagen das Aspirin der Neuzeit. Man dreht vielleicht 'n bisschen durch, wenn man zu viel nimmt, aber sterben wird man nicht daran. Ist mir bis jetzt jedenfalls noch nicht untergekommen.«

»Werden Sie eine Obduktion machen?«, fragte Mario. Wenn sich die Geschwister schon solche Mühe gegeben hatten, sie einzuschüchtern, warum sollten sie hiermit nichts zu tun haben? Es war doch möglich, dass sie in den »Eichen« gewesen waren. Dass sie am Abend nicht dort sein würden, hatte er ihnen ja selbst gesagt. Wer wusste, ob sie die Taschen durchwühlt, Lydias Pillendose gefunden und etwas mit den Tabletten gemacht hatten? Als der Arzt nicht antwortete, wiederholte Mario: »Werden Sie nachsehen, woran Lydia gestorben ist?«

Der Arzt sah den Polizisten an, als erwartete er von ihm Hilfe, aber der schien selbst eine Antwort zu verlangen.

»Ich mach da gar nichts. Aber wenn Sie es denn wünschen«, sagte der Arzt, »schicken wir die Dame ins Institut und lassen sie aufschnippeln. Die Kollegen werden sich freuen. Aber ich vermute, auch dann wird es bei einer natürlichen Todesursache bleiben.«

»Untersuchen Sie das doch bitte erst«, drängte der Polizist mit ziemlicher Entschlossenheit, geradeso, als hielte er alles für wahrscheinlicher als einen natürlichen Tod.

21

Mario hatte einmal den Pfarrer an der Ahr gefragt, was der wesentlichste Unterschied zwischen dem Christentum und dem Buddhismus sei. Die Antwort war gewesen: »Die Buddhisten hoffen auf eine günstige Wiedergeburt hier auf Erden, die Christen dagegen sind froh, wenn sie's hinter sich haben und in den Himmel einziehen.«

So gesehen, hatte Mario gedacht, war es für die Kirche nur konsequent, den Menschen das Leben auf Erden so sauer wie möglich zu machen. Vielleicht erklärte das auch des Pfarrers Fortschrittsfeindlichkeit bei gleichzeitiger Kommunismusaffinität. Vielleicht erklärte es, weshalb er sich die Zeit vor der Aufklärung zurückwünschte. Ohne Krankenversicherung, Rentenversicherung, Arbeitslosenversicherung. Ohne Wohnungen für praktisch Jedermann, ohne sauberes Wasser, Kanalisation, gestiegene Lebenserwartung. Doch damals waren die Kirchen noch voll und Bildung war das Privileg einer Minderheit gewesen. Paradiesische Verhältnisse – nicht für die Menschen, sehr wohl aber für die Kirche.

Es war Marios ewige Bruchstelle mit dem Glauben, dass er mit den ganzen verschraubten Theologien nichts anzufangen wusste. Er verstand die Abscheu der Kirchenleute vor dem Fortschritt nicht; weshalb sie ihre Theologie an das jeweils politisch Zweckmäßige anpassten. Er hatte in der DDR systemkonforme Pfarrer und vor allem Kirchenobere kennengelernt, die den Menschen Egoismus vorwarfen, wenn sie die Wahrung ihrer Menschenrechte einklagten. Dass in solchen Momenten kein Blitz vom Himmel gefahren war, zeigte, dass Gott tatsächlich ein gnädiger war. Für Mario war die Kirche immer etwas geblieben, das sich zwischen ihn und Gott stellte. Mario wollte glauben; so, wie er es bei Lydia erlebt hatte. Wenn sie sagte, »Todsünde ist nicht, was du isst, trinkst, oder welche Art von Sex du hast; Todsünde ist, wenn du selbst Gott sein und über das Leben anderer bestimmen willst. Es ist die Suche nach Gott, die den Menschen ausmacht, die Suche, nicht die Gewissheit.« Wenn sie von Jesus erzählte, wie er es kaum vermocht hatte, den Versuchungen standzuhalten. Wie er zu Tode gefoltert wurde, weil Menschen in diesem Menschen Gott nicht erkannten. Sie war überzeugt, dass die Beziehungsstörung zwischen allen und allem darin lag, dass Menschen in sich und anderen Gott nicht erkennen konnten. Dass niemand daran aus sich selbst heraus etwas zu ändern vermochte und deshalb der Liebe, der Buße und der Vergebung bedurfte, um überhaupt leben zu können. Denn jeder Mensch wurde an jedem schuldig. Eben deshalb war es notwendig, bestimmte Rechte zu definieren, die unverletzlich sein mussten. *Vor Gott sind alle Menschen gleich.* Woraus man aus gutem Grunde abgeleitet hatte: *Vor dem Gesetz sind alle Menschen gleich.* Eine Gesellschaft musste sich an diesem Grundsatz messen lassen. Sie war ungerecht zu nennen, wenn über dem Gesetz der Machtanspruch einer einzigen Partei stand, der die Gleichheit der Menschen aufhob.

Dass Lydia so glaubte und redete, hatte Mario mit vielem versöhnt. Er war ihr dankbar für den Trost und die Zuversicht, die von ihr ausgegangen waren. Dass sie längst nicht mehr so fest im Glauben gewesen war, davon ahnte er nichts.

Tief in Gedanken machte Mario einen langen Spaziergang durch Markheide, bevor er bereit war, die Geschwister oben in der Wohnung zu treffen. Sie hatten darauf gedrängt, nachdem sie von Lydias Tod erfahren hatten. Mario hätte darauf gerne verzichtet. Dabei führte sein Weg auch an Pfarrer Kreutzners Kirche vorbei. Er erblickte die kopierten Zettel, mit denen für die Veranstaltungen der Gemeinde geworben wurde, und sah Kreutzners Sprechzeiten. Wenn die Familienversammlung nicht allzu lange dauerte, wollte er ihn heute Abend noch aufsuchen. Es ging um etwas Naheliegendes: Mario wusste nicht, wie und wo er Lydia bestatten lassen sollte. Während er darüber nachdachte, fiel ihm auch ein, dass es kein Testament gab. Er konnte nur hoffen, dass ihm daraus jetzt keine neuen Schwierigkeiten entstanden. Lydias Erbschaft bestand aus der Hälfte der Textilreinigung und damit aus der Hälfte der Darlehenssumme, die sie dafür hatten aufnehmen müssen. Da das Darlehen abgesichert war, für Lydias Hälfte also die Lebensversicherung einsprang, kam es möglicherweise zu einer unangenehmen Situation. Denn zu der Reinigung gehörten auch das Grundstück und das Haus, in dem sich die Reinigung befand. Bestanden die Geschwister auf der Auszahlung von Lydias Anteil, würde alles verkauft werden müssen. Mario befürchtete, einerseits seine Existenz zu verlieren und andererseits auch noch auf einem beträchtlichen Teil seines Darlehensanteils sitzen zu bleiben. Er wusste nicht, wie es in dieser Erbschaftsfrage tatsächlich aussah, aber sein Bauch sagte ihm, dass Ärger für ihn aufzog.

Als Mario in der Wohnung ankam, waren außer Matthias schon alle versammelt. Ah, dämmerte es ihm, es war also Matthias gewesen, der Radtke ausfindig gemacht hatte. Mario wurde flau im Magen. Wenn der Bruder das Haus und das Grundstück gesehen hatte, dann wusste er, dass es etwas zu holen gab.

Die Geschwister standen im ehemaligen Wohnzimmer

zusammen. Lediglich Andrea trug schwarz, dem Anlass entsprechend. Aber weil sie es als Einzige tat, wirkte es unpassend.

»Tja«, stellte Mario fest, »dann hat immerhin Mutter Lydia noch mal lebendig gesehen, was man ja sonst nicht von allen hier sagen kann.«

»Guten Tag, Mario«, versetzte Klaus, »immer noch der alte Haudrauf. Hatten wir irgendeine Verpflichtung abgegeben, sie zu treffen?«

Rebecca nickte zustimmend. Sie fühlte sich, als hätte Lydia ihr einmal mehr etwas weggenommen. Dass sie tot war, gut und schön. Aber sie war sozusagen aus eigenem Antrieb gestorben, weshalb Rebeccas Wut auf sie äußerst lebendig geblieben war. Andrea dagegen fühlte sich befreit, obwohl sie es nie zugegeben hätte. Denn im Hintergrund waren da schon ein paar Schuldgefühle gewesen, die aber nur sie und Lydia etwas angegangen waren und die sich nun, praktisch über Nacht, in Luft aufgelöst hatten. Torsten sah aus dem Fenster und hoffte, dass nicht schon wieder irgendein Streit begann.

»Warum treffen wir uns hier eigentlich?«, wollte Mario wissen.

»Weil wir Dinge zu besprechen haben«, antwortete Rebecca spitz.

»Also gut, besprechen wir Dinge«, nahm Mario sie beim Wort. »Wer von euch war's?«

Wären die Blicke der Runde sichtbar gewesen, etwa grün und blau und rot wie Laserstrahlen, hätte sich innerhalb von Sekundenbruchteilen ein interessantes und kaum mehr zu entwirrendes Netz ergeben. Offensichtlich hielt jeder die jeweils anderen einer solchen Tat für fähig, obwohl noch niemand wusste, woran Lydia gestorben war.

Auch das Schweigen, das das Blickgewirr begleitete, glich einer Aussage.

»Schade, dass ihr die Gardinen schon abgenommen habt«, Mario konnte sich ein Grinsen nicht verkneifen. »So kann jeder sehen, wenn ihr mir an die Gurgel geht.«

»Jetzt entsinne ich mich wieder«, ließ ihn Klaus wissen, »warum ich es schon vor Jahrzehnten nicht für zweckmäßig befunden habe, mich mit deinen Äußerungen zu beschäftigen.« Er wandte sich den anderen zu. »Ich erachte es von daher als müßig, den Einwendungen unseres Bruders irgendeine Bedeutung beizumessen. Da die Mehrheitsverhältnisse in unserer Familienversammlung klar sein dürften und ich im Sinne von Matthias zu handeln bevollmächtigt bin, spielen seine Anmerkungen auch keine weitere Rolle. Betrachten wir es also so, dass Mario hier von den Dingen in Kenntnis gesetzt wird, die wir beschließen werden.«

Hitzig sprang Mario zu Klaus, packte ihn an der Krawatte und drückte ihn gegen das nächste Fenster. Das Glas und der Rahmen knirschten bedenklich.

»Wie gesagt ...« Mario stand so dicht vor Klaus, dass er ihm jedes Wort ins Gesicht presste. » ... Jeder, das ganze Städtchen, kann sehen, was hier passiert.« Mit seiner freien Hand zeigte er zu den Häusern auf der anderen Straßenseite. Tatsächlich schauten aus den Fenstern Leute zu ihnen herüber. »Bildet euch nicht ein, dass ihr nun Frieden habt. Ich weiß, was damals geschehen ist. Wenn es sein muss, werde ich jeden Eid schwören, wenn es da draußen irgendwem nützt!«

Mario bluffte. Er wusste nichts, absolut nichts. Da war nur ein Zucken in Klaus' Augen gewesen, etwas, das ihm sagte, dass da irgendwas sein musste.

»In einem hat Mario recht«, bestätigte Torsten völlig ruhig. »Wir sollten das und vor allem nicht so in dieser Wohnung besprechen. Wir haben inzwischen beinahe mehr Zuschauer als das letzte Stasidrama im Fernsehen.«

»Wir können doch nichts dafür, dass ihr drüben im Westen im Elend sitzt«, giftete Andrea.

»Im Elend? Wir?« Mario ließ Klaus los. »Wer behauptet so was?«

»Das weißt du ganz genau.« Andrea bekam vor Wut kaum noch Luft. Mario konnte regelrecht sehen, wie ihr Blutdruck stieg.

»Nein«, ging er auf Andrea zu. »Nein, weiß ich nicht.«

»Lüg doch nicht!« Andrea wich zurück. »Pleite seid ihr gegangen. Zweimal! Ihr habt Schulden bis an euer Lebensende!«

Mario kam eine Idee. Er sah jeden Einzelnen an.

»Ja, es stimmt«, gab er ihr recht, »wir haben Schulden bis an unser Lebensende. So viel, dass wir dran ersaufen können. Aber Überraschung, Schwesterchen, nach Lydias Tod sind es größtenteils eure Schulden. Wenn ihr das Erbe nicht ausschlagt, sind es eure Schulden!«

»Verantwortungslos bis zum Schluss!«, kreischte Andrea, die sich nicht länger zu beherrschen wusste. »Jetzt müssen wir auch noch für eure Schulden geradestehen! Klaus, kann man sich nicht dagegen wehren, dass einem diese Elemente alles wegnehmen, wofür man ein Leben lang hart gearbeitet hat?«

Klaus rückte sein Hemd gerade. Diese Wendung passte ihm gar nicht. Andrea verstand nichts von diesen Dingen. Es rächte sich, dass Matthias das alles erst hatte besprechen wollen, wenn er wieder zurück war. Außer ein paar Andeutungen hatte er seine Karten bisher nicht aufgedeckt. Klaus beeindruckte es nicht sonderlich, wenn jemand pleiteging. Das war weder das Ende der Welt noch ein Zeichen für einen unüberwindbaren Schuldenberg. Aus seiner Sicht konnten die Verbindlichkeiten der beiden gar nicht so dramatisch sein. Das ergab sich logisch aus dem Umstand, dass sie gerade ihr Geschäft ausbauen ließen, ihnen also jemand Geld geliehen hatte. Dass der Handwerker seine Arbeit als Freundschaftdienst ableistete, war mehr als abwegig.

»Zu vorschnellen Schlüssen«, meinte er deshalb, »sollten wir uns jetzt nicht hinreißen lassen.«

Er sah zu Rebecca, in der Hoffnung, dass wenigstens sie ihn unterstützte. Immerhin sie hatte irgendwann begriffen, warum sie alle in Wohnungen lebten, die sie von Matthias so überaus günstig bekommen hatten. Um den Preisvorteil zu rechtfertigen, hatte er die Wohnungen damals als Musterwohnungen verkauft. Aber bei Andrea würde der Groschen nie fallen. Sie hatte es ohnehin nicht so sehr mit finanziellen Dingen. Obwohl Klaus Steuerberater war, war sie die Einzige unter den Geschwistern, die keine Einkommenssteuererklärung abgab. Sie dachte, nur Betrüger hätten das nötig. Nichts fürchtete sie mehr, als in einen solchen Ruf zu kommen und ihren Job im öffentlichen Dienst doch noch zu verlieren.

»Ich sage noch mal, wir sollten das nicht hier ausmachen. Wir stehen hier wie auf dem Präsentierteller«, warnte Torsten nachdrücklich und drehte sich vom Fenster weg.

»Wir können ja wiederkommen, wenn's dunkel ist«, schlug Mario spöttisch vor. »Vielleicht könnt ihr ja was vorbereiten, mit dem ihr mich auch loswerdet. Sieht ja dann keiner.«

»Überleg dir, was du sagst!« Mit einigem Entsetzen

merkte Rebecca, dass sie bei Weitem nicht so entschieden wie beabsichtigt geklungen hatte.

»Unsere Sachen standen doch lange genug in den ›Eichen‹«, preschte Mario vor, der spürte, dass er einen Nerv getroffen hatte. »Und ihr wusstet, dass wir nicht da waren. Und …«

Mit einem Mal glaubte er immer fester, dass Lydias Tod auf das Konto der Geschwister ging. Ihm fiel ein, dass er beim Auschecken in dem Gasthof Schwierigkeiten gehabt hatte. In dem Buch an der Rezeption hatte ausgerechnet die Seite mit ihrer Anmeldung gefehlt und somit war das genaue Anreisedatum unklar gewesen. Als Lydia und Mario im Gasthof angekommen waren, hatte jemand anderes Dienst gehabt, sodass es niemand hatte bestätigen können. Nun glaubte Mario nicht mehr an einen Zufall, dass ausgerechnet diese eine Seite gefehlt hatte –, auf der seine Unterschrift gewesen war. Damit war klar, wie das gefakte Fax mit seiner Paragraphe produziert worden war. So aufgeladen, war es leicht, sich immer weiter hineinzusteigern: »Wie war das eigentlich geplant? Wolltet ihr uns irgendwie spurlos verschwinden lassen? Habt ihr deshalb die Seite aus dem Anmeldebuch gerissen? Dass wir noch mal umziehen, konntet ihr ja nicht ahnen. Also, wie wolltet ihr es machen? Lydia vergiften und mich? Was wolltet ihr mit mir machen?«

»Du spinnst«, entgegnete Andrea.

»Im Vertuschen seid ihr doch Weltmeister«, rief Mario erbost. »Das seid ihr doch damals schon gewesen. Oder weshalb konnten wir so plötzlich, still und leise einfach ausreisen? Warum mussten wir sagen, dass wir über die Prager Botschaft rübergegangen sind? Was hättet ihr eigentlich gemacht, wenn wir drüben geplaudert hätten?« Er sah zu Torsten. »Hättest du uns deine Kumpel vom Schützenverein auf den Hals gehetzt?«

Mario merkte, dass er vorsichtiger werden musste. Wenn er sich aus dem Wenigen, was er hatte, zu viel zusammenreimte, musste irgendwann rauskommen, dass er keine Ahnung hatte. Es war ihm im Grunde ja auch egal, was damals gewesen war. Hier und heute wollte er nur mögliche Erbansprüche seiner Geschwister abwehren. Dafür genügte es, wenn der Eindruck entstand, dass er irgendwann alles, was auch immer es war, erfahren hatte. »Also, wie wolltet ihr es machen? Raus mit der Sprache!«

Mario war es tatsächlich gelungen, seine Geschwister zu verunsichern. Sogar dem sonst selten in Verlegenheit zu bringenden Klaus hatte es die Sprache verschlagen. Er blinzelte nur hin und wieder zu Rebecca, aber die starrte regungslos auf einen Punkt auf dem Fußboden.

»Du musst dir wirklich überlegen, was du uns vorwirfst«, brachte Klaus nach einer Weile hervor. »Das ist ja justiziabel in allen Punkten. Überall sterben Menschen, in jedem Alter, daran ist doch nichts Ungewöhnliches.«

»Hört doch auf mit dem Quatsch«, unterbrach ihn Torsten.

Er hatte seine Geschwister ebenfalls beobachtet. Auch Torsten wusste, dass ungewöhnliche Umstände die Flucht von Lydia und Mario damals begleitet hatten. Aber was genau passiert war, davon hatte er genauso wenig Ahnung wie Mario. Der Vater hatte das ganze Verfahren an sich gezogen, so konnte er den Kreis der Eingeweihten klein halten. Und Torsten war noch ein zu unbedeutendes Licht gewesen, um auf dem Dienstweg etwas herauszubekommen. Er wusste nur, dass es einen Zusammenhang gab zwischen der Ausreise der Geschwister, dem Mädchen aus

Markheide, das an der innerdeutschen Grenze ums Leben gekommen war, und Klaus, der damals bei den Grenztruppen gewesen war. Doch Torsten konnte sich keinen Reim darauf machen. Wenn Klaus derjenige gewesen wäre, der das Mädchen erschossen hatte, weil er einen Grenzdurchbruch hatte verhindern wollen, so wäre das damals nichts Strafbares gewesen, im Gegenteil. Wenn Klaus der Schütze gewesen wäre, hätte er eine Auszeichnung, eine Prämie und Sonderurlaub noch dazu bekommen. Auf gar keinen Fall hätte man damit zwei Ausreisen erpressen können. Es musste also etwas anderes vorgefallen sein. Aber was, das wusste eben auch Torsten nicht.

»Lasst uns mal die alten Sachen vergessen und friedlich miteinander umgehen«, versuchte er zu beschwichtigen. »Lasst uns ein paar Flaschen Wein holen, dann fahren wir zu mir und trinken was auf Lydia. Macht ihr mit?«

»Tut mir leid«, lehnte Mario ab und schüttelte den Kopf. »So verlockend es ist, mit euch mal richtig einen draufzumachen, aber ich habe hier noch einen wichtigen Termin.« Damit drehte er sich um und ging aus der Wohnung. Als die Geschwister ihm durch die kahlen Fenster nachschauten, sahen sie mit einigem Unbehagen, dass er sich geradewegs auf den Weg zur Kirche und Pfarrer Kreutzner machte.

22

»Das ist ein schönes Objekt, das die da haben.« Matthias legte die Beine hoch. Er hatte Klaus noch von der Autobahn aus angerufen und zu sich nach Hause bestellt.

Es gab gute und es gab schlechte Neuigkeiten, je nachdem, von welchem Standpunkt aus man die Dinge betrachtete. Zu Hause angekommen, hatte Matthias einen guten Rotwein aufgemacht. Einen Rioja, von dem er ein paar Kisten aus Spanien mitgebracht hatte, als er dort für einen Kunden ein Haus errichtet hatte. Der Auftraggeber hatte sich das Vergnügen einiges kosten lassen, nur, um seine Freunde mit deutscher Bauqualität beeindrucken zu können. Klaus hielt sich an Mineralwasser. Er fürchtete, einen für ihn fatalen Fehler zu machen, wenn er nicht einen klaren Kopf behielt.

»Gute Lage, gute Größe, schön«, schwärmte Matthias weiter. »Der Preis ist ein Witz, wenn man mal sieht, was man daraus machen könnte. Ein leckeres Schmankerl, wie unsere bayerischen Freunde sagen würden. Ich hätte den beiden nie zugetraut, dass die so was gestemmt kriegen. Scheinen da drüben Freunde gefunden zu haben.«

Klaus hörte zu und sah sich die Bilder an, die Matthias von dem Haus und dem Grundstück gemacht hatte.

»Wer hätte gedacht, dass ihnen ihre Berufe einmal nützlich sein könnten«, wunderte sich Klaus. »Ich muss direkt mal Andrea fragen, ob die damit hier eine Chance gehabt hätten.«

»Ich glaub nicht.« Matthias schnalzte mit der Zunge. »Hier geht das doch längst alles nach Polen. Also Hotelwäsche, das lukrative Zeug. Die beiden übernehmen da einen eingeführten Laden, laufende Verträge, sauber finanziert.«

»Für den Fall, dass kein unvorhersehbares Unglück geschieht«, versuchte Klaus zu scherzen.

»Das einzige Unglück, was Mario wirklich noch treffen könnte, sind wir.« Matthias sah nachdenklich in sein Weinglas. »Ihr Darlehen haben sie abgesichert, auf was anderes lassen sich die Banken ja auch gar nicht mehr ein«, sagte er. »So gesehen ist Mario jetzt vielleicht sogar einen Teil der Verbindlichkeiten los. Aber ich glaube nicht, dass sie daran gedacht haben, dass wir möglicherweise mal was von ihrem Kuchen abhaben wollen. Das hätten wir ja bisher selbst für eine Schnapsidee gehalten.«

»Ich werde morgen gleich mal prüfen, was da möglich ist.«

Klaus wollte eine Erinnerung in sein Handy tippen, aber Matthias winkte ab: »Lass mal die Eile, wir müssen sehen, ob wir uns damit wirklich einen Gefallen tun.«

»Wie meinst du das?«

Matthias sah auf das abgebrannte Holz, das noch im Kamin lag, und drehte den Stiel seines Rotweinglases zwischen den Fingern. »Dieses Mädchen von damals, wie alt wäre die eigentlich heute?«

»Wirst du jetzt sentimental?«

Matthias schüttelte den Kopf.

»Ganz im Ernst, wie alt wäre die?«

»Keine Ahnung, vierzig vielleicht, vielleicht fünfundvierzig«, schätzte Klaus. »Was soll das?«

»Ich weiß auch nicht«, erwiderte Matthias. »Ich hab das Gefühl, dass dieser Wessi-Pfarrer was weiß. Als wüsste er sogar ziemlich viel über unsere Familie. Es war seltsam, mit dem Mann zu reden. Mal abgesehen davon, dass es sicherlich schon sonderbar genug für mich war, in einer Kirche zu sitzen. Aber wie der Pfarrer so fragte, hatte ich immer mehr das Gefühl, als würde er mich führen und nicht umgekehrt. Als wäre er voller Mitgefühl für das große Familiengeheimnis.«

»Der und Mitgefühl für uns?«

Matthias zog nachdenklich die Stirn in Falten.

»Da war etwas anderes. Grundsätzlich gesehen war da schon eine Offenheit. Aber sobald es um Lydia und Mario ging, dann ... wie soll ich es sagen ... es war so, als würde ich irgendetwas bestätigen ... etwas, was er nur von oder über Lydia wissen konnte. So als würde ich irgendwas bezeugen, was er besser nicht bezeugt haben wollte.«

»Du siehst Gespenster«, sagte Klaus.

»Möglich.« Matthias wiegte den Kopf. »Ich hatte die ganze Zeit das Gefühl, als wollte er mich auffordern, sein Weltbild geradezurücken. Er hing an meinen Lippen, als könnte er die Worte, die er hören wollte, schon sehen. Aber da war natürlich nichts. Letzten Endes schien er ziemlich enttäuscht gewesen zu sein.«

»Ja, gut, das hat er umsonst«, wiegelte Klaus ab, »das hat doch nichts mit dem Objekt zu tun. Das ist doch sowieso ganz woanders.«

»Auch das schien ihm dann gar nicht mehr gefallen zu haben, dass er mir so freimütig gesagt hatte, wohin die beiden ziehen würden. Ganz im Ernst, vierzehn Tage später und die wären in einem anderen Bundesland gewesen und wir hätten die nur noch mit ziemlicher Mühe gefunden.«

»Pech für sie, Glück für uns.«

»Klaus, ich hab den Eindruck, dass der Pfarrer gern gehört hätte, dass das alles nicht wahr ist, was ihm Lydia wohl unter dem Siegel der Verschwiegenheit ...«

»Beichtgeheimnis?«

»… scheiß egal, wie das heißt. Er hätte jedenfalls gern gehört, dass das nicht stimmt.«

»Ja, was soll's? Wie du gerade gesagt hast, er weiß es, kann aber damit aufgrund des Beichtgeheimnisses nichts anfangen.«

»Eben da täuschst du dich, glaube ich.« Matthias stellte sein Glas auf den Tisch. »Ich konnte ja schlecht sagen, dass mir etwas leidtut, von dem ich gar nichts weiß. Der redete zum Schluss so mit mir, als wollte er mir die Kraft geben, reinen Tisch zu machen, verstehst du? Und, Scheiße, irgendwie hat das funktioniert. Ich komme ins Grübeln, Klaus, verstehst du? Ich hätte da nie hinfahren dürfen. Ganz egal, ob ich etwas dazu gesagt habe oder nicht. So, wie es gelaufen ist, weiß der Pfarrer jetzt, dass Lydia recht hatte. Und das ist Scheiße. Vielleicht hat sich Lydia ihm auch gar nicht anvertraut und der Typ kann nur eins und eins zusammenzählen und wollte jetzt von mir die Auflösung hören. Noch wahrscheinlicher ist, dass er schon Lydia so in die Mangel genommen hat wie mich, nur mit einer anderen Zielrichtung vielleicht. Es gab da eventuell jemanden, der ihm die ganze Geschichte längst gesteckt haben könnte. Jedenfalls hat er so was angedeutet.«

»Ich versuche, dir zu folgen, aber so ganz gelingt es mir nicht«, sagte Klaus.

Matthias warf ihm einen vernichtenden Blick zu.

»Lydia und Mario waren damals nicht in demselben Zug wie die wirklichen Flüchtlinge aus der Prager Botschaft. Der Pfarrer erinnert sich noch genau, dass Lydia sofort versucht hat, mit denen Kontakt aufzunehmen. Sie hat die Leute ausgefragt, wie es in der Botschaft gewesen ist. Damit sie sich nicht verquatschte. Und dabei musste sie natürlich jemanden treffen, der sie kannte. Einen Tischler, der nur zwei Dörfer von uns weg gewohnt hat. Der kannte die ganzen Gerüchte über uns, über das Mädchen, über dich. Und jetzt stell dir vor, dass er von Lydia vielleicht was haben wollte, damit er dichthielt. Geld, Zuwendung, was weiß ich. Als er's nicht gekriegt hat, hat er dann angefangen, ein bisschen gegen die beiden zu sticheln. Gut möglich, dass die Sache so zum Pfarrer gekommen ist. Ob sie ihm selbst was erzählt haben könnte, spielt eigentlich gar keine Rolle. Alles hätte so schön in Frieden ruhen können. Aber dann hat hier irgendwer angefangen, Panik zu kriegen, weil die beiden herkommen sollten. Wo sie all die Jahre so schön die Klappe gehalten haben. Aber das konnte Kreutzner natürlich nicht wissen. Als Rebecca ihn wegen der beiden angespitzt hatte und er drüben bei seinem Kollegen angerufen hat, kamen dem die Erinnerungen an seine beiden liebsten Gemeindeglieder zurück. Das muss damals ziemlich zwischen denen geknallt haben. Das ist den Leuten in dem Dorf noch in guter Erinnerung. Jedenfalls hat Kreutzner dem auch noch ein bisschen was erzählt und so haben alle dem kleinen Schwelbrand wieder ein bisschen Nahrung gegeben. Scheiße, verdammte.« Matthias trank sein Glas leer.

»Aber Matthias, der Pfarrer kann uns doch nichts, der darf doch gar nichts mit dem anfangen, was er weiß!«

»Wer sagt dir, dass der da drüben mit Mario nicht genauso redet wie mit mir, ihn ein bisschen einwickelt, und schon beginnt Mario zu plaudern. Und dann ermutigt er ihn, auch woanders ein wenig zu erzählen. Eine Lydia, die auf ihn aufpasste, gibt's ja nicht mehr.«

»Aber sie hat doch geschworen, dass sie es niemandem sagt, auch Mario nicht!«

»Das Leben ist lang, Klaus, und die Dinge ändern sich.«

Matthias schwieg einen Moment, dann fügte er hinzu: »Als wir zu der Sache nach der Wende befragt worden sind, haben wir alle gelogen, Klaus, das weißt du. Wir wollten dich schützen, wir wollten Vater schützen, und letztlich wollten wir uns auch selbst schützen. Wir wissen zwar alle nicht, was da genau gewesen ist, aber dass da was war, das wissen wir. Hier gibt es noch genug Leute, denen genügt ein klitzekleiner Funke, und es geht wieder los.«

Klaus schwieg. Es machte ihm Sorgen, dass sein Bruder Nerven zeigte. Doch der machte seinem Ärger weiter Luft:

»Hätte dieser Suffkopf seine Scheißakten nicht in der Dienststelle behalten können?«

Matthias schien noch einmal genau vor sich zu sehen, wie der Vater und Klaus in der Küche saßen, zwei Bier und die Kornflasche auf dem Tisch, ein Gespräch unter Männern. Zwischen dem Vater, dem Offizier, und dem Sohn, dem Unteroffizier. Der versuchte Grenzdurchbruch, der keiner gewesen war. Die Untersuchung, von der der Vater Wind bekommen hatte. In der Akte, die vor ihnen gelegen hatte, stand klipp und klar, dass von einem Grenzdurchbruch überhaupt nicht die Rede sein konnte. Klaus hatte auf das Mädchen, siebzehn Jahre alt, aus nächster Nähe so lange mit der auf Dauerfeuer gestellten Kalaschnikow geschossen, bis das Magazin leer gewesen war. Klaus hatte Kratzspuren im Gesicht und das Mädchen Hautfetzen von ihm unter den Fingernägeln gehabt. Der Vater hatte wissen wollen, warum. Er hatte wissen wollen, wie ein Mädchen aus Markheide überhaupt an diesen einige hundert Kilometer entfernten Punkt der Grenze kommen konnte, und zwar ohne dass sie irgendwer begleitet hatte. Es war völlig absurd, dass eine Frau allein versuchte, über die Mauer zu kommen. Das widersprach aller Erfahrung. Mauerflüchtlinge waren männlich, Frauen waren allenfalls Mitläuferinnen. Wenn das Mädchen also dort aufgetaucht war, dann bestimmt nicht, um über die Mauer zu steigen, sondern, weil Klaus sie dorthin bestellt hatte. Aber warum und wozu und was dann geschehen war, das lag im Dunkeln. Der Vater hatte bei diesem Gespräch unter Männern bei Bier und Schnaps, zu dem er extra noch einmal nach Markheide gekommen war, herausfinden wollen, was geschehen war. Aber Klaus hatte geschwiegen. Irgendwann waren die Flaschen leer und die beiden Männer am Küchentisch eingeschlafen gewesen, die Akte hatte zwischen ihnen gelegen. Dort hatte Lydia sie sehr wahrscheinlich gelesen. Matthias stockte der Atem, als ihm etwas einfiel.

»Bete, Klaus«, sagte er leise, »bete, dass ich mich irre und Lydia das irgendwann verloren hat.«

Klaus sah ihn verständnislos an.

»Sie hat damals was aus der Akte abgeschrieben. Du erinnerst dich doch an diesen Schrank in der Küche? Mutter hatte da ihr Briefpapier und so was aufbewahrt. Erinnerst du dich nicht mehr?«

Klaus schüttelte den Kopf. »Ich war doch sturzbetrunken«, sagte er, »ich bin doch erst am nächsten Morgen wieder aufgewacht.«

»Ich weiß nicht mehr, wer von uns es war, der es entdeckt hat. Auf jeden Fall stand diese Schublade offen und der Schreibblock fehlte. Es lag nur noch ein Stift drin und diese Pappe, die Rückseite von dem leeren Block. Lydia hatte beim Schreiben so stark aufgedrückt, dass man in der Pappe sehen konnte, dass sie was aus der Akte abgeschrieben hat. Vielleicht hat sie auch die ganze Akte abgeschrieben. Auch wenn diese Abschrift an sich keinen Beweiswert haben mag, so ergibt sich doch aus dem Inhalt, den Namen und Bezeichnungen usw., dass sie sich das nicht ausgedacht haben kann. Es wäre zu schön, wenn wenigstens das nicht mehr existierte. Stell dir nur mal vor, Mario findet diese Scheiße irgendwo in Lydias Sachen.«

»Nein«, sagte Klaus und begriff allmählich, was Matthias ihm klarzumachen versuchte. »Nein, das stelle ich mir besser nicht vor.«

23

Kreutzner hatte inzwischen erfahren, dass Lydia tot war. Er hatte Mario sein Bedauern und sein Mitgefühl ausgedrückt. Der nahm ihm die Betroffenheit ab. Kreutzner war fast schon ein wenig entrückt auf ihn zugekommen, sodass er von der unerwarteten Friedfertigkeit ganz ergriffen gewesen war. Als er die Wohnung der Mutter verlassen hatte, hatte Mario noch überlegt, ob er besser an einem anderen Tag zu Kreutzner ginge, wenn er nicht so aufgebracht und aggressiv wäre. Aber dann hatte er es hinter sich bringen wollen.

Mario war ein wenig erschrocken gewesen, als er Kreutzner gesehen hatte. Ein gebrochener alter Mann war durch die Kirchenbänke auf ihn zugekommen. Es war nichts mehr übrig von der kraftvollen Gewissheit, die er ausgestrahlt hatte. Von dem Mann, dem Mario so grenzenlos vertraut hatte.

Kreutzner war damals die Alternative zu allem gewesen, was mit dem Staat zusammenhing. Für Mario war er das Vorbild in Sachen Unabhängigkeit und Unangepasstheit gewesen. Es machte Spaß, sich bei Kreutzner ein gutes Wort zu holen, mit dem man die hohlen Phrasen der Staatsbürgerkundelehrer aushebeln konnte. Als es mal wieder morgens vor dem Unterricht einen Fahnenappell gegeben hatte, auf dem die Gefahr der kriegslüsternen NATO-Atomwaffen beschrien worden war, denen man die friedliebenden Atomwaffen der UdSSR entgegenstellen müsse, war Mario vorgetreten und hatte langsam sein FDJ-Hemd ausgezogen. Darunter hatte er ein weißes T-Shirt angehabt, auf das der Sticker genäht war, den er von Kreutzner bekommen hatte: »Schwerter zu Pflugscharen«. Er hatte sich langsam im Kreis gedreht, damit ihn alle sehen konnten. So lange, bis eine Lehrerin aus ihrem Entsetzen erwacht und kreischend auf ihn losgerannt war und den Sticker heruntergerissen hatte.

Doch bald danach war es zum Bruch mit Kreutzner gekommen. Damals hatten Lydia und Mario gedacht, er sei von seinen Vorgesetzten gemaßregelt worden. Dass Kreutzners Gesinnungswandel mit dessen persönlichen Erfahrungen im Westen zusammenhing, ließ sich aus der Perspektive von Lydia und Mario nicht beurteilen. Plötzlich fiel er ihnen in den Rücken, rügte sie für ihre konsequente Haltung und distanzierte sich von ihren Ansichten. Es war eine Kehrtwendung um hundertachtzig Grad. Mario hatte Kreutzner vertraut, als er von der besseren Welt gesprochen hatte, einer Welt ohne Waffen, die sie schaffen müssten. Dass es an ihnen lag, die Welt zu verändern, und dass sie dafür ihr Rückgrat bekommen hätten. Das war es, wozu Kreutzner ihn damals angespornt hatte. Als es dann wenige Jahre später für Mario um die Musterung gegangen war, war es für ihn nur logisch gewesen, dass, wenn er es denn mit Schwertern zu Pflugscharen ernst meinte, er eben auch den Wehrdienst verweigern musste. Doch statt wie erwartet die theologische Unterstützung von Kreutzner zu bekommen, staunte Mario nicht schlecht, als der Pfarrer unerwartet kundtat, dass der Armeedienst durchaus mit der Bibel vereinbar sei, dass es, im Gegenteil, sogar Kirchen in der DDR gebe, die aus der Bibel das Erfordernis zum Dienst an der Waffe ableiteten.

Für Mario war es ein Schlag ins Gesicht. Er hatte den Sticker mit dem Abschluss der achten Klasse bezahlt und eine Zukunft als Hilfsarbeiter vor sich. Dieser Preis wäre zu hoch und vollkommen unsinnig gewesen, wenn er jetzt, als besäße er plötzlich keine Überzeugungen mehr, einfach den Wehrdienst abgeleistet hätte. Wenn er vom Kreuze weg hin zu Hammer, Sichel, Ährenkranz gekrochen wäre.

Dass der Pfarrer Mario jetzt die Verweigerung ausredete und es nach langem Hin und Her bei einem lapidaren »Dann mach doch Bausoldat« beließ, nahm Mario ihm übel. Auf einmal beugte sich Kreutzner den offiziellen Kirchenpositionen von der »Kirche im Sozialismus« und half mit, die Arbeit der oppositionellen Gruppen abzuwürgen. Er begrüßte Marios ehemalige Lehrer in der Kirche, um mit ihnen über den »verbesserlichen Sozialismus« zu reden, und rief offen zum Bleiben in der DDR auf. Bislang war die Ausreise immer die letzte Option gewesen. Fiel sie weg, besaß ein großer Teil der Opposition kein Druckmittel mehr.

Der Grund für Kreutzners Umkehr aber war folgender: Mitte der Achtzigerjahre hatte er überraschend selbst in den Westen reisen dürfen. Zwei Wochen lang, er hatte sein Glück kaum fassen können. Doch der Besuch im Westen veränderte ihn grundlegend. Er begriff, dass es für ihn keine Alternative zur DDR gab. Deutschland war kein einig Vaterland mehr, das durch die Mauer nur in zwei Hälften geteilt worden war. Er begriff, dass, ginge er in den Westen, er dort nie mehr als Pfarrer arbeiten würde; ganz einfach, weil er die Menschen nicht verstand. Die Älteren, die rübergingen, die hatten noch die gleichen Wurzeln gehabt, etwas, das sie mit den Menschen im Westen Deutschlands verband. Aber Kreutzners Generation, von denen danach ganz zu schweigen, hatte das nicht mehr. Kreutzner war mit den Menschen im Westen nicht klargekommen, sie waren anders sozialisiert worden als er. Ohne Not würde sich dort niemand mit ihm auf Augenhöhe stellen. Für sie würde er immer ein Flüchtling, ein Ausländer bleiben.

Durchaus mit Entsetzen wurde ihm klar, dass das Leben in der DDR, so wie es von der SED vorgestanzt wurde, alternativlos geworden war. Der Besuch im Westen hatte Kreutzner stärker an die DDR gebunden, als es jede Diskussion vermocht hatte.

Die guten Erfahrungen, die die SED diesbezüglich mit Leuten wie ihm machte, waren vielleicht auch der Grund, weshalb man in den Achtzigern immer mehr Menschen unterhalb des Rentenalters in den Westen reisen ließ. Sie sollten bestätigen, was Kreutzner erfahren hatte (und Lydia und Mario später auch selbst erfuhren), dass es im Westen schwer sein würde, Perspektiven zu finden. In diesem Sinne sollten sie als Multiplikatoren dienen und so das Land von innen stabilisieren. Natürlich galt das nur für die, die zurückkamen, aber das taten die meisten, dafür sorgte schon die sorgfältige Auswahl der neuen Reisekader. Dass all das letztlich nichts mehr half, zeigte die Massenflucht im Jahr 1989.

Mario und Kreutzner standen sich gegenüber, Kreutzner hielt sich an einer Kirchenbank fest. Mario hatte ihn so vieles fragen, so viele Lücken schließen wollen, aber als er vor dem alten Pfarrer stand, merkte er, dass es auch für sie keine Sprache mehr gab, dass sie nicht mehr miteinander reden konnten. Auch sie hatten sich sehr weit voneinander entfernt. Hatten sich verinselt, waren nicht mehr nur vorübergehend voneinander getrennt. So, wie die DDR nach 1989 nicht einfach an die Bundesrepublik angegliedert worden war. Sie war zerstoben in unzählige Einzelteile, in unzählige Richtungen.

24

Mario fuhr zurück nach Leipzig. Er überlegte, wie lange er noch würde hierbleiben müssen. Die Frage der Beisetzung war geklärt, ein Bestattungsunternehmen würde die Urne in das Nest an der Ahr bringen. Wenn er im Hotel war, wollte er Isabell anrufen. In den meisten Dingen betrat er jetzt Neuland. Er war bisher nur für die Maschinen in der Reinigung zuständig gewesen, für das Ausliefern und das Abholen der Wäsche. Aber alles andere, das Büro, der Zahlungsverkehr, die Verträge mit den Hotels, war neu für ihn. Isabell hatte Lydia gezeigt, wie man so ein Geschäft führte. Mario hoffte, dass er auch diesen Teil von Lydias Job übernehmen konnte. Auf jeden Fall aber würde er jemanden einstellen müssen, der ihre Aufgabe in der Reinigung übernahm, die Textilpflege an sich, von der er absolut keine Ahnung hatte. Er würde mit der Bank reden müssen. Vielleicht war es sinnvoll, wenn er sich im Hotel in sein Zimmer setzte und eine Liste von den Dingen machte, die geregelt werden mussten. Auch hier war es wohl ratsam, mit Isabell zu sprechen. Die würde in allen Dingen am besten wissen, was nun zu tun war. Mario stellte fest, dass er alles erstaunlich sachlich und pragmatisch sah.

Es war ein lauer Sommerabend, der Fahrtwind war angenehm, warm und leicht rau, er erinnerte Mario an die See. Fast glaubte er, dass er den Geruch von Salzwasser und Algen riechen, die Dünen und das Gras unter seinen Füßen spüren konnte.

Lydia und er waren öfter mal für ein Wochenende an die Nordsee gefahren. Weniger, um zu baden, vielmehr um genau diesen Geruch in die Nase zu bekommen und dem der Waschmittel zu entfliehen.

Im Hof hinter dem Haus, in dem sich ihre Reinigung befand, hatten sie einen Strandkorb aufstellen und Strandsand aufschütten wollen.

Als er in die Straße einbog, die zu seinem Hotel führte, sah er Torstens Auto. Mario überlegte einen Augenblick, was er tun sollte. Es war niemand im Fahrzeug zu sehen, auch nicht auf der Straße oder auf den Gehwegen. Nirgends sah er jemanden, der Torsten ähnelte. Vorhin, in der Wohnung der Mutter, als Torsten versucht hatte, die Geschwister zusammenzubringen, hatte es für Mario so ausgesehen, als wollte er eine Lösung finden, mit der alle leben konnten. Genau das war es, was Mario vorsichtig machte. Er war selbst viel zu unsicher in dieser Situation, als dass er sich auf irgendwas einlassen wollte, dessen Tragweite er nicht überschauen konnte. Vielleicht sollte er sich einen Anwalt nehmen, damit er nicht in allem den Kürzeren zog.

Nachdem Mario das Moped abgestellt hatte, ging er mit gesenktem Kopf durch die Lobby, um ungesehen zu den Fahrstühlen zu kommen. Sollte Torsten im Hotel auf ihn warten, dann hoffte er, so an ihm vorbeischleichen zu können. Aber leider erkannte ihn der Mann an der Rezeption und empfing ihn lautstark mit »Herr Filin!« Die Lobby war bedauerlicherweise nicht sonderlich groß, also konnte Mario nicht so tun, als hätte er nichts gehört. Den Blick fest auf den Mann an der Rezeption gerichtet, ging er zu ihm.

»Was gibt's?«, fragte er.

»Ich habe eine Nachricht für Sie. Vorhin war noch einmal jemand von der Polizei hier, der noch irgendwas in Ihrem Zimmer wollte. Wir haben ihn natürlich hineinlassen müssen, ich möchte nur, dass Sie es wissen und sich nicht wundern, wenn vielleicht einige Dinge verrückt worden sind.«

Zuerst erschrak Mario, denn er dachte gleich an Torsten. Es konnte doch im Grunde jeder kommen und sagen, dass er von der Polizei wäre und noch einmal in das Zimmer müsste. Wer von den Hotelangestellten würde das, was als Polizeiausweis vorgezeigt wurde, schon so genau prüfen?

»Kann ich die Nachricht mal sehen?«, fragte Mario vorsichtig.

»Aber natürlich«, sagte der Mann an der Rezeption und holte einen zusammengefalteten Zettel hervor. Mario nahm ihn und war schon beruhigt, als er hörte: »Es war derselbe Beamte, der auch an dem Tag hier war, als es passierte. Insofern dachte ich, dass Sie da auch gar nichts dagegen einzuwenden hätten.«

»Gegen die Polizei kann man in so einem Fall wohl nicht viel einwenden«, meinte Mario abwesend. Er hatte bereits den Zettel auseinandergefaltet und las.

Es war ein nichtssagender Text, in dem der Polizist eher sich selbst zu erklären versuchte, warum Mario ihn am nächsten Tag im Polizeipräsidium aufsuchen sollte.

Für den Fall, dass Mario nicht zur angegebenen Zeit kommen konnte, hatte er eine Telefonnummer dazugeschrieben. Mario faltete den Zettel wieder zusammen und sah auf.

»Danke«, wandte er sich an den Rezeptionisten. »Kann ich dann oben wieder rein oder ist da alles versiegelt oder was weiß ich?«

»Nein, nein«, sagte der Mann und lächelte zurückhaltend, »das Zimmer ist freigegeben, Sie können da wieder ganz normal drin wohnen … wenngleich … Natürlich können wir Ihnen auch ein anderes Zimmer anbieten, wenn Sie …«

»Nein, danke«, unterbrach ihn Mario. »Ich behalte das Zimmer. Es war ja keine grausige Bluttat, die dort geschehen ist.« Er wollte gerade zu den Fahrstühlen gehen, als er sich noch einmal umdrehte. »Das heißt, eine Bitte hätte ich dann doch: Ob Sie vielleicht jemanden schicken könnten, der die Bettwäsche wechselt? Ich meine …«

»Verstehe«, sagte der Mann an der Rezeption. »Verstehe ich vollkommen. Selbstverständlich werde ich das sofort veranlassen.« Er tippte etwas in seinen Computer ein und forderte den Zimmerservice an. »Das wird selbstverständlich gleich erledigt. Ich wünsche Ihnen trotz dieses tragischen Vorfalls weiter einen angenehmen Aufenthalt in unserem Haus.«

Mario bedankte sich und fuhr hinauf. Er war kaum in den Aufzug gestiegen, als Torsten, der in einer der Sitzgruppen in der Lobby gesessen und Zeitung gelesen hatte, aufstand und an die Rezeption ging. Er war so vertieft in einen Artikel gewesen, dass er Mario beinahe verpasst hätte, wenn er nicht dessen Namen gehört hätte.

»Entschuldigung, ›Sachsenradio‹«, sprach Torsten ihn an. »War das eben Herr Filin?«

Der Mann an der Rezeption nickte.

»Oh, auf den habe ich die ganze Zeit gewartet«, sagte Torsten und überlegte. »Wieso war die Polizei noch einmal hier?«, fragte er dann, »gibt es doch Anzeichen dafür, dass es sich um ein Verbrechen handelt?«

Doch der Mann an der Rezeption winkte ab.

»Tut mir leid«, erwiderte er, »da müssen Sie sich an die Polizei wenden. Ich kann, darf und will Ihnen dazu nichts sagen.«

»Verstehe«, meinte Torsten. »Trotzdem, danke.«

Er blieb noch einen Moment stehen, dann ging er hinaus. Draußen setzte er sich in sein Auto, steckte den Schlüssel in das Zündschloss und schaltete das Radio ein. Es lief Klassikradio, ein Orgelstück, Bach vermutlich, Torsten kannte es nicht.

Es ergab für ihn keinen Sinn, dass die Polizei noch einmal in das Zimmer ging, wenn es sich um einen natürlichen Tod handelte. Da musste etwas sein. Aber leider hatte er zu wenig von dem verstanden, was an der Rezeption gesprochen worden war. Er überlegte noch, was sein nächster Schritt sein könnte, als er sah, dass Mario das Hotel wieder verließ und einen zusammengerollten Bogen Papier in seine Jacke steckte. Torsten nahm an, dass Mario sich wohl das Hotelbriefpapier geholt hatte und lieber in einen Biergarten ging, um seine Gedanken aufzuschreiben, als allein in dem Hotelzimmer zu sitzen, in dem sie gestorben war.

Als Mario außer Sichtweite war, schaltete Torsten das Radio aus und zog den Schlüssel ab. Dann stieg er aus und lief hinüber ins Hotel. Der Mann an der Rezeption war beschäftigt. Torsten konnte unbemerkt den Fahrstuhl nach oben nehmen. Er kannte die Zimmernummer und hatte, als er den Flur entlanglief, das unverschämte Glück, dass gerade jemand in Marios Zimmer die Betten frisch bezog. Vielleicht war Mario auch deswegen so schnell wieder gegangen. Torsten schlich sich hinein und versteckte sich im Bad, bis die Tür nach dem Zimmerservice ins Schloss gefallen war. Dann trat er in den Raum und zog die Gardinen beiseite, um mehr Licht zu haben. Er wusste nicht, wie gründlich die Polizei gearbeitet hatte, aber für gewöhnlich gab es immer etwas, das übersehen wurde. Er sah die beiden Taschen, die offen auf der Gepäckablage standen, und inspizierte sie ein weiteres Mal. Ihm waren die beiden tödlichen Tabletten in der Kaugummidose eingefallen. Möglich, dass die Polizei deshalb noch ermittelte. Die Dose fehlte. Stattdessen sah er den I-Pod und ein Diktiergerät. Irgendjemand hatte beides in die Tasche geworfen, vielleicht der Zimmerservice, vielleicht die Leute, die Lydias Leiche abgeholt hatten. Und tatsächlich war das Diktiergerät etwas, das die Polizei übersehen hatte. Torsten drückte auf »Play« und erkannte die Stimme von Lydia. Die Stimme war leise, doch man konnte hören, dass Lydia mit den Tränen kämpfte, während sie sprach.

Als Mario in die »Eichen« gefahren war, war sie im Hotel geblieben und hatte mit sich gerungen, ob sie ihm endlich alles sagte. Für den Fall, dass sie es wieder nicht schaffte, hatte sie versucht, etwas auf den I-Pod zu sprechen. Aber damit war sie nicht klargekommen. Also war sie hinunter an die Rezeption gefahren und hatte sich das Diktiergerät geliehen. Wieder auf dem Zimmer hatte sie nicht gewusst, wie sie anfangen sollte. Als Mario mit den Tabletten zurückgekommen war, glaubte sie schon, auch diese Chance verpasst zu haben. Erst, als er hinuntergegangen war, um Radtke das Fax zu schicken und danach noch ein Bier zu trinken, hatte sie sich endlich überwinden können. Ohne weiter nachzudenken, hatte sie das Diktiergerät eingeschaltet und versucht, sich das Familiengeheimnis von der Seele zu reden. Nach ein paar Anläufen war sie müde gewesen, hatte den Apparat auf den Nachttisch gelegt und war eingeschlafen.

Torsten ließ die Aufnahme noch einmal laufen und überlegte, was er damit jetzt anfing. Letztlich beschloss er, dass Diktiergerät an sich zu nehmen. Er steckte es ein und verließ über das Treppenhaus das Hotel.

25

Es roch anders als früher, dachte Mario, als er am frühen Morgen in das Polizeipräsidium kam. Er hatte gedacht, dass man diesen Geruch niemals aus dem Gebäude bekam. Aber vielleicht hatte man inzwischen auch alles entkernt und neu aufgebaut, woher sollte er das wissen. Ihm blieb jedenfalls die olfaktorische Erinnerung an die vielen Aufenthalte hier und in anderen Polizeipräsidien erspart. Und das machte den Morgen beinahe angenehm.

Er fragte sich zum Büro des Kommissars Wieland durch, der die Nachricht im Hotel für Mario hinterlassen hatte. Höflich klopfte er an, als er vor dessen Tür stand.

»Ja, bitte«, rief drinnen jemand.

Mario drückte die Klinke herunter. Das Erste, was ihm beim Hereinkommen auffiel, war der Aschenbecher auf dem Schreibtisch. Er war randvoll mit zwanzig Cent Münzen gefüllt. Wieland stand auf. Offensichtlich hatte er Marios Blick bemerkt, denn er lächelte und sagte: »Kindische Angewohnheit. Seit in Behörden Rauchverbot gilt, versuche ich, es mir abzugewöhnen. Für jede nicht gerauchte Zigarette werfe ich zwanzig Cent dort hinein. Vielleicht motiviert mich ja der finanzielle Aspekt, endlich und endgültig damit aufzuhören.« Aber er winkte ab, so als gelänge es auch mit diesem Anreiz nicht. »Guten Morgen, ich freue mich, dass Sie hergekommen sind. Bitte, nehmen Sie Platz.«

Wieland zeigte auf den Besucherstuhl, der vor seinem Schreibtisch stand.

»Danke.« Mario setzte sich.

»Kaffee?«

»Gern«, antwortete Mario.

Wieland nahm die Glaskanne aus der Maschine, goss

eine Tasse voll und stellte sie vor seinen Gast.

»Milch, Zucker?«, bot er an.

»Zucker, wenn's geht«, nickte Mario.

Wieland schob ihm ein kleines Tablett zu, auf dem ein Fläschchen Kaffeesahne und eine Dose mit Zucker und eine zweite mit Süßstoff standen. Mario bediente sich und rührte seinen Kaffee um.

»Na dann«, sagte er und sah Wieland auffordernd an.

Wieland füllte erst noch seine eigene Tasse auf, dann setzte auch er sich. Er tat das alles äußerst umständlich, geradeso, als wisse er noch nicht, wie er das Gespräch beginnen sollte.

»Ihre … Ihre Familie«, begann er vorsichtig, »ist nicht besonders beliebt hier in der Gegend, kann das sein?«

Mario zuckte die Schultern. Nichts war ihm gleichgültiger als das.

»Keine Ahnung«, antwortete er, »das ist schon lange nicht mehr unsere Familie gewesen.« Er trank einen Schluck Kaffee. »Wir sind nur der Mutter zuliebe noch einmal hergekommen, das ist alles.«

Wieland nickte.

»Das haben wir auch schon gehört«, sagte er. »Wissen Sie, was faszinierend ist?«

»Erzählen Sie es mir.«

»Es gibt unzählige Leute, die Ihren Geschwistern, Ihrer Mutter, den Tod oder wenigstens die Pest an den Hals wünschen. Ihr Vater lebt nicht mehr?«

»Keine Ahnung«, erwiderte Mario, »der ist schon lange vor der Wende weggezogen, nach Strausberg, glaube ich.«

»Drüben in Markheide«, fuhr Wieland fort, »stapeln sich die Anzeigen, die Ihre Mutter gegen Unbekannt erstattet hat.«

»Meine Mutter? Anzeigen gegen Unbekannt?«, fragte Mario. »Was bedeutet das?«

Wieland goss etwas Milch in seinen Kaffee.

»Mal hat ihr jemand Kot vor der Tür hinterlassen«, erklärte er, »mal war ein Fenster eingeworfen, mal der Keller aufgebrochen. Aber nicht, um etwas zu stehlen, sondern nur, um ihn zu verwüsten. Die Leute haben ziemlich systematisch versucht, die alte Dame zu vergraulen oder, was die andere, wahrscheinlichere Möglichkeit ist, sie haben mit Ihrer Mutter vorliebgenommen, weil sie sich an Ihre Geschwister nicht herangetraut haben. Da scheint es noch eine Menge offene Rechnungen zu geben.«

»Was ist bei diesen Anzeigen herausgekommen?«

»Nicht viel. Waren ja alles Bagatellangelegenheiten. Die typischen Sachen eben, die Leute machen, wenn sie sich abreagieren wollen. In Markheide und anderswo hat sich nicht wirklich viel verändert seit der Wende. Die alten Strukturen werden noch lange erhalten bleiben, personell, meine ich. Da überlegt man es sich, ob man es sich mit einer Lehrerin verdirbt. Oder der Arbeitsberaterin, zu der hier manche inzwischen eine längere Beziehung haben als zu ihrem Ehepartner. Man will sich nicht in den Medien wiederfinden, und die kleinen Unternehmen wollen es sich nicht mit den wenigen größeren Baufirmen verscherzen. Das ist wie überall in diesen Regionen. Nur ist hier der Hintergrund ein ganz spezieller.«

»Was geht mich das an«, reagierte Mario missmutig. »Ich will nur wissen, was mit Lydia ist, dann bin ich wieder weg.«

»Vielleicht interessiert Sie Folgendes ...« Wieland sah Marios Interesse schwinden und warf eine Münze in den Aschenbecher. »Einige Ihrer Geschwister, es tut nichts zur

Sache, wer, sind immer mal wieder in den Hotels aufgetaucht, in denen Sie und Lydia übernachtet haben. Drüben
in den ›Eichen‹ und dann hier in Leipzig.«

»Ach ja?«, fragte Mario. »Vor oder nach Lydias Tod?«

»Sowie als auch. Uns interessiert natürlich vor allem,
was vor ihrem Tod passiert ist.«

Mario griff nach der Kaffeetasse und begann, sie im
Kreis zu drehen. Es gab ein unangenehm schurrendes Geräusch. Sollte wirklich einer von denen Lydia umgebracht
haben? Mario glaubte es eigentlich nicht. Er hatte diese
Möglichkeit zwar selbst schon in Betracht gezogen, aber
letztlich fand er den Gedanken nach wie vor absurd. Warum sollten sie das getan haben?

Wieland schien zu ahnen, worüber Mario nachdachte,
und fragte: »Gab es irgendetwas, das Lydia über Ihre Geschwister wusste, was diese möglicherweise in eine unangenehme Situation hätte bringen können?«

»Sicherlich, so einiges. Aber glauben Sie, ich säße hier
so ruhig, wenn ich etwas wüsste?« Mario ließ die Kaffeetasse los. »Ich hab keinen blassen Schimmer, um was es
sich handeln könnte.«

Wieland sah Mario nachdenklich an. Er war sich nicht
sicher, ob es gut war, Mario in die Richtung zu lenken, in
der er ein Motiv vermutete. Wieland war in Markheide
aufgewachsen, er war in dieselbe Schule wie Mario gegangen. Aber er hätte Mario nie wiedererkannt, wenn ihm
nicht der Name aufgefallen wäre. Die Sache, um die es ihm
ging, hatte damals die Gemüter in Markheide und Umgebung erhitzt. Jener seltsame Tod eines Mädchens, das angeblich an plötzlichem Herzversagen gestorben und dessen
Leiche sofort eingeäschert worden war. Bis heute glaubte
niemand an diese Version. Wieland wusste, dass es nach

der Wende eine Untersuchung dazu gegeben hatte. Sie war ergebnislos verlaufen, aber es waren große Zweifel geblieben. Zweifel, die vor allem deswegen aufkamen, weil sich nirgends Unterlagen über diesen Vorfall finden ließen. Hinter vorgehaltener Hand wurde geflüstert, dass Marios Familie etwas damit zu tun hatte. Wenn es so war, dann war Lydia möglicherweise diejenige gewesen, die etwas zur Aufklärung hätte beitragen können. Mord verjährte schließlich nicht. Sie hätte diejenige sein können, die die Mauer des Schweigens zum Einsturz brachte. Vielleicht stand das auch hinter den nervösen Aktivitäten der Geschwister. Natürlich waren das alles nur Vermutungen. Wenn Wieland ehrlich war, dann war es eher so, dass er wollte, dass Lydias Tod etwas mit der alten Sache zu tun hatte. Er warf die nächste Münze in den Aschenbecher.

»Ich hab wirklich keine Ahnung«, wiederholte Mario.

»Können Sie sich an diesen seltsamen Todesfall eines jungen Mädchens erinnern, über den damals überall in der Gegend gesprochen worden ist?«, überwand sich Wieland.

Mario nickte. »Klar«, bestätigte er, »natürlich erinnere ich mich daran, schon deshalb, weil wir kurz danach ausgereist sind.«

Wieland stutzte. Das war eine Information, die er noch nicht kannte.

»Sie sind ausgereist?«, fragte er nach. »Soweit mir bekannt ist, sollen Sie damals über die Prager Botschaft geflohen sein.«

Mario winkte ab. »Vergessen Sie's. Wir sind ganz komfortabel rüber, wir waren nie in einer Botschaft. Ich hab keine Ahnung, wie das funktioniert hat. Vielleicht wollte uns die Familie ja endlich loswerden. Vater war ja ein relativ hohes Tier, der hatte bestimmt die Möglichkeiten, so was durchzusetzen. Dass mit Prag war nur die Legende, damit man die Mauschelei nicht sofort erkennt.«

Wieland sah wieder zum Aschenbecher. »Wissen Sie, was fast ebenso tragisch ist wie Lydias Tod?«, fragte er.

»Nein, keine Ahnung.«

»Wir haben jede Menge Spuren. Es ist überhaupt kein Problem, daraus eine lückenlose Indizienkette zu bauen. Aber es gibt leider kein einziges Anzeichen dafür, dass Lydia ermordet wurde.«

»Hat das die Obduktion ergeben?«

Wieland nickte.

»In diesem Fall war es tatsächlich ein ganz normales Herzversagen. Obwohl wir für alles andere Beweise haben. Anders als damals. Damals hat alles für einen Mord gesprochen, aber nichts ließ sich beweisen. Und hier nun könnten wir alles beweisen. Das besonders Unangenehme ist, dass unter den Spuren von heute bestimmt auch welche des Täters von damals zu finden sind.«

»Wie meinen Sie das?«, fragte Mario, der aus Wielands Andeutungen nicht schlau wurde.

»So, wie ich es sage. Ich glaube, dass an den Gerüchten etwas dran ist und Ihre Familie etwas mit dem Tod des Mädchens damals zu tun hat.«

Wieland warf einen Blick in die Akten. Dann sagte er plötzlich: »Mario?«

»Bitte?« Marios Puls ging schneller. Polizisten, die plötzlich auf vertraulich umschwenkten, hatten noch nie gute Absichten mit ihm gehabt. Er war kurz davor, auf Angriff umzuschalten. Doch Wieland sah ihn gar nicht an. Er schien mit seinen Gedanken ganz woanders zu sein.

»Ich bin nach der Wende Polizist geworden, weil ich die alle am Arsch kriegen wollte«, offenbarte er und verzog das Gesicht. »Hat nicht geklappt. Waren einfach zu viele. Jetzt bedeutet Polizist zu sein für mich, eine gesicherte Zukunft zu haben. Ich ziehe den Kopf ein, wenn's brenzlig wird, hab Familie, will mir nicht alle Wege verbauen. Und dabei wollte ich mal ein Held sein, so wie du damals.«

»Kennen wir uns?«, fragte Mario. Er versuchte, sich an Wielands Gesicht zu erinnern.

»Ich war zwei Klassen unter dir, ich glaub nicht, dass du mich damals überhaupt wahrgenommen hast. Als das mit dem Mädchen passiert ist, wusste ich, dass ich rauskriegen wollte, was wirklich gewesen ist. Es deutete ja so einiges auf deine Familie hin. Aber dann kamen die Wendewirren, ihr wart weg und was an Beweismitteln da war, ist in jener Zeit anscheinend großzügig vernichtet worden. Haben doch alle nur auf die Stasiakten geguckt. Aber wenn du mir jetzt sagst, dass ihr damals plötzlich einfach so ausreisen konntet, dann bin ich mir sicherer denn je, dass einer aus deiner Familie was damit zu tun hat.«

»Das würde ich nie bestreiten«, nickte Mario. »Ich würde dir auch zu gern helfen, aber leider weiß ich nichts. Ich bin ja selbst daran interessiert, zu wissen, was damals passiert ist.«

»Und dann macht es Lydia ihnen auch noch richtig leicht und stirbt einfach so.«

»Sieht fast danach aus, als wenn sie ihnen zuvorkommen wollte.« Mario versuchte zu lachen.

»Ja«, meinte Wieland, »den Eindruck könnte man wirklich bekommen.«

Er spielte mit Lydias Akte. Dann hob er den Kopf und sah Mario an.

»Das war's dann wohl«, seufzte er, »die Leiche ist freigegeben. Ich nehme mal an, die Bestattung findet bei dir drüben statt, oder?«

»Ja«, sagte Mario, »findet sie. Ich glaube, das hätte sie so gewollt.«

Wieland zog eine Schublade seines Schreibtisches auf und nahm einen kleinen Plastikbeutel heraus, in dem sich ein zerknülltes Stück Stoff befand. »Hat mich damals schwer beeindruckt, was du gemacht hast«, sagte er und warf Mario das Tütchen hin.

»Was ist das?«, fragte Mario und betrachtete es.

»Nimm's raus«, forderte ihn Wieland auf. »Vielleicht erkennst du es dann.«

Es war der »Schwerter zu Pflugscharen«-Sticker, den die Lehrerin von seinem T-Shirt abgerissen hatte.

»Ich hab's damals schon mutig gefunden, ihn aufzuheben und mitzunehmen«, sagte Wieland. »Naja, ich bin eben nie so ein Held wie du gewesen.«

Mario legte den Sticker auf den Tisch.

»Heißt das, wir sind hier fertig?«, wollte er dann wissen.

Wieland nickte. »Genau das heißt es«, sagte er, »Wenn du nichts dagegen hast, werde ich das Ergebnis noch ein, zwei Tage für mich behalten. Vielleicht wird ja doch noch jemand nervös. Einverstanden?«

»Wenn's hilft«, meinte Mario, »sicher.« Beim Aufstehen fiel ihm noch etwas ein: »Eine Frage noch …« Er wandte sich Wieland zu. »Was war denn nun eigentlich mit diesem Diktiergerät, das auf dem Nachttisch lag?«

Wieland zuckte mit den Schultern. »Richtig, das Diktiergerät. Das gehört auch zu den mysteriösen Dingen in diesem Zusammenhang. Wir haben es abgehört, da waren nur ein paar sehr persönliche Bemerkungen für dich drauf, die Lydia kurz vor ihrem Tod draufgesprochen hat. Wie dankbar sie dir sei, dass du dich immer um sie kümmerst, die Tabletten holen fährst und wie süß sie es fand, dass du ihr wohl irgendwann mal so ein Tape mit »Depeche Mode«-Liedern gemacht hast. Dass du sogar ein Cover gemalt hast, gefiel ihr besonders. Und dann noch irgendwas, dass sie dich nie enttäuschen wollte. Aber nichts, womit wir etwas anfangen konnten. Klang schon ein wenig so, als hätte sie einen depressiven Schub gehabt. Alles in allem dauerten die Aufnahmen vielleicht vier Minuten, nicht länger, immer nur ein paar Sätze. Doch kein Hinweis auf Gewaltanwendung durch Dritte, dass sie sich vor irgendetwas gefürchtet hätte, nichts. Und wie ich hier nachsehe, lag das Diktiergerät nicht bei den Beweisstücken. Ich wollte es dir geben, weil's ja Lydias letzte Worte waren. Aber hier war es nicht. Deswegen bin ich gestern extra noch einmal ins Hotel gefahren. Es ist mir zwar peinlich, aber anscheinend ist das auf dem Dienstweg verloren gegangen.«

»Seltsam«, sagte Mario, »aber sicher, so was passiert. Naja, wenn's mit ihrem Tod nichts zu tun hat, soll's mir egal sein.« Er gab Wieland die Hand, bevor er hinausging und die Tür hinter sich schloss.

26
Epilog

Die Prozesse gegen Klaus und die Geschwister sollten sich mehrere Jahre hinziehen. Nur Matthias hatte eine Strafe wegen uneidlicher Falschaussage akzeptiert und war mit einer Geldstrafe davongekommen.

Den anderen Geschwistern ging es vor allem darum, Zeit zu gewinnen. Ihre Anwälte zogen die Verfahren mit immer neuen Anträgen in die Länge. Für Rebecca und Andrea standen die Chancen gut, auf diese Weise die Pensionsgrenze zu erreichen.

Als Mario nach Hause gefahren war, hatte er darüber nachgedacht, was Wieland über die Aufnahme auf dem Diktiergerät gesagt hatte. Lydia hatte so ein Gerät noch nie benutzt, es musste also eine Bewandtnis damit haben. Warum fiel ihr hier, in einem Hotel in Leipzig, die Tonbandkassette ein, auf der er damals sämtliche »Depeche Mode«-Songs aufgenommen hatte, die im Radio gelaufen waren? Gut, das konnte mit dem Konzert zu tun haben. Aber warum erinnerte sie sich ausgerechnet an das Cover, das er gezeichnet hatte? Für ihn selbst war das alles längst verblasst. Er brauchte eine ganze Weile, um sich die Szenen ins Gedächtnis zu rufen. Als er sich wieder erinnerte, fielen ihm die vielen Versuche ein, mit den Buntstiften, die es seinerzeit gab, ein richtig knalliges Cover zu malen. Anscheinend war es eindrucksvoll genug gewesen. Die Kassette war so ziemlich das Einzige gewesen, das Lydia mitgenommen hatte, als sie ausgereist waren. Mario sah das Bild plötzlich ganz genau vor sich. Lydia steckte sie damals nicht in die Tasche, sondern in den Brustbeutel, in dem sich auch ihr Reisedokument und die Bahnfahrkarten befanden.

Jetzt war Mario sicher, dass es weder ein Zufall noch einer depressiven Stimmung geschuldet war, dass sie das Cover erwähnt hatte. Zu Hause suchte er nach der Kassette. Sie zu finden war nicht weiter schwierig, denn alles, was sie noch von früher besaßen, befand sich in einem Schuhkarton im Keller ihres Hauses. Mario nahm sie heraus und musste schmunzeln, als er seine unbeholfene Handschrift erkannte. Dann öffnete er die Hülle und fand darin zu seiner Überraschung statt des Tapes nur eine Anzahl sorgfältig zusammengefalteter Schreibpapierbögen: Die Abschrift der Akte, die Lydia damals angefertigt hatte.

Mario begriff, dass dieses Papier Lydias Rückversicherung gewesen war. Wenn sie auf dem Diktiergerät von einer Enttäuschung sprach, die sie ihm bereitet hatte, dann konnte es nicht anders sein. Dann basierte ihrer beider Ausreise, ihr Neustart im Westen auf Lydias Schweigen. Und sehr wahrscheinlich, so wurde Mario allmählich klar, war das auch der Grund für ihre Krankheit, ihre Depressionen, ihren Selbstmordversuch gewesen. Mit ihrem Schweigen deckte sie einen Mörder – das war die Schuld, mit der sie nicht zu leben vermocht hatte.

Mario steckte die Abschrift später in einen Briefumschlag und schickte ihn an Wieland, der damit die Staatsanwaltschaft überzeugen konnte, die Ermittlungen wieder aufzunehmen und endlich Anklage gegen Klaus und die Geschwister zu erheben. Sofort begann das Feilschen der Juristen um Details, ob es sich nun um Mord oder um versuchte oder vollendete Vergewaltigung mit einem Tötungsdelikt als Verschleierungstat handelte, oder ob es die Tat - ob es überhaupt irgendeine Tat jemals gegeben hatte.

Schließlich war Lydias Abschrift der Ermittlungsakte aus DDR-Zeiten die Grundlage des ganzen Verfahrens – nebst einer reichlich verwaschen klingenden Aufnahme Lydias, die schluchzend und wirr von »Depeche Mode«-Kassetten und Tabletten sprach, die sie dringend benötige. Eine zusammengeschnittene und technisch bearbeitete Version der Audiodatei, die Torsten vom Diktiergerät kopiert hatte und die deutlich machen sollte, dass es sich bei Lydia um eine kranke, nicht zurechnungsfähige Person gehandelt habe.

Für die Eltern des Mädchens, die inzwischen hochbetagt waren, war allein die Wiederaufnahme des Verfahrens eine Genugtuung. Ob sie noch erleben würden, dass der Mörder ihrer Tochter und diejenigen, die geholfen hatten, die Tat jahrzehntelang zu vertuschen, auch verurteilt wurden, spielte für sie schon fast keine Rolle mehr.

Als Mario am offenen Grab stand und zusah, wie die Urne mit der Asche seiner Schwester in der Erde verschwand, fiel es ihm schwer, seine eigenen Emotionen anzunehmen. Er hatte gedacht, er würde tatsächlich enttäuscht sein, dass Lydia ihm nie die Wahrheit gesagt hatte, oder dass ihn vielleicht eine tiefe Trauer überkam. Aber so war es nicht. Seine Geschwister standen in Leipzig vor Gericht, Lydia war tot, und alles, was er in diesem Moment empfand, war Erleichterung.

Ende.

Die dem Projekt zugrunde liegenden Quellen sind auf der Internetseite www.rainer-schneider-lebenswege.de einsehbar.

---

[i] S. 68 nach Steven Pinker, Gewalt, S. 362

ÜBER DEN AUTOR

Rainer Schneider wurde 1966 in Ostberlin geboren, gründete Ende der 1980er Jahre ein Kinder- und Jugendtheater, für das er mehrere Stücke verfasste. Nach der Wende bekamen seine Arbeiten Projektförderungen der Senatsverwaltung für kulturelle Angelegenheiten, er war Stipendiat der Stiftung Kulturfonds und schrieb für den deutschen Ableger des amerikanischen Filmstudios Columbia Tristar (SonyPictures).

Printed in Great Britain
by Amazon

58608925R00139